U0083594

中國語言文字研究輯刊

二 六 編

第 1 冊

《二六編》總目

編 輯 部 編

訓詁續筆（上）

富 金 壁 著

花木蘭文化事業有限公司

國家圖書館出版品預行編目資料

訓詁續筆（上）／富金壁 著 -- 初版 -- 新北市：花木蘭文化事業有限公司，2024〔民 113〕

序 6+ 目 2+172 面；21×29.7 公分

（中國語言文字研究輯刊　二六編；第 1 冊）

ISBN 978-626-344-597-0（精裝）

1.CST：訓詁學

802.08　　112022484

ISBN-978-626-344-597-0

中國語言文字研究輯刊

二六編　第一冊　ISBN：978-626-344-597-0

訓詁續筆（上）

作　　者　富金壁

總 編 輯　杜潔祥

副總編輯　楊嘉樂

編輯主任　許郁翎

編　　輯　潘玟靜、蔡正宣　美術編輯　陳逸婷

出　　版　花木蘭文化事業有限公司

發 行 人　高小娟

聯絡地址　235 新北市中和區中安街七二號十三樓

電話：02-2923-1455／傳真：02-2923-1452

網　　址　http://www.huamulan.tw 信箱 service@huamulans.com

印　　刷　普羅文化出版廣告事業

初　　版　2024 年 3 月

定　　價　二六編 01 冊（精裝）新台幣 00,000 元　

《二六編》總目

編輯部編

《中國語言文字研究輯刊》
二六編　書目

訓詁學研究專輯

第 一 冊　富金壁　訓詁續筆（上）

第 二 冊　富金壁　訓詁續筆（中）

第 三 冊　富金壁　訓詁續筆（下）

古文字研究專輯

第 四 冊　江秋貞　《上海博物館藏戰國楚竹書（七）·武王踐阼》考釋（上）

第 五 冊　江秋貞　《上海博物館藏戰國楚竹書（七）·武王踐阼》考釋（中）

第 六 冊　江秋貞　《上海博物館藏戰國楚竹書（七）·武王踐阼》考釋（下）

詞語研究專輯

第 七 冊　徐鋕銀　上古及中古漢語應然、必然類情態詞研究

第 八 冊　涂海強　金元醫籍名詞作狀語研究

第 九 冊　金采里　詞彙類型學視野下空間維度形容詞的認知語義研究

第 十 冊　侯　倩　現代漢語否定語素構詞研究

第十一冊　鄧孟倫　華語、臺灣閩南語及日語身體詞研究（上）

第十二冊　鄧孟倫　華語、臺灣閩南語及日語身體詞研究（下）

方言研究專輯

第十三冊　李天群　原始鹽城方言音韻系統擬測及相關問題之研究（上）

第十四冊　李天群　原始鹽城方言音韻系統擬測及相關問題之研究（下）

論文集

第十五冊　黃仁瑄 主編　漢語音義學研究論集（二集）——第二屆漢語音義學研究國際學術研討會論文集（上）

第十六冊　黃仁瑄 主編　漢語音義學研究論集（二集）——第二屆漢語音義學研究國際學術研討會論文集（下）

《中國語言文字研究輯刊》二六編
各書作者簡介・提要・目次

第一、二、三冊　訓詁續筆

作者簡介

富金壁，遼寧省遼陽人，1943 年 11 月生。滿族。畢業於黑龍江大學外語系俄語專業、哈爾濱師範大學中文系現代漢語專業，獲文學碩士學位。研究方向為中國古代文獻學、詞義訓詁。有《訓詁學說略》《訓詁散筆》《王力古代漢語注釋匯考》（後擴為《新王力古代漢語注釋匯考》與《王力古代漢語注釋匯訂》）《論語新編譯注》《詩經新釋》等著作。其中《訓詁學說略》曾被臺灣國立嘉義大學國文系列為訓詁學參考書。

提　要

《訓詁續筆》是筆者《訓詁散筆》的續集，收入四十餘篇訓詁、古代文化類論文。

此集中收入作者關於王力先生《古代漢語》文選注釋的研究文章數篇，其內容後多收入《王力古代漢語注釋匯考》（後訂補為《新王力古代漢語注釋匯考》《王力古代漢語注釋匯訂》）。

集中有筆者所撰《詩經新釋》之序，總結《詩經》注釋工作之是非得失。

筆者曾考證范仲淹《岳陽樓記》「吾誰與歸」句、《左傳》「不如早為之所」句、「貳於×」句、《西廂記》「酒席上斜簽著坐的」句、《〈漢書・雋不疑傳〉之錯簡》等，皆受到批評，筆者之答辯文章收入此集。

當大陸國學熱起，人人競講國學，某些學者亦掉以輕心，率爾妄言。集中筆者文《講國學者三戒》，批評了于丹、李敖、李零講論國學的不妥之處，以為講國學者戒。

此集中《〈詩經〉中周人的婚戀心理》等文，是筆者對古代相關文化現象的研究。筆者還討論了「離騷」之確解與「勝母」、「朝歌」之名義。

集中尚有對俗文字學中尤為卑劣者——任學禮之「漢字生殖論」之駁斥，對網上濫造歪詞，糟蹋誤用漢語的不良風氣進行了批評之文章，亦有對「指鼓為缶」事之批評。

對閻若璩《尚書古文疏證》錢文忠教授之整理本之訛誤，筆者有長文進行評析，指出其整理之錯訛文句千餘處。

目　次

上　冊

中 冊

下 冊

第四、五、六冊 《上海博物館藏戰國楚竹書（七）·武王踐阼》考釋

作者簡介

江秋貞，國立臺灣師範大學國文教學碩士、國文學系博士，現任中學國文

教師。碩士論文《《上海博物館藏戰國楚竹書（七）·武王踐阼》研究》、博士論文《《清華大學藏戰國竹簡（柒）·越公其事》考釋》，著有多篇單篇論文，對古文字很有興趣，研究專長：文字學、戰國文字、楚簡。

提　要

戰國楚簡研究已成為當今學術界關注的焦點，它帶動著整個文字學研究的發展，目前除了文字學家外，包括哲學、歷史、語言學、及文獻學的學者都熱烈鑽研這一個領域。2008 年底《上海博物館藏戰國楚竹書（七）》出版，筆者即以其中一篇〈武王踐阼〉為研究對象。目前楚簡〈武王踐阼〉是所知最早的版本，它的價值彌足珍貴，故本論文研究的目的，是將所見楚簡的文字和內容作考釋和翻譯，並配合閱覽相關典籍，試圖梳理過去的闕疑，從中爬羅剔抉，將〈武王踐阼〉篇的內容還原至早期的面貌，以期為日後相關的研究作奠基。

本論文分為四章。第一章「緒論」擴陳筆者研究動機與目的、研究方法與步驟、竹簡形制、目前研究現況。第二章「簡文考釋」分為五節：第一節甲本「武王問道」、第二節甲本「師上父告之以丹書」、第三節甲本「武王鑄器銘以自戒」、第四節乙本「武王問道於太公」、第五節乙本「太公告以丹書之言」。第三章「結論」分二節：第一節作「釋文和語譯」、第二節介紹本論文「研究成果」。第四章「餘論」分四節：第一節「楚簡本和今本的比較」、第二節探討「版本和價值」、第三節「簡本書手研究」、第四節「簡本韻讀研究」。論文末為參考文獻和附錄三篇：楚簡的圖版、今本〈武王踐阼〉全文、元明清三代刊本。最後是跋語。

目　次

上　冊

中　冊

第七冊　上古及中古漢語應然、必然類情態詞研究

作者簡介

徐鋕銀，1989 年 12 月出生，韓國人。2014 年韓國外國語大學中國語言文學專業碩士畢業，2019 年北京大學漢語史專業博士畢業。2019 年至今，在韓國外國語大學中國語通譯翻譯學科任教，主要從事漢語語法史和現代漢語語法研究，先後在韓國核心期刊上發表論文 10 餘篇，如《中國語言研究》、《中語中文學》、《中國教育與研究》等。2019 年獲北京大學優秀博士學位論文獎。

提　要

本書在全面借鑒吸收當前國內外情態研究成果的基礎上，以先秦至六朝的五個有代表性的應然、必然類情態詞為研究對象，從共時和歷時兩個方面比較全面地描寫了它們的使用面貌和歷史演變。將應然、必然類情態詞置於跨語言背景下做出比較，揭示了漢語所反映的語言共性和個性，並比較了同類型情態詞在語義、語用上的異同。

結果發現，同類型情態詞的異同源於產生背景的異同。以應然類情態詞為

例，「當」「宜」的義務情態都來源於「合宜」義，但合宜標準卻不同。合宜標準的不同導致了情態源(source of modality)的不同——合宜標準／義務源為「普遍規則」的「當」表達合法性事件，合宜標準／義務源為「普遍信念」的「宜」表達合理性事件。我們還發現，情態不僅與主觀性有關，也與交互主觀性有關。如「當」用來傳達強硬的態度，以體現說話人的權威性，「宜」用來傳達委婉的態度，以維護聽話人的面子。

跨語言研究顯示，很多語言中都有「義務情態→認識情態」和「義務情態→將來時」這樣的演變路徑。漢語裏應然類情態詞也經歷了這兩條路徑，而義務情態變為認識情態還是將來時，取決於義務情態是否具有主觀性。通常認為，「動力情態→義務／認識情態」是可能類情態詞的演變路徑。本書的考察顯示，漢語必然類情態詞「必」的演變也同樣經過了這條路徑。

目　次

第八冊　金元醫籍名詞作狀語研究

作者簡介

涂海強（1978～），四川大學語言學及應用語言學博士，師承趙振鐸先生。溫州大學國際教育學院副教授，碩士生導師，主要從事詞彙語義學和國際中文教育研究。2017 年至 2018 年赴臺灣大學語言學研究所訪學半年。近年來在《漢語史研究集刊》《語言教學與研究》《中國社會科學報》（理論版）及《International Journal of Mental Health Promotion》（SSCI）等中英文刊物上發表學術論文 20 餘篇，專著 4 部。主持國家社科基金項目 1 項、國家級創新創業項目 1 項、省部級項目 1 項，省廳級項目 1 項；參與完成國家社科基金項目 3 項，教育部人文社科項目 1 項，省部級項目 1 項。2019 年和 2020 年指導學生參加各類學科競賽，先後獲得省級三等獎 3 項，2019 年獲得溫州市第十七屆哲學社會科學優秀成果獎三等獎。

提　要

本書是金元醫籍名詞作狀語專題語法研究，通過對金元醫籍名詞作狀語語法結構的研究，探求金元特殊歷史時期，由於蒙古族的入侵，影響醫籍文獻名詞作狀語的形式變化，尋求語言融合與漢民族語言固有語言結構之間的相互作用機制。根據共時分析與歷時對比，名詞作狀語在兩種狀語構式中的表現形式，體現出了構式成分音節發展規律與語義選擇偏向。從構式成分 NP 與 VP 在金元醫籍的共時分析與漢至清的歷時演變看，名詞作狀語的內在動因主要是構式成分的音節驅動、語義制約以及語言接觸的影響，其中音節與語義制約共同起作用促使了狀語表達式的選擇偏向。語言接觸在金元時期較為明顯，通過句法拷貝，一定程度上促成「NP+VP+（O）」狀語表達式的選擇偏向。本書的研究是醫理與文理相結合的跨學科研究，對於漢語史和醫籍史及臨床實踐都有重要的學術價值與應用價值：研究名詞作狀語在醫籍語言中的語言表達形式的變化，可以豐富金元特殊歷史時期因語言融合出現的語言現象，也可以豐富漢語語法學研究的語料與文本，補充語言研究的材料，提供新的佐證。有利於中華文化的對外傳播以及漢語語法學研究的國際交流。

目　次

第九冊　詞彙類型學視野下空間維度形容詞的認知語義研究

作者簡介

金采里，女，韓國人，1993 年生。清華大學文學博士，現任上海師範大學博士後。主要研究方向：詞彙類型學、詞彙語義學、漢韓對比語言學。主要學術論文有《空間維度形容詞「THICK／THIN」的詞彙類型學研究》《詞彙類型學視野下漢韓空間維度形容詞——「THICK／THIN」對比》《空間維度形容詞「LONG／SHORT」的詞彙類型學研究》《空間維度形容詞「WIDE／NARROW」的詞彙類型學研究》等。曾獲上海師範大學「博士後激勵計劃」資助（重點項目）。

提　要

本書以莫斯科詞彙類型學研究小組（MLexT）的理論為指導，分析了 13 種語言「LONG／SHORT」「WIDE／NARROW」和「THICK／THIN」的基礎義和引申義用法，並驗證了跨地域、跨語言間的認知共性和差異，歸納總結了各語言引申發展的規律。

本書共分六章。第一章回顧已有的研究成果，介紹本書研究方法及研究對象。第二章至第四章，通過 MLexT 的理論框架和研究方法，考察 13 種語言一維空間維度形容詞「LONG／SHORT」、二維空間維度形容詞「WIDE／NARROW」和三維空間維度形容詞「THICK／THIN」的基礎義和引申義用法。本書全面而詳細地分析「LONG／SHORT」「WIDE／NARROW」和「THICK／THIN」這三組空間維度形容詞的空間義，並在空間義的基礎上探索三組維度形容詞的隱喻義及詞義引申的機制。本書嘗試借鑒 MLexT 的理論框架和研究方法，總結出三組空間維度形容詞的參數和框架，運用這些參數和框架描述空間維度形容詞的語義特徵，得到了一些不同的認識，如「LONG／SHORT」和「WIDE／NARROW」能夠描述突顯維度，而「THICK／THIN」描述非突顯維度等。第五章將三組空間維度形容詞「LONG／SHORT」「WIDE／NARROW」和「THICK／THIN」進行對比，發現「LONG／SHORT」與「WIDE／NARROW」和「THICK／THIN」有很大的不同，「LONG／SHORT」的基礎義具有跨語言的穩定的詞義，而「WIDE／NARROW」的基礎義和「THICK／THIN」的基礎義更複雜。以往的研究對此較少提及，因此我們要做詳細深入的論述。第六章對本書的研究成果進行了總結。

目　次

第十冊　現代漢語否定語素構詞研究

作者簡介

侯倩，北京理工大學人文與社會科學學院助理教授、特別副研究員。2009～2012，北京語言大學漢語學院，漢語言文字學專業，獲文學碩士學位；2015～2019，山東大學文學院，漢語言文字學專業，獲文學博士學位；2019～2021，北京師範大學民俗典籍文字研究中心，博士後。獨立承擔文旅部「全球漢籍合璧工程」一般課題，參與國家社科基金 2 項、教育部社科基金 2 項。在《文藝研究》《文獻》《中國典籍與文化》等核心期刊發表學術論文多篇。

提　要

在人類的認知世界裏，否定範疇是一個非常重要的範疇。現實世界中否定無處不在，在語言裏也同樣如此，否定存在人類語言的各個層面，從語素到篇章，語言都有自己表達否定的系統，與肯定範疇相比，否定範疇的表達在形式上更為複雜。本文立足於詞彙學的研究範式，以具有形式標記的「否定語素＋X」詞彙為研究對象，探討否定語素構詞所涉及的一系列問題，包括形式和意義的對應性、否定語素作為詞內成分對詞義表達的影響、否定語素構詞的詞彙化和語法化、不同否定語素構詞的特點及其對比等問題。考察含有否定語素的成語，關注具有形式特性的漢語否定語素類成語，以否定語素作為切入角度探討成語的構造機制問題，在這個過程中關注否定語素在成語中的意義表現及其對成語化的貢獻。

目　次

第十一、十二冊 華語、臺灣閩南語及日語身體詞研究

作者簡介

鄧孟倫，臺灣台中人，國立臺灣師範大學臺灣語文研究所博士，曾任職於高中、專科學校，現為彰化師範大學進修學院兼任講師。

對於日語及韓語有著濃厚興趣，並教導過日韓學生華語。曾至大阪留學一

年，期間常與日本學者交流日語語言學及探究日本文化，並通過日語及韓語語言檢定。

主要研究興趣及專長領域為：認知語言學、臺灣語言比較、身體詞研究、日語語義及其文化、構詞語義學及網路流行語等。本書收錄作者博士論文，部分篇章經過改寫曾發表於《輔大中研所學刊》及《慈濟科大學報》等學報期刊之中。

提　要

臺灣語言中，華語、閩南語及日語關係密切，研究來看，當前臺灣乃以華語、閩南語為主要語言，日語則因歷史上臺灣曾受日本統治五十年，當時推行的「國語」即為「日語」，而今日臺灣語言當中的華語、閩南語更沉澱不少日語外來詞，因此本文選擇此三語做一共觀研究。

本文以華語、閩南語及日語三種語言中最常用的「身體相關語彙」為探究對象，由「認知語言學」角度分析身體詞彙中的認知隱喻表現，藉由統括式的整理及理論運用，期望能歸納出華語、閩南語及日語三種語言的語義特徵、認知隱喻類型，語言結構以及其中暗涵的語言文化特點，也由認知隱喻探討臺灣人群思維過程及其背後所隱涵的文化。

本文探討以華語為主，閩南語及日語為輔，以辭典收錄的詞彙作為研究語料，大量蒐集三語當中身體詞相關詞語，進一步分析它們在認知隱喻方面的表現，各章節探討詞語包括：(一)「頭部」身體詞：「頭」、「首」；(二)「五官」身體詞：「眼」、「目」、「耳」、「鼻」、「眉」；(三)「口部」身體詞：「口」、「嘴」、「舌」、「牙」、「齒」；(四)「四肢」身體詞：「手」、「掌」、「腳」、「足」；(五)「內部器官及其他」身體詞：「心」、「肝」、「髮」等，其中包含二字詞三字格及四字格語彙，日語則包含慣用語。由於日語並非像臺灣語言一樣是方塊字，能夠完整以「漢字」呈現，當中夾雜平假名、片假名，無法清楚歸納出二、三或四字格詞彙，因此本文裡華語、閩南語以部份身體詞「詞彙」當作研究語料；日語方面則是以身體詞「慣用語」中出現的身體詞語作為探討對象。

「語義」表現部份，本文著重在「認知語義學」當中「隱喻」及「轉喻」兩方面的探討。身體詞在語言上的隱喻應用情形可以說是無所不在，身體詞各部位名稱常用以隱喻人情事物，尤其在現在科技發達的社會，各國語言互相交流，網路詞彙也不斷創新，使得身體間的隱喻表現應用更加廣泛。

概念「隱喻」及「轉喻」是認知思維的兩大類型，透過身體詞語料的分析可以讓我們更加了解身體詞當中的思維內涵，為何同樣的概念，在不一樣的國家及語言當中會以不同的身體器官來表示一樣的概念。本研究不僅揭示身體詞語對人體認知世界的重要性，還進一步凸顯它在語言隱喻思維背後的文化價值，從中探討蘊藏在語言當中的文化瑰寶，最終期望深具特色的臺灣語言文化能夠永續傳承。

目 次

上 冊

下 冊

第十三、十四冊　原始鹽城方言音韻系統擬測及相關問題之研究

作者簡介

李天群，1999 年生，臺南人，國立中正大學中國文學系學士，國立政治大學中國文學系碩士，現為國立政治大學中國文學系博士生。研究興趣包含聲韻學、方言學、原住民文學，領域包括歷史語言學、漢語語源（本字）、漢語詞族、漢語音韻系統擬測，語言對象以近代音韻書、漢語方言（官話、閩南語）為主。

提　要

本論文旨以鹽城方言的前人調查材料與方言點田野調查材料，透過歷史語言學的比較方法（comparative method），重建「原始鹽城方言」（Proto Yán-chéng，PYC），並藉此原始漢語方言系統，解釋當下鹽城市若干語料中幾種值得注意的共時音韻現象。本論文所討論的議題皆集中於音韻（phonology）方面。此外，本論文以中古《切韻》架構及近代音時期的《中原音韻》（1324）、《西儒耳目資》（1626）二書為主要研究的歷時材料，對目前鹽城市下若干語料中值得注意的

幾個歷時音韻現象，提出合理且可靠的解釋。

以下略述每章所討論的核心問題：

第 1 章〈緒論〉，闡述研究的課題與目的，並介紹所使用的方法、材料、步驟及章節安排。

第 2 章〈鹽城方言綜述〉，說明江淮官話洪巢片鹽城方言的背景，並進行文獻回顧與探討及歷史文獻介紹。

第 3 章〈原始鹽城方言音韻系統擬測〉，擬測原始鹽城方言的音韻系統，以綜觀鹽城方言在歷史比較法之下，共時與歷時之間的音韻發展。

第 4 章至第 6 章是原始鹽城方言的音韻比較，是從音韻的角度，進行原始鹽城方言音韻特徵探析與歷時比較，討論原始鹽城方言與中古《切韻》架構及近代音之間的關聯，亦證明原始鹽城方言音韻系統的構擬情形是否妥適。

第 7 章為〈結論與展望〉，根據研究總結原始鹽城方言，並說明主要研究成果及研究限制，也提出得以展開的相關後續研究。

目　次

上　冊

下　冊

第十五、十六冊　漢語音義學研究論集（二集）——第二屆漢語音義學研究國際學術研討會論文集

作者簡介

黃仁瑄，男（苗），貴州思南人，博士，華中科技大學二級教授，博士生導師，博士後合作導師，兼任《語言研究》副主編、韓國高麗大藏經研究所海外

研究理事等，主要研究方向是歷史語言學、佛經語言學、漢語音義學。發表論文 70 餘篇，出版專著 4 部（其中三部分別獲評教育部高等學校科學研究優秀成果獎三等獎、全國古籍出版社年度百佳圖書二等獎、湖北省社會科學優秀成果獎一等獎、湖北省社會科學優秀成果獎二等獎），主編教材 1 種，完成國家社科基金一般項目 2 項、全國高等院校古籍整理研究工作委員會項目 2 項，在研國家社科基金重大項目 1 項（獲滾動資助）、中國高等教育學會高等教育科學研究規劃課題重大項目 1 項。目前致力於漢語音義學的研究工作，運營學術公眾號「音義學」，策劃、組編「數字時代普通高等教育新文科建設語言學專業系列教材」（總主編），開發、建設「古代漢語在線學習暨考試系統」（http://ts.chaay.cn）。

提　要

《漢語音義學研究論集（二集）》是「第二屆漢語音義學研究國際學術會議」會議論文的結集。集中所收文字既有對音義專書的面的梳理（如《清抄本〈西番譯語〉的釋義注音研究》《「無窮會本系」〈大般若經音義〉複音詞釋文特色研究》），又有對音義個案的深入討論（如《玄應〈一切經音義〉「同」述考》《德藏 Ch 5552 號〈大般涅槃經卷〉六音義芻議》《〈可洪音義〉「麥」部字與他部字之音義混用——從「麧」「糣「麷》《「咲」在日本的音義演變》）；既有對音義匹配研究的探索（如《音義匹配錯誤的類型》《〈三國志〉裴松之音切之音義匹配研究》《〈磧砂藏〉隨函音義音注及其語境信息自動匹配》），又有基於音義關係視角的語言問題考察（如《「居」「處」二詞詞義辨析及其在楚簡釋讀上之參考作用》《〈戰國策〉「商於」不作「商于」考辨》《說屎、膰、皤與便便》《基於〈同源字典〉的漢語同源詞韻部及聲紐關係再探》）；等等。這些討論無疑將對漢語音義學學科建設產生積極的推動作用。

目　次

上　冊

下　冊

訓詁續筆（上）

富金壁 著

作者簡介

富金壁，遼寧省遼陽人，1943 年 11 月生。滿族。畢業於黑龍江大學外語系俄語專業、哈爾濱師範大學中文系現代漢語專業，獲文學碩士學位。研究方向為中國古代文獻學、詞義訓詁。有《訓詁學說略》《訓詁散筆》《王力古代漢語注釋匯考》（後擴為《新王力古代漢語注釋匯考》與《王力古代漢語注釋匯訂》）《論語新編譯注》《詩經新釋》等著作。其中《訓詁學說略》曾被臺灣國立嘉義大學國文系列為訓詁學參考書。

提　要

《訓詁續筆》是筆者《訓詁散筆》的續集，收入四十餘篇訓詁、古代文化類論文。

此集中收入作者關於王力先生《古代漢語》文選注釋的研究文章數篇，其內容後多收入《王力古代漢語注釋匯考》（後訂補為《新王力古代漢語注釋匯考》《王力古代漢語注釋匯訂》）。

集中有筆者所撰《詩經新釋》之序，總結《詩經》注釋工作之是非得失。

筆者曾考證范仲淹《岳陽樓記》「吾誰與歸」句、《左傳》「不如早為之所」句、「貳於 ×」句、《西廂記》「酒席上斜簽著坐的」句、《〈漢書・雋不疑傳〉之錯簡》等，皆受到批評，筆者之答辯文章收入此集。

當大陸國學熱起，人人競講國學，某些學者亦掉以輕心，率爾妄言。集中筆者文《講國學者三戒》，批評了于丹、李敖、李零講論國學的不妥之處，以為講國學者戒。

此集中《〈詩經〉中周人的婚戀心理》等文，是筆者對古代相關文化現象的研究。筆者還討論了「離騷」之確解與「勝母」、「朝歌」之名義。

集中尚有對俗文字學中尤為卑劣者——任學禮之「漢字生殖論」之駁斥，對網上濫造歪詞，糟蹋誤用漢語的不良風氣進行了批評之文章，亦有對「指鼓為缶」事之批評。

對閻若璩《尚書古文疏證》錢文忠教授之整理本之訛誤，筆者有長文進行評析，指出其整理之錯訛文句千餘處。

自 序

2005年1月，筆者出版了論文集《訓詁散筆》（東北林業大學出版社）。自彼時起，斗轉星移，至於今又十五歲矣！其間教學之餘，尋尋覓覓，於文獻訓詁又有些許淺見，不揣譾陋，彙集於此，名為《續筆》。

筆者在哈爾濱師範大學中文系教授古代漢語廿餘年，其教學心得，匯為《王力古代漢語注釋匯考》（黑龍江人民出版社，2003；後訂補為《新王力古代漢語注釋匯考》，北京線裝書局，2009），今已集為《王力古代漢語注釋匯訂》（廣陵書社，2020）。其中固多剽取著名學者張永言及其他學者之高見，亦間有筆者千慮一得之拙識。芻蕘之言，賢者察焉，遂有此《續筆》中《王力古代漢語注釋訂誤》、《訂補》、《補》等三文。

鄙著《詩經新釋》（北京聯合出版社，2017）之序，是筆者對《詩經》中訓詁工作的全面概括與總結。

筆者於典藉閱讀中，注意到一些文化現象，於是有此集中《〈詩經〉反映的周人的婚戀心理》《周代農民生活管窺》《中國古代的農耕》《周秦漢時代的商人階層》等文。

筆者曾考證范仲淹《岳陽樓記》「吾誰與歸」句與《左傳．隱公元年》「不如早為之所」句，而為鄭佩聰與吳術燕為文所否定，遂辯證之。頗覺社會風氣影響學界，則學風為之虛浮。而敢為大言而遊談無根，正為考證類文章之大忌。

筆者曾於《中國語文》(2000.3)發表《讀史札記兩則·關於〈左傳〉「貳於×」句》，不料數年之後，泉州師院友人馳電驚告，謂其參加一語言學術會議，聞江蘇師大楊亦鳴先生斥鄙文為「垃圾文章」。筆者趕緊搜羅信息，知楊先生已有相關文字:《關於〈左傳〉「貳於×」及其他》(《語言研究》1988.2)，而筆者孤陋寡聞，未予注重，又與其主張相左，故楊先生嚴厲批評之，亦在情理之中。然細究之，亦覺其文鮮有可取處而蕭稂實多。未幾即見其正式批評文章《再談〈左傳〉貳於×》，刊於《中國語文》(2005.4)。此文於鄙文雖未冠以「垃圾」字樣，然欣然自喜、創為新理論之意氣，溢於紙面，而文字、觀點則一如其舊文《關於〈左傳〉「貳於×」及其他》，而多有可商。筆者遂寫答辯文章，投於《中國語文》，期於同一陣地，校其是非。不料如石沉大海，音耗全無。想來或許《中國語文》編輯先生以為鄙文水平不夠；或許以為若刊登鄙文，爭端一開，難以收場；不如一來一往，尚為公平：抑而寢之，亦息事寧人之一策也。不知論亦猶積薪，後來居上，半途而廢，則易以非為是、誤黑為白；有批評而無反批評，可能壓抑正確意見而助長謬說。此非關個人意氣而事涉學術，於是筆者決意刊發此文。幾經周折，筆者之答辯文章《〈左傳〉「貳於×」句續論》在《北方論叢》2008 年第 3 期刊出。但《北方論叢》之威望與影響力畢竟與《中國語文》不可同日而語，筆者之答辯又姍姍來遲，恐讀者十之九未及見，而以楊文為有理，以富某為知難而退。從楊先生那一邊看來，亦恐對鄙人之答辯文章未暇寓目，而誤以為彼於《中國語文》之役一戰而勝，早已奏凱收兵矣。則不知己之過，於楊先生亦有不利焉。今筆者借將此答辯文章《〈左傳〉「貳於×」句續論》收入論文集之機會，舊事重提，實欲關注此問題者審察事理，明辨是非，而非敢復修夙怨也。

筆者曾於《文獻》2007 年第 4 期發文《今本〈漢書·雋不疑傳〉之錯簡》，而王繼如先生以為實非錯簡，乃為補敘，撰文《莫將補敘當錯簡》(《傳統中國研究集刊》第七集，2010)以否定之。於是筆者有《如此「補敘」豈當然》之作(《傳統中國研究集刊》第，九、十合集，2012)，以答王繼如先生之批評，迄未見其另有異議。

順便言及，我於此公，頗懷敬意，非特因其著述宏富，學問淵深，乃因其虛懷若谷、從善如流。我們本因參加古漢語學術會議彼此知名，而未及深談。1998 年我赴昆明訓詁學年會，此前王繼如先生已在《中國語文》(1982.2)發文

《「穎脫」新解》，主張「穎」之語源為「挺」，為「挺出，出脫」之義，「穎脫」也即出脫。而我則以為「穎」的同源詞是「莛」，其語源為「壬」（tǐng）。「穎」本義為禾苗莖稈上端，引申指杆、錐、刀等物的前部，「穎脫」即錐尖端以下之部分脫出囊外。於是撰為《穎脫》一文以批評之，並作為參會論文（此文收入鄙著《訓詁散筆》）。當時無電子稿，參會人員須自行將論文打印若干件交會議秘書處，於會前分發給與會人員。我估計王繼如先生將照例出席年會，心中略有忐忑，擔心引起尷尬。但事關學術，勢不得已。而到會後，果然在代表名單中赫然看到王繼如先生大名。正不知此事將如何收場時，王繼如先生登門來訪了。甫一進門，他便說：「你批評了我一條，我來表示三重感謝。」我頗不解：感謝已屬難能，何必「三重」？便笑說：「願聞其詳。」他點著手說：「我寫了文章，你看了，這是一重感謝；你不但看了，還批評了，這是二重感謝；你不但批評了，還批評對了，這是三重感謝。」面對這真誠、厚重的「三重感謝」，我真是無言以對：王繼如先生捧出的，是知識分子忠於學術、善待學界同仁的一顆拳拳的心，為知識分子的傳統美德。從此我便時時憶起、向學生說起王繼如先生的「三重感謝論」。

筆者曾於《文學遺產》（2005.2）發文《「酒席上斜簽著坐的」的不指張生》。由於「坐的」（又作「坐地」，「坐著」之意）這一宋元明清口語詞人多不解，《西廂記》第四本第三折又間有些撲朔迷離之文，筆者雖勉強辨析，然力有未逮，又批評了評注王實甫《西廂記》的大學者金聖歎以及注釋者王力、朱東潤諸先生，故雖引起不少讀者共鳴，然亦間有批評之聲。《再說「酒席上斜簽著坐的」的不指張生——答李金坤先生批評》、《遲到的回覆：評李金坤先生答辯之文〈「閣淚汪汪不敢垂」者也是張生——與富金壁先生再商榷〉》便是這一爭論的答辯文章。

2008 年夏，筆者最後一次參加黑龍江省語文高考評卷，任顧問兼作文題長。審察試卷，發現詩歌鑒賞題評卷標準答案有誤。題目是：李彌遜詩《春日即事》：

> 小雨絲絲欲網春，落花狼籍近黃昏。車塵不到張羅地，宿鳥聲中自掩門。

要求考生說出此詩表現了作者什麼樣的情緒。評卷參考答案說，這首詩表現了作者一種政治上失意後寂寞的情緒以及對世態炎涼的感歎。

我以為參考答案不可靠，遂提請負責此題的題長（徐廣才博士）注意，並馬上查書研究，制定正確的參考答案：表現了詩人那坦然傲岸、與自然融而為一的閒適之情以及對官場生活與權勢的蔑視。這樣就保證了黑龍江省數千名不按錯誤的參考答案答題的優秀考生沒有冤枉地丟分。评卷工作結束後，作文題副題長崔修建老師代表哈師大評卷點赴京參加評卷工作總結會，我吩咐他向中央高考出題組主管領導說明我們對此題的意見與做法。主管領導承認此詩歌鑒賞題評卷標準答案有誤，肯定了我們的意見。於是筆者寫了《說李彌遜詩〈春日即事〉》一文，今收入此集。

前幾年，國學熱起，而泥沙俱下、魚龍混雜，某些學者亦掉以輕心，率爾妄言。於是筆者有《講國學者三戒》之作，批評了三位名人——于丹、李敖、李零講論國學的不妥之處，以為講國學者戒。不料稿件誤投給了一個雞毛刊物，幾無影響。今亦收入此集。

對「俗文字學」，特別是不學無術而自以為是、曲解漢字而樂此不疲、危害尤大者，筆者素取憎惡而嚴厲批評之態度，鄙書《訓詁散筆》卷末有長文批評北京所謂「漢字研究專家、字聖」蕭啟宏——他認為以前的文字學家「沒有看懂漢字」。我曾將《訓詁散筆》送呈語言文字學家張永言先生，先生回覆：「篇末長文，讀之解頤。月前友人以電郵發來論『熊良山現象』，亦一長文，所評者與蕭某類似，看來滔滔者天下皆是，我輩書生，凡事過於認真，不免時懷杞憂，可歎。」

我深驚於蕭先生語文基礎知識薄弱而敢為大言，便在文末勸他「當先潛心學習文字學理論，閱讀傳統文字學著作、小學諸書、國學要籍、當代語言文字學家的重要著作，先不必忙於顛覆」——蕭先生要顛覆許慎以來的傳統文字學理論。而言之諄諄，聽之藐藐，鄙人之忠言，如東風之入馬耳：居無何，蕭氏大作又出矣，勢如變本加厲，實皆老調重彈——仍是「枉是王綁木柱多冤枉」、「皇是王頭上戴小白帽」那一套。然蕭氏說字，鄙陋拙劣而已，尚不至於邪僻下流。乃有堪稱無恥之尤者，為一語驚人，出人頭地，竟貿然創為「漢字生殖理論」，以標新立異——近年來西安黨校教授名為任學禮者，即此類貨色。其人以妖言惑眾而異軍突起，胡謅所謂「漢字生命符號理論」，將漢字偏旁、部件全視為雌雄、男女性交符號，謂許多漢字在反映性活動，闡述之津津樂道、繪聲繪色、淋漓盡致！且其怪論受到不學無術的陝西省官方支持，又有廣西師大出版集團為其出版全八冊之煌煌巨著，真堪驚堪詫，可悲可歎！於是筆者又忿而斥之，即集內《評任學禮的漢字謬說》之文。

為釐清《偽古文尚書》問題，筆者重讀清閻若璩《尚書古文疏證》。原來曾讀《四庫》本閻書，今用電子版「中華經典古籍庫」（中華書局主編）閱讀閻書，唯一定本乃是錢文忠教授之整理本（上海書店出版社，2012.7），發現其整理之錯訛文句六百餘條。驚詫之餘，遂撰寫《點金成石——錢文忠整理〈尚書古文疏證〉失誤舉例》（刊《內江師範學院學報》，2022.9，「古代小說研究」公眾號 2022.10.08），舉其疏失八大類，例句一百餘條。而有讀者欲窺其全豹，余遂復將其書爬羅剔抉一過（原僅讀序及正文，今並其他附錄亦通讀之），又得二百餘條，通前者已近九百條矣。而近來乘整理文集之機，又稍稍讀之，則發現錢文忠整理文字之疏誤，真如秋風落葉，儘掃儘有，不覺又得百餘條，通前者已近千條矣。而每條之中，或其誤不止一處，而有多達四五處者，故雖列文句九百九十餘條，其實際誤處則逾千矣。余驚其粗蕪，復憾於上海書店出版社、中華書局中華經典古籍庫編者徒重其虛名而不審其陋筆，此風若長，大陸古代文獻學水平將江河日下矣！於是將《點金成石——錢文忠整理《尚書古文疏證》失誤千處》收入此集中，作為《點金成石——錢文忠整理〈尚書古文疏證〉失誤舉例》一文之補充與佐證，以引起古籍整理工作領導者之注意；有欲重新整理閻若璩《尚書古文疏證》者，亦可得資為參考焉。

其餘古漢語隨筆類文章不一一焉。

今為此序，略述集內諸篇寫作緣由、內容，以為讀者閱讀之一助。諸篇文章不當之處，望讀者批評斧正。

目次

上冊

中　冊

下　冊

王力《古代漢語》注釋訂誤

王力先生主編的《古代漢語》，迄今仍是我國高等學校漢語言文學專業通用的一部教材，幾十年來沾溉學界，影響甚大。然而，正如任何鴻篇巨製都難以做到盡善盡美一樣，這部教材在文選的注釋方面，就存在著諸多問題：或注釋有誤，或語焉不詳，或應注而失注等。近年來，已有不少學者先後撰文指正。這部教材雖於1980年再次修訂，但錯誤仍然存在。本文即就其中注釋不當之處，略作辨析；關於失注與雖注而語焉不詳的，另為一文。其誤凡經他人指出的，或筆者已撰文發表的，則不述及。謹以此與編者商榷，並請同行指正。

1.《老子》七十七章：「天之道，其猶張弓與？高者抑之，下者舉之。」注：「抑，指把弦壓低；舉，指把弦升高。」（P374——頁碼據1981年版，下同）

張弓是把弦綳在弓上，使弓由「弛」的狀態變成「張」的狀態，故須按抑弓的上梢（弓梢古稱弭，又稱簫），使其降低；抬高弓的下梢，使其升高：弓就變曲，兩弓弭之間的直線距離比弓弛時縮短，才能把弦綳上。所以說「高者抑之，下者舉之」。抑、舉的不是弓弦，而是弓弭（又稱弓簫）。又，662頁：「張，弛，本義是弓弦的緊張和鬆弛。」這也是不準確的，應說是指弓綳弦與解弦兩種行為或狀態。《說文解字．弓部》：「張，施弓弦也。」又：「弛，弓解也」(段玉裁注作「弓解弦也」)。如曹操《軍令》:「吾將士無張弓弩於軍中。其隨大軍行,其欲試調弓弩者,得張之,不得著箭。」又王建《宮詞》:「射生弓女宿紅妝,請得新弓各自張。」《後漢書·朱浮列傳》:「連年拒守,吏士疲勞,甲冑生蟣虱,弓弩不得弛。」李賢注引鄭玄《周禮》注曰:「弛,釋下也。」

2.《莊子·逍遙遊》:「摶扶搖而上者九萬里。」注:「摶,環繞著飛向上空。」(P378)

「摶」並無「環繞著飛向上空」的意思;況且這樣釋,「摶」與「扶搖」語義無法關聯,也與「而上」語義重複。「摶」,《說文解字·手部》:「以手圜之也。」(據段玉裁注本)本義是以手團物。大鳥鼓翼,兩翅之動作與團物極其相似,一「摶」字足見《莊子》用詞之精妙。而鵬鳥摶弄的是「扶搖」,所以郭象注:「夫翼大則難舉,故摶扶搖而後能上九萬里。」上文「怒而飛,其翼若垂天之雲」成玄英疏也說:「既欲摶風,方將擊水。」「摶風」與「擊水」相對為文,「摶風」即「摶扶搖」。這樣解釋才與《莊子》文意相符:大鵬高飛必有所恃——「擊水、摶扶搖、培(憑)風」。

3. 又《胠篋》:「故逐於大盜、揭諸侯、竊仁義並斗斛權衡符璽之利者。」注:「揭,舉。揭諸侯,等於說居諸侯之上。」

莊子這裡正是在抨擊諸侯(上文說「竊國者為諸侯,諸侯之門,而仁義存焉」),而如釋「揭諸侯」為「居諸侯之上」,則非為諸侯。「揭」有「取」義。如杜牧《池州送孟遲先輩》:「我欲東召龍伯翁,上天揭取北斗柄」。揭、取連文,義近。晉郭象注「揭諸侯」句為:「大盜也者,必行以仁義,平以權衡,信以符璽,勸以軒冕,威以斧鉞,盜此公器,然後諸侯可得而揭也。」「揭」也是「拿取」之義。

4.《詩經·鄘風·牆有茨》:「所可道也。」注:「可說的話啊。」

「所」應為假設連詞,相當於「若」或「如果」。王引之《經傳釋詞》卷九:「所猶若也,或也。」古書中用例甚多。如《尚書·牧誓》:「爾所弗勖,其於爾躬有戮。」《左傳·僖公二十四年》:「所不與舅氏同心者,有如白水!」《論語·雍也》:「予所否者,天厭之,天厭之!」

5.《史記·淮陰侯列傳》:「今如此避而不擊,後有大者,何以加之?」注:「加,等於說勝。」

「加」並不能引申出「戰勝」義。況且「之」代的不是「大者」，而是「避而不擊」的行為。「加」當訓為「超過」或「甚」。全句意為：「現在韓信兵力小弱，尚且躲避不迎擊，以後大兵來，比這（避而不擊）更甚的會是什麼？」言外之意，只能乖乖投降了。類似的用法又如《漢書・蘇武傳》。副使張勝與謀劫單于母、殺衛律，事敗，單于欲殺張勝，左伊秩訾不同意，說：「即謀單于，何以復加？宜皆降之。」意思說，如因謀劫單于母、殺衛律就處死，那麼假如他謀殺單于，又有什麼處罰比處死更重？應該讓他們投降。又如《漢書・霍光傳》：「擁昭立宣，光為師保，雖周公、阿衡，何以加此！」「何以加」為反問說法，否定說法即「不能加」或「無以加」。

6. 又：「信所出奇兵二千騎，共候趙空壁逐利。」注：「空壁逐利，是說軍隊全部離開了營壘，追求戰利品。」

「逐利」作為兵家常用語，指爭取勝利（多為控制戰役或戰鬥主動權的一方，在有利形勢下採取的攻擊行動），非指爭奪戰利品。所以韓信在戰前向將士授計，即說：「趙見我走，必空壁逐我。」「逐我」即是逐利——乘勝追擊，以爭取勝利。戰時信軍詐敗，佯棄鼓旗，是示趙敗徵，誘其來追，「趙果空壁爭漢鼓旗，逐韓信、張耳。」「爭漢鼓旗」是為爭功，「逐韓信、張耳」才是「逐利」的主要表現。因盡人皆知，擒殺敵軍主帥才是最後勝利。又《孫子兵法・虛實》「退而不可追者，速而不可及也」陳皞注：「逐利而退，敵不知所追也。」（《諸子集成・孫子十家注》）也是指爭取主動、有利形勢，所以「敵不知所追」。與「逐利」義近的又有「爭利、赴利、趨利（趣利）」，也都不是爭奪戰利品的意思。如《孫子・軍爭》：「舉軍而爭利，則不及。」杜佑注：「舉軍悉行，爭赴其利，則道路悉不相逮。」又：「百里而爭利，則擒三將軍。」杜牧注：「凡爭利必是爭奪要害。」張預注：「言百里之遠，與人爭利。」又《史記・孫子吳起列傳》記孫臏謀破龐涓，用古兵法「百里而趣利者蹶上將，五十里而趣利者軍半至」，設減灶之計誘龐涓「趣利」；龐涓急追齊軍，並不是為奪取戰利品（那就太浮淺了），他是誤以為齊軍逃散者多，欲一擊而置之於死地，奪取戰爭勝利。而「逐利」不得，則為「失利」，「利」的意思是相同的。

7. 又：「水上軍開入之。」注：「開，指開營壘的門。」（P706）

「水上軍」是凌晨到達河邊列背水陣的漢軍，並無營壘。「開入之」是陣列閃開一個缺口，讓佯敗而歸的韓信、張耳兵馬也加入陣列，一同拼死作戰。

8. 又：「引軍半渡，擊龍且。」注：「帶領一半軍隊渡河。」（P712）

這種理解是因為對原文作了錯誤的切分：引|軍半|渡。「半渡」為一詞，古書中習見，指渡河行為沒有完成。軍事上指一部分軍隊剛渡過河，另一部分正在渡河過程中，即《左傳・僖公二十二年》所謂「未既濟」。這時對於渡河一方軍隊是最不利的：剛上岸的部隊未及展開，其他部分或在水中，或在彼岸。所以《吳子・料敵》說：「涉水半渡，可擊。」又如《史記・項羽本紀》：「大司馬怒，渡兵汜水。士卒半渡，漢擊之，大破楚軍。」又《資治通鑒・晉紀・孝武帝太元八年》記淝水之戰，秦兵逼淝水而陣，晉兵要求秦兵移陣少卻，使晉兵得渡以決勝負，符堅說：「但引兵少卻，使半渡，我以鐵騎蹙而殺之，蔑不勝矣！」「使之半渡」不可能是「使之帶領一半軍隊渡河」，當時晉軍兵少，也只能是悉軍而渡。符堅不過是企圖在晉軍未渡完河時就發起攻擊。又史書載其他半渡之事多例，皆指渡河行為沒有完成，而不指「率領一半軍隊渡河」。

9. 又：「常山王背項王，奉項嬰頭而竄。」注：「項嬰，項王派往常山國的使臣。」（P717）

以「項嬰」為人名，史書無憑。「奉」是「捧」的古字，「項」指脖頸，「奉項嬰頭」猶言捧頸抱頭，極言其狼狽。《漢書・蒯通傳》記此事，為「常山王奉頭鼠竄」，較為可信。

10. 鄒陽《獄中上梁王書》：「義不苟取比周於朝。」注：「按照道義不肯隨便採取結黨於朝的手段。」（P891）

依注文意，「苟取」與「比周於朝」是動賓關係，為牽合這種關係，就在譯文中加上了「的手段」，以使「比周於朝」變成名詞性詞組，這有「增字解經」之嫌。而且把「苟取」釋為「隨便採取」，似乎「隨便採取」不可以，「嚴肅地採取」就可以，這也是說不通的。實際上「苟取」是一事，「比周於朝」是另一事，二者皆為作者所不屑為，在句中是並列關係。「取」是「取得，拿取」之義，「苟取」即見利忘義，苟且取利。《史記會注考證》引中井積德曰：「『義不苟取』為一句，其下蓋脫數字。」意見也大體如此。

11. 司馬遷《報任安書》:「彭越張敖,南面稱孤,繫獄抵罪。」注:「抵,抵當。」(P912)

這是誤解了《史記・高祖本紀》「傷人及盜抵罪」集解所引應劭語:「抵,至也,又當也。」應劭訓此「抵」為「至」又為「當」,義相關聯:「至」有「抵,觸」義,從犯法者角度說,「抵罪」義為觸罪、獲罪;「當」有「判處」義,從執法者角度說,「抵罪」義為「判罪、治罪」。所以應劭緊接著又說:「除秦苛政,但至於罪也。」「至於罪」,「至」是使動用法,即「使觸罪,使獲罪」,也即判罪。如果釋「抵罪」之「抵」為「抵當」,那麼「抵法、抵死、抵誅」之「抵」又作何解?況且,可以說「抵某人罪」(《史記・張丞相列傳》:「乃抵堯罪」),又可以說「至某人罪」(《後漢書・南匈奴列傳》「檻車徵詣廷尉」注:「故至其罪也」);可以說「抵死徙」(後漢書・馮衍列傳),又可以說「至死徙」(後漢書・黃瓊列傳)。可見「抵罪」之「抵」訓「至」,義或為「觸犯」,或為「判處,處治」,毫無疑義(參看筆者與牟維珍合著之文《抵罪釋義》,刊於《學術交流》2003.6)。

12. 柳宗元《永州韋使君新堂記》:「積之丘如,蠲之瀏如。」注:「(積)之,指石。丘如,象山丘的樣子。」「蠲,清潔,使動用法。之,指泉。」(P1043)

「積之」的「之」不指石,「蠲之」的「之」也不指泉。因為作者否定的就是那種「輦山石、疲極人力」而不得其「天作地生之狀」的粗俗做法,他欽佩的是韋使君「逸其人,因其地,全其天」的匠心和手段。上文說「有石焉,翳於奧草;有泉焉,伏於土塗」,為顯露石、泉,於是「命芟其蕪,行其塗」,「既焚既釃(疏濬),奇勢迭出」。所以那「積之丘如」的只能是芟除下來的奧草,被燒掉(既焚);「蠲」也不作「清潔」講,不通「涓」,而通「捐」,當「去除」講,「蠲之」的「之」指土塗。「芟其蕪、積之」而「焚」與下文「擇(剔除)惡」相承,「行其塗、蠲之」而「釃」與下文「蠲濁」相承;於改造自然的「擇惡而取美、蠲濁而流清」的用心中寓含政治的「除殘而佑仁、廢貪而立廉」之志焉,是文章立意之所在。因此「積之」的「之」指蕪草,「蠲之」的「之」指泥塗,方合文義。

13.《文心雕龍・熔裁》:「然後舒華布實,獻替節文。」注:「替,應作質……這句是說華實兼顧,文附於質。」(P1143)

謂「替」為「質」之誤字，乃依何焯誤改本。楊明照《文心雕龍校注拾遺》卷七已斥其誤。「獻質」文不成義，而「獻替」是用典，即「獻可替否」的凝煉形式，語出《左傳·昭公二十年》:「君所謂可，而有否焉，臣獻其否，以成其可；君所謂否，而有可焉，臣獻其可，以去其否。」這裡用「獻替」比喻斟酌損益，刪除蕪雜，採用精純，與「節文」(節製辭采) 文義一致。

14. 又:「若術不素定，而委心逐辭。」注:「委心，指一心放在追求辭藻上。逐辭，追求辭采。」(P1143)

這樣注，「委心」與「逐辭」無別。而實際上，《鎔裁》一章從情理和文采兩方面講對文章的設計和錘鍊，這一句是從反面論證，則「委心」以情理言，「逐辭」以文采言，意為「(不加節制地) 恣意構思、追求文采。」這樣理解，才合劉勰文義，全面而不偏廢。

15. 庾信《哀江南賦序》:「讓東海之濱，遂餐周粟。」注:「讓東海之濱，讓位而居於東海之濱。戰國時，田和把齊康公遷到海濱，自立為齊國的國君。這裡指宇文覺篡奪西魏，改國號為北周。『讓』是委婉的說法。因庾信在北周作官，只好這樣說。」(P1161)

「讓東海之濱」,「東海之濱」是「讓」的賓語，今注釋為「讓位而居於東海之濱」,憑空在「讓」和「東海之濱」之間加上了「位而居於」幾個實詞、虛詞，譯文的結構與原文相去甚遠，這違背譯注的一般原則，因而釋義也是不可靠的。「讓東海之濱」只能理解為「讓出東海之濱」。又，庾信這一節文字皆為用典以自況，不指他人。「讓東海之濱，遂餐周粟」是反用殷末周初伯夷、叔齊典，說伯夷、叔齊先讓其國(其國處於東海之濱),而後卻食用了周天下的粟米，比喻自己本以廉貞自守，出使西魏後卻未能為保持節操而以身殉義。典故與田常遷齊康公事無涉，也不關宇文覺篡魏之事。

16. 孔稚珪《北山移文》:「乍回跡以心染。」注:「回跡，躲避蹤跡，指隱居山林。」(P1269)

「回跡」不等於「避跡」,「避跡」有避藏形跡、隱匿之義，而「回跡」無此義。如晉潘尼《贈侍御史王元貺》詩:「王侯厭崇禮，回跡清憲臺。」「憲臺」是御史臺的別稱，那裏不可能「躲避蹤跡」。「回跡」是返歸、回行之義。高士謂躋身官場為陷於塵網，謂棄官歸隱為回跡山林。李商隱詩《安定城樓》:

「永憶江湖歸白髮，欲回天地入扁舟。」「回」也是「返、歸」的意思。「江湖」與「天地」對文，都指隱士所居之大自然。而課本注：「回天地，即扭轉乾坤的意思，指幹一番大事業。這一聯是說，自己長久想著的是，將來幹了一番扭轉乾坤的大事業之後，乘著一葉扁舟，帶著滿頭的白髮，歸隱江湖。」（P1456）

如果「回天地」真的意為「扭轉乾坤，幹一番大事業」，那麼作者非但遭人「猜意」不足為怪，且必有殺身之禍——因為在中國君主專制時代，臣下要「扭轉乾坤」，就意味著要造反。「歸白髮」並不是說要待功成年老才歸隱，而是「歸老」之意；「欲回天地入扁舟」也宜理解為「欲入扁舟回天地」。「天地」可指大自然。如《韓詩外傳》一：「能隨天地自然，為能勝理。」「天地」與「自然」連文，義近。又，李白詩《友人會宿》：「醉來臥空山，天地即衾枕。」宦場失意則思歸隱，這本是人之常情；如把「回天地」釋為「幹一番大事業」，反倒不合情理了。

17. 李華《弔古戰場文》：「至若窮陰凝閉，凜冽海隅。」注：「窮陰，極陰，就是天陰得非常厲害。」（P1294）

古以春夏為陽，秋冬為陰。《神農本草經》：「秋冬為陰。」「窮陰」指深冬。《文選・鮑照〈舞鶴賦〉》「窮陰殺節」注：「《禮記》曰：『季冬之月。』」「凝閉」也應注為「嚴寒」。《文選・張恢〈七命〉》「天凝地閉，風厲霜飛」李周翰注：「天凝，為霜也；地閉，為冰也。」庾信《謝趙王賚絲布啟》：「去冬凝閉，今春嚴勁。」

18. 韓愈《進學解》：「動而得謗，名亦隨之。」注：「名亦隨之，名譽也跟著受到損害。」（P1303）

首先，「之」代指「謗」，並無「受損害」義。其次，這一節均為韓愈的自慰之辭，表示自安現狀，並無不平：上文說自己無才德而衣食足、碌碌無為而不受貶責；下文說雖為閒官，卻也合乎本分。每組句子前後分句間皆為轉折關係。那麼「動而得謗，名亦隨之」也不可能是純粹的自傷自卑之辭，前後分句間也應是轉折關係。應譯為「一有舉動就受到詆毀，但名聲也隨之而起」：仍為自慰之辭。後人襲用韓文此句，語意亦同。如清王之春《椒生隨筆・湯海秋銓部》：「湯公鵬著述甚富，才氣橫溢，目空一世，似不理於眾口。歿後，曾侯相挽以聯云：『著書累百千萬言，才未盡也；得謗遍一十八省，名亦隨之。』數言記實，寫盡其人。」

19. 蘇軾《西江月》：「障泥未解玉驄驕。」注：「這句是說馬停蹄不肯往前走。」（P1548）

「驕」是馬不受控制。《玉篇．馬部》：驕，逸也。」《洪武正韻．蕭韻》：「驕，恣也。」這句反用晉王武子典。典故本來說王武子有好馬，懂得愛惜珍貴的障泥，障泥未解便駐步而不肯渡水；而作者自己的玉驄馬卻被「照野瀰瀰淺浪，橫空隱隱層霄」的美好景色所陶醉，忘了障泥還未解去，便爭欲渡水。說「馬停蹄不肯往前走」，既不合「驕」的詞義，也與詞人用意相違。

20. 姜夔《揚州慢》：「自胡馬窺江去後，廢池喬木，猶厭言兵。」注：「老百姓看見了毀壞了的城池和古老的大樹，至今厭惡戰爭。」（P1578）

「老百姓看見了」等語是注釋者所加，作者原句並無此意。原句意為：「連廢池與大樹，都厭惡談起戰爭（何況人們呢）。」這正是「木猶如此，人何以堪」的表現手法。另外，「池」也以釋為「池臺」之「池」為好。因為城池之池（護城河）本來就與戰爭有關。

《北方論叢》，2000 年第 2 期

王力《古代漢語》注釋訂補

關於王力《古代漢語》文選誤注的，筆者已在《王力〈古代漢語〉注釋訂誤》(《北方論叢》2000 年第 2 期）中談及。今再就其失注與注釋了但語焉不詳或不確切的略抒管見，請編者與同行指正。

一、失注的

1.《史記・淮陰侯列傳》:「秦父兄怨此三人，痛入骨髓。」(P700)

「痛」當注為「怨恨」。《國語・楚語下》:「使神無有怨痛於楚國。」韋昭注:「痛，疾也。」《左傳・昭公二十年》:「神怒民痛。」「痛入骨髓」即「怨入骨髓、恨之入骨」，又說成「痛之入骨」。《資治通鑒・周紀・赧王三十六年》:「齊為無道，乘孤國之亂以害先王，寡人統位，痛之入骨，故廣延群臣，外招賓客，以求報仇。」又說「痛於骨髓」。《戰國策・燕策》:「樊將軍仰天太息流涕曰:『吾每念常痛於骨髓。』」當然，「痛入骨髓」之「痛」也有作「傷痛、哀痛」解者，如《南齊書・何昌寓傳》記他為人訟冤，說「實義切於心，痛入骨髓」。

2. 又:「今韓信兵號數萬，其實不過數千，能千里而襲我，亦已罷極。」(P704)

「能」當注「通『乃』」。王念孫《讀書雜志・漢書第十三》:「能字古讀若耐，聲與乃相近，故義亦相同。」

3. 又：「其勢非置之死地，使人人自為戰。」(P707)

當注為：「自為(wèi)，為自己。」古書中「自為」多作「為自己」解。《左傳・成公二年》：「其自為謀也則過矣，其為吾先君謀也則忠。」《史記・張耳陳餘列傳》：「自為樹黨，為秦益敵也。」《刺客列傳》：「彼伍員父兄皆死於楚而員言伐楚，欲自為報私仇也，非能為吳。」以上諸例，「自為」分別與「為吾先君、為秦、為吳」對舉，其「為自己」之義甚明。又《張耳陳餘列傳》：「家自為怒，人自為鬥，各報其怨以攻其仇。」《項羽本紀》：「君王能自陳以東傅海，盡與韓信；睢陽以北至穀城，以與彭越：使各自為戰，則楚易敗也。」正義：「為，于偽反。」于，古匣母字；偽，上聲字。全濁聲母上聲字今讀去聲，正是引入對象的介詞「為」的讀音。韓信自知「非得素拊循士大夫」，軍人不可能為他效命，所以故意列背水陣，置將士於死地，使其人人為個人生存而奮戰，才得以取勝。《孫子兵法・勢》：「鬥眾如鬥寡，形名是也。」杜牧注：「形名已定，志專勢孤，人自為戰，敗則自敗，勝則自勝。」即說此理。

4. 又：「故曰：『狂夫之言，聖人擇焉。』」(P708)

應注明出典：《詩・齊風・東方未明》：「折柳樊圃，狂夫瞿瞿。」再釋「狂夫」為「愚妄之人」。

5. 又：「信知漢王畏惡其能。」(P720)

「惡」有「畏懼」義。《說文・甶部》：「畏，惡也。從甶虎省。鬼頭而虎爪，可畏也。」《儀禮・特牲饋食禮》「宗人執畢先入」鄭玄注：「神物惡桑叉。」《史記・田叔列傳》：「此二子拔刀列斷席別坐，主家皆怪而惡之，莫敢呵。」又司馬遷《報任安書》：「夫人情莫不貪生惡死。」(P910)「惡死」猶言「怕死」。

6.《魏其武安侯列傳》：「及飲酒酣，夫起舞屬丞相，丞相不起。」注：「屬(zhǔ)，等於說邀請。」(P737)

沒說明「起舞」是古人宴飲時的娛樂行為。《宋書・樂一》：「前世樂飲，酒酣，必起自舞。《詩》云『屢舞僊僊』是也。宴樂必舞……漢武帝(筆者按，當作景帝)樂飲，長沙定王舞又是也。魏晉以來，尤重以舞相屬，所屬者代起舞，猶若飲酒以杯相屬也。」《漢書・竇嬰傳》：「夫起舞屬蚡。」顏師古注：「屬，付也，猶今之舞訖相勸也。」如起舞者邀人代己起舞而遭拒絕，邀請者會感到丟面子。如《後漢書・蔡邕列傳》記他遇赦將返，「五原太守王智餞之，酒酣，智起舞屬邕，邕不為報」，得罪了王智。所以當注：「古人宴飲，酒酣常起舞，舞畢則請他人代己起舞。被請者拒絕起舞是不禮貌的。」這樣，讀者才能明白，為什麼「夫起舞屬丞相，丞相不起，夫從坐上語侵之」。

7. 又：「局趣效轅下駒。」（P741）

駒，當注為「馬」。因駒有時指馬崽，有時指馬。訓詁學所謂「析言則別，渾言則不別」。不注，初學者易誤以為指馬崽（《現代漢語詞典》第一、二版「白駒過隙」條就把「白駒」誤釋為「小白馬」）。

8. 賈誼《論積貯疏》：「兵旱相乘，天下大屈。」（P885）

「屈」音 jué，義為竭盡。《漢書・賈誼傳》：「國已屈矣」顏師古注：「屈謂財力盡也，音其勿反。」

9. 陶潛《自祭文》：「羞以嘉蔬，薦以清酌。」注：「清酌，祭奠所用的酒的專稱。」（P1264）

「嘉蔬」當注為「祭奠用的稻的專稱」。《禮記・曲禮下》：「凡祭宗廟之禮……酒曰清酌……稻曰嘉蔬。」否則易生誤解（《歷代名賦譯釋》961 頁即誤釋「嘉蔬」為「好的菜食」）。

10. 陸游《十一月四日風雨大作》：「僵臥孤村不自哀。」（P1468）

《說文・人部》：「僵，僨也。」段玉裁注：「僵謂仰倒。」如不注，易誤解為「僵硬」。但這裡並非「僵硬」義，因下句便說「尚思為國戍輪臺」。「不自哀」意不在說身體不好，而說自己被朝廷疏遠冷落而「臥孤村」（孤，一本作「荒」）。

二、語焉不詳與不確切的

1.《左傳・宣公二年》：「臣侍君宴，過三爵，非禮也。」注：「爵，古代飲酒器。」（P28）

當說明這話的由來。《禮記・玉藻》：「君若賜之爵，則越席再拜稽首受……君子之飲酒也，受一爵而色洒如也，二爵而言言斯，禮已，三爵而油油，以退。」鄭玄注：「禮，飲過三爵則敬殺，可以去矣。」孔穎達疏：「言侍君小燕之禮……《春秋左氏傳》云：『臣侍君宴，過三爵，非禮也。』」

2.《左傳・成公二年》：「其竭力致死，無有二心，以盡臣禮，所以報也。」注：「臣禮是對晉君說，不是對楚王說。」（P38）

「臣禮」是泛指人臣對君王應盡的義務，天下皆然，不宜說是對哪個具體的君王說的。知罃對晉君無二心而竭力致死，是盡臣禮，也會激勵楚臣盡臣禮，為楚王竭力致死而無二心，即是對楚王的報答。

3.《論語・微子》：「長沮桀溺耦而耕。」注：「耦，古代的一種耕作方法，即兩人各執一耜（sì，犁），同耕一尺寬之地（兩耜合耕，耕出之地的寬度，恰為一尺）。」（P200）

仍然不甚明晰。《周禮・冬官考工記・匠人》：「匠人為溝洫，耜廣五寸，二耜為耦，一耦之伐，廣尺深尺謂之甽。」《漢書・食貨志上》：「（趙）過能為代田，一畮三甽，歲代處，故曰代田，古法也。后稷始甽田，以二耜為耦，廣尺深尺曰甽，長終畮，一畮三甽，一夫三百甽，而播種於甽中。苗生〔三〕（按，據王念孫《讀書雜志・漢書第四》補，下文「壯、平」同）葉以上，稍〔壯〕，耨壟草，因隤其土以附苗根。故其《詩》曰：『或耘或耔，黍稷儗儗。』耘，除草也；耔，附根也。言苗稍壯，每耨則附根，比盛暑，壟盡〔平〕而根深，能風與旱，故儗儗而盛也。」據此，用二耜（金壁今按，耜實非犁，乃犁之前身，挖土用的鍤，原為木製）耦耕出來的深寬各一尺的甽即今所謂壟溝，在甽即壟溝中播種；苗壯鋤草時，把壟臺上的土漸鋤下來壅埋苗根。經幾次鋤草，盛暑時壟臺已平而苗根愈深。「歲代處」即每年甽壟互換。這就把古耦耕之法與現代耕作制度間的區別與聯繫說清楚了。

4.《戰國策・趙策》：「天子巡狩，諸侯辟舍，納筦鍵。」注：「等於說把鎖鑰交給天子……筦（同管）鍵，當依《史記》作『筦（管）鑰』，類似現在的鑰匙。」（P122）

注釋誤解有二：一是誤以為筦（管）鍵與筦（管）鑰有別，二是誤以為管鑰、鎖鑰類似鑰匙。又《左傳・僖公三十三年》：「鄭人使我掌其北門之管。」注：「管，類似現代的鎖鑰。」誤與上同。其實，管、管鍵、管鑰、鎖鑰，都類似現代的鎖（說詳拙文《鎖，還是鑰匙》，《北方論叢》1987 年第 6 期）。

5.《禮記・禮運》:「故外戶而不閉。」注:「外戶，從外面把門扇合上。」(P209)

外戶即外門。白行簡《李娃傳》:「時雪方甚，人家外戶多不發。」「外戶不閉」謂室無貯藏或太平安定。《呂氏春秋・慎大》:「故周明堂外戶不閉，示天下不藏也。」《宋書・索虜傳》:「邊城之下，外戶不閉。」本文即說大同盛世，太平安定，故雖外戶而不閉。

6.《莊子・養生主》:「而刀刃若新發於硎。」注:「發，出。」(P386)

發，當訓為「磨」(詳見拙文《關於「新發於硎」》,《古漢語研究》1997 年第 2 期)。

7.《徐无鬼》:「匠石運斤成風。」注:「斤，一種斧子。」(P394)

斤不是斧子。《漢書・賈誼傳》:「至於髖髀之所，非斤則斧。」王筠《說文句讀・斤部》:「斤之刃橫，斧之刃縱，其用與鋤钁相似。」《文心雕龍・論說》:「是以論如析薪，貴能破理。斤利者，越理而橫斷。」足證斤是錛子。可知匠石斫堊，必面對郢人，那「運斤成風，聽而斫之，盡堊而鼻不傷」的驚險與難度，就遠非立於郢人側面，揮斧剁之可比了。這樣，我們對匠人藝高，郢人膽大，二人相互之信任，配合之默契，理解當更為深刻。

8.《韓非子・五蠹》:「修治苦窳之器。」注:「苦，粗劣。」(P415)

當注「苦(gǔ)，通盬，粗劣。」

9.《詩・鄘風・柏舟》:「母也天只！」注:「母親啊，天啊！」(P475)

「天」指父親。古以君父為天。毛傳即說「天謂父也」,《詩序》也說「父母欲奪而嫁之」。

10.《衛風・氓》:「自我徂爾，三歲食貧。」注:「食貧，吃的東西缺乏。」(P478)

這是誤解了鄭玄箋:「女家乏穀食，已三歲貧矣。」食貧即居貧，猶言受窮(今猶說受苦為「吃苦」)。宋王禹偁《謝弟禹圭授試銜表》:「雖累居近侍，而未免食貧。」

11.《秦風・無衣》:「與子同澤。」注:「澤，指汗衣。」(P490)

應注明「因其貼身受汗澤，故稱澤，後作襗。」以說明語源及同源字。

12. 又：「三歲為婦，靡室勞矣。」注：「沒有家務勞動。意思是丈夫還愛自己，不使自己從事家務勞動。」（P479）

詩既說「自我徂爾，三歲食貧」，則婦人所嫁之氓，本非富戶，不可能不使她從事家務勞動。這是婦人自陳在貧困之中克盡婦道：三年做媳婦，勤苦不限於一室之勞碌（下文說，早起晚睡，沒有一天不如此），以譴責氓的忘恩負義。

13.《史記・淮陰侯列傳》：「又不能治生商賈。」注：「治生，備辦財貨，就是做生意。」（P697）

「治生」即謀生計，經營家業，其途多種，商賈僅其一焉。《史記・貨殖列傳》「治生」凡四見，皆泛指農耕、畜牧、養殖、經商等謀生手段而言。如「范蠡乃治產積居……故善治生者，能擇人而任時。」

14. 又：「今日破趙會食。」注：「會食，集合吃飯。」（P705）

「會食」古有二義。一是相聚進食，常指大家族同堂飲食或高級官員辦公時一同進食；二是慶祝或聯歡性質的會餐。本文「會食」屬後者。

15. 又：「漢兵遠鬥窮戰，其鋒不可當。」注：「窮，極，盡。窮戰，盡力作戰。」（P712）

「窮」這裡義為「遠」（同「窮鄉僻壤」之「窮」），「窮戰」也即「遠鬥」，指到遠方去作戰。句義與上文「乘勝而去國遠鬥，其鋒不可當」同。古兵家有「散地」之說，指軍隊在家鄉作戰易逃散（語出《孫子兵法・九地》：「諸侯自戰其地為散地」），而遠離國土作戰才能團結一致，拼命取勝。

16.《魏其武安侯列傳》：「不仰視天而俯畫地。」注：「不字當是衍文（《漢書》無不字）。仰視天，俯畫地，極言其睥睨無禮的樣子。」（P742）

《史記會注考證》引李笠說：「不仰視天而俯畫地，此與《欒布傳》『與楚則漢破，與漢則楚破』同，以而為則也。」王引之《經傳釋詞》卷七：「而猶則也。」「不仰視天而俯畫地」等於說「不仰視天則俯畫地」，義通，「不」非衍文。《漢書・竇嬰傳》作「卬視天，俯畫地」，義亦通，不可據此而非彼。說「極言其睥睨無禮」也不恰切，因這不足陷人於死罪。而武安侯必欲置魏其灌夫於死地，他在暗示兩人居心叵測，策劃謀反。故宜取集解引張晏說「喻欲作反事」，這才與下文「辟倪兩宮間，幸天下有變，而欲有大功」語義相承。

17.《漢書·藝文志諸子略》:「如或一言可採，此亦芻蕘狂夫之議也。」注:「芻蕘，割草打柴。這裡泛指一般貧民。」(P754)

當說明用典。《詩·大雅·板》:「先民有言，詢於芻蕘。」《史記·淮陰侯列傳》:「狂夫之言，賢者擇焉。」

18.《霍光傳》:「左馮翊臣廣明。」注:「左馮翊，官名。與京兆尹、右扶風共治長安城中。」(P771)

當注明「與京兆尹、右扶風的治所都在長安城中」。否則，初學者會誤以為三輔共同治理長安城。

19. 又:「沉湎於酒。」注:「特指沉溺於酒。」(P775)

典出《尚書·微子》:「我用沉酗於酒。」《史記·宋世家》作「沉湎於酒」。

20. 又:「當斷不斷，反受其亂！」注:「這話大約是諺語。」(P777)

此為道家之言。《漢書·高五王傳》:「道家之言:『當斷不斷，反受其亂。』」《後漢書·楊倫列傳》:「當斷不斷，黃石所戒。」李賢注:「《黃石公三略》曰:『當斷不斷，反受其亂。』」

21. 鄒陽《獄中上梁王書》:「今人主誠能……披心腹，見情素，墮肝膽。」注:「墮肝膽，就是肝膽塗地的意思。」(P892)

「墮」有「輸、獻」義，「墮肝膽」是說竭誠相待。見王念孫《讀書雜志·漢書第九》「墮肝膽」條。

22. 司馬遷《報任安書》:「與單于連戰十有餘日，所殺過當。」注:「這是說所殺之敵超過漢軍數目。當(dàng)，相當的，相等的，用如名詞。」(P907)

「當」音 dāng，「大當」是雙方傷亡人數大致相當。《史記·衛將軍驃騎列傳》:「漢匈奴相紛拏，殺傷大當。」索隱:以言所殺傷大略相當。」「過當」是殺敵數超過己方傷亡人數。《史記·衛將軍驃騎列傳》:「郎中令與戰二日，死者過半，所殺亦過當。」

23. 楊惲《報孫會宗書》:「明明求仁義。」注:「明明，應該當皇皇講。皇皇，急急忙忙的樣子。」(P920)

雖然董仲舒《對賢良策》三是「皇皇求仁義」，但「皇皇、明明」文各為義，明明不必作皇皇解。明明即勉勉（詳王引之《經義述聞》卷七「明明天子、在公明明」條）。

24. 沈約《謝靈運傳論》：「子建、仲宣以氣質為體。」注：「氣質，指材性。」（P1125）

「材性」多指人的資質、本性。而這裡評論文學家的辭賦文章，「氣質」當指詩文的風骨，即剛健遒勁的格調。

25. 又：「靈運之興會摽舉。」注：「興會，情興所會。」（P1127）

這是用李善注，但不甚明晰。當注為「指文章情致」。

26.《文心雕龍・情采》：「一曰形文，五色是也；二曰聲文，五音是也；三曰情文，五色是也。」注：「形文，形中之文。這是說繪畫中有文章。」「聲文，聲中之文。五音，宮商角徵羽。這是說音樂中有文章。」「情文，情中之文。五性，喜怒哀樂怨。這是說辭章中有文章。」（P1135）

形文為五色，聲文為五音，情文為五性（文指文采）；是形、聲、情文構成了繪畫、音樂、辭章，所以下文說「五色雜而成黼黻，五音比而成韶夏，五情（當作性）發而為辭章」。繪畫、音樂、辭章本身就是文章，而不能說它們之中「有文章」，所以「這是說繪畫中有文章、這是說音樂中有文章、這是說辭章中有文章」云云，皆贅語，當刪除。

27. 王勃《滕王閣序》：「竄梁鴻於海曲。」注：「海曲，島。」（P1174）

此用《尚書・禹貢》「島夷皮服」孔傳。但《後漢書》本傳只說他「居齊魯之間、適吳」，並未說居海島。「曲」有「彎曲、隱蔽之處」義。李白《惜余春賦》：「漢之曲兮江之潭。」蘇軾《書和靖林處士詩後》：「吳儂生長湖山曲。」齊魯、吳地皆濱海，海曲猶言海隅，即海邊隱僻之處。《後漢書》本傳有梁鴻詩「求魯連兮海隅」，此蓋王勃「海曲」之所本。

28. 又：「今晨捧袂」。注：「捧袂，等於說奉陪。」（P1178）

捧袂猶言捧手，是相見時拱手之禮，因指相見。《花月痕》第五十回：「八載分襟，一朝捧袂。」

29. 孔稚珪《北山移文》:「偶吹草堂。」注:「偶,配偶。偶吹,含有摹仿著別人吹,也就是不會吹而假裝吹的意思。」(P1270)

這裡「偶」不是「配偶」,「偶吹」也不含有「摹仿吹、假裝吹」的意思。「偶」有「結伴、夥同」義,如偶坐、偶語、偶寢等。「偶吹」是結伴吹奏,暗用「濫竽充數」典。冒充、假裝之類意思是典故賦予的。

30. 李華《弔古戰場文》:「天假強胡。」注:「天借給胡人以機會。」(P1294)

「假」此處訓「授,給予」,即「天假良緣」之「假」。

31. 又:「憑陵殺氣,以相剪屠。」注:「憑陵……侵陵。」(P1294)

「憑陵」當訓「憑藉」,殺氣即陰冷之氣。《禮記・月令》:「仲秋之月……殺氣侵盛。」《史記・匈奴列傳》:「匈奴處北地,寒,殺氣早降。」

32. 又:「生也何恩?殺之何咎?」注:「讓老百姓活著,算做什麼恩?把老百姓殺死,他們有什麼過錯?」(P1296)

釋義含混不清。作者意思是質問當政者:平時,你們對百姓有什麼恩德,卻讓百姓上戰場為你們賣命?(既然百姓不必為報恩而赴死,那麼,)他們又因為什麼罪過,被趕上戰場去送命呢?

33. 杜牧《阿房宮賦》:「歌臺暖響,春光融融;舞殿冷袖,風雨淒淒。」注:「大意是:歌臺由於歌唱呼出的氣而暖起來,如春光之融融。」「舞殿由於舞袖的風而冷起來,如風雨之淒淒。」(P1308)

這種「感覺說」的最大弊病,是無法與緊接著的下文「一日之內,一宮之間,而氣候不齊」文義相連。實際杜牧是說,阿房宮是如此之大,以至於此晴彼雨,「一日之內,一宮之間,而氣候不齊」(說詳拙文《語詞雜考五則》,《佳木斯師專學報》1993 年第 1 期)。

34. 韓愈《學諸進士作精衛銜石填海》:「渺渺功難見,區區命已輕。」注:「輕,指不重視。命已輕,生命已經不被重視了。」(P1448)

這樣釋,上下句文義不相連屬:生命不被重視與填海功效難見並無聯繫。「輕」有「淺、弱」義,「命已輕」是說生命已經消耗殆盡,與「功難見」正成鮮明對照,揭示了精衛填海的悲劇性,也才與下聯「人皆譏造次,我獨賞專精」

文義連屬：「造次」並非指輕視生命的態度，而是指捨命填海的行為。

35. 蘇軾《江城子．密州出獵》：「持節雲中，何日遣馮唐？」注：「什麼時候派遣馮唐持節到雲中去呢？也就是說什麼時候派我到邊地去呢？……作者這裡以馮唐自比。」（P1545）

此時蘇軾任密州太守，頗不得志，又有抗遼雄心，其境遇與漢文帝時抗擊匈奴而以小過被貶的雲中郡守魏尚相似，而不與任漢文帝郎中署長的馮唐相似。作者是以魏尚自比，希望宋神宗派近臣宣令重新任用自己，像當年漢文帝派馮唐持節赦免魏尚並起用其重任雲中郡守那樣。

36. 王實甫《西廂記》第四本第三折：「酒席上斜簽著坐的。」注：「斜簽著坐的，斜著身子坐著的，指張生。」（P1599）

「坐的」即「坐地」，為宋元時用語，「坐著」的意思。《古本戲曲叢刊》影明弘治本此句即作「坐地」。《水滸傳》中多作「坐地」，《金瓶梅》幾乎全作「坐的」。站著叫「立地」。如第三本第三折：「姐姐，這湖山下立地。」「斜簽著坐的」的也不指張生，而是鶯鶯自指。這一折全是鶯鶯恨別自傷之辭，「斜簽著、蹙愁眉、閣淚汪汪不敢垂、恐怕人知、把頭低、長吁氣、推整素羅衣」又都是典型的女性行為特徵，素羅衣正是鶯鶯為父穿的喪服（當然，「斜簽著」也常指地位低的人在尊長前的坐姿，但此處是因酒席上有寺中長老在座，青年女子不便正坐。張生則全無必要「斜簽著坐的」）。之所以生此誤解，一是因為注釋者不知「坐的」的詞義；二是誤解了鶯鶯唱詞「我見他閣淚汪汪不敢垂」，以為當讀為「我見|他閣淚汪汪不敢垂」，而實際當讀為「我見他|（我）閣淚汪汪不敢垂」；三是受《六才子西廂記》金聖歎批語的影響。實際上金聖歎所據《西廂記》本與別本不同而有誤，這一部分的批語（「乃是特寫雙文眼中，曾未見坐於如是之地也」、「張生怕人知」、「真寫殺張生也，然是寫雙文看張生，然則真看殺張生也」等等）也是不可靠的。

《學術交流》，2000 年 6 月

《王力〈古代漢語〉注釋訂補》補

摘　要

王力《古代漢語》（1981 年修訂本）注釋中的疏誤，筆者前已著文談及。今王力《古代漢語》雖已於 1999 年 5 月出第 3 版（校定重排本），但其注釋中的疏誤，基本上一仍其舊。且此修訂本不僅已經影響到一代學人，而且影響了一些重要辭書對語詞的釋義。如注司馬遷《報任安書》「身直為閨閣之臣」的「閨閣」為「都是宮中的小門，二字連文即指宮禁」，《漢語大詞典・門部》「閨閣」條因誤設「宮禁」一義項；注「視徒隸則心惕息」為「徒隸，獄卒」，《漢語大詞典・彳部》「徒隸」條除釋為「刑徒奴隸，服勞役的犯人」外，又補釋為「亦專指獄卒」。又，釋杜甫《詠懷古蹟五首》之五「三分割據紆籌策」之「紆」為「屈」，即不得伸展的意思，在古典文學研究領域也有一定影響。筆者辨正此類誤注，並指出一些其他疏失。

一、疑誤的

1.《孟子・公孫丑上）：「管仲以其君霸，晏子以其君顯，管仲晏子猶不足為與？」注：「以，介詞，憑著。」

「霸」和「顯」的是「君」（指齊桓公與齊景公），不是管仲與晏子。所以下文才說「以齊王，猶反手也」，管仲、晏子只是起「相」的作用。所以這三個「以」都不是「憑」，而是「使」。《漢語大字典》、《漢語大詞典）均列此義為從「以」本義「用」引申出的第二義項，且例句充分而理由確鑿。《大詞典》

例為《管子・水地》:「(慶忌)乘小馬,好疾馳,以其名呼之,可使千里外一日反報……蟡者一頭而兩身,其形若蛇,其長八尺,以其名呼之,可以取魚鱉。」「可使」與「可以」變文同義。又《山海經・北山經》「有蛇一首兩身,名曰肥遺」郭璞注引《管子》此文,「可以」作「可使」。又《戰國策・秦策一》:「泠向謂秦王曰:『向欲以齊事王,使攻宋也。』」高誘注:「以,猶使也。」

2.**《莊子・逍遙遊》:「適莽蒼者,三湌而反,腹猶果然。」注:「三湌,指一天。」**

這是用了晉崔譔的注:「三湌,猶言竟日。」唐成玄英也說:「往於郊野,來去三食。」但這種講法並不可靠。首先,古人多一日二餐,故「三餐」不大可能指一天。其次,「莽蒼」為郊野之色,這裡指近郊。古代城市規模不可能太大,去近郊不必「來去竟日」(且莊子這裡又極言其近)。再說,每餐後都可有腹「果然」之感,何必「三食」?《儀禮》、《札記》多有「三飯」之說,指飯時三次用餐(《漢語大詞典》「三飯」條釋為「謂第三次用餐」,不確;且非必確指三次,而有「多吃」之義。如《儀禮・特性饋食禮》有「尸三飯告飽、尸又三飯告飽」的說法」。所以「三湌」實際是多吃點飯、吃飽飯。因「莽蒼」極近,所以吃飽飯去而返歸,肚子還是飽的(「腹猶果然」)。這才符合莊子文意。

3.**《韓非子・五蠹》:「則海內雖有破亡之國,削滅之朝,亦勿怪矣。」注:「削滅,被動用法。」**

「削滅」與「破亡」用法同,既可用於主動,又可用於被動。而這裡都可以看作是主動用法,即「破敗削亡之國家與朝廷」(互文;「破亡」與「削滅」又是對文,義近)。

4.**《楚辭・離騷》:「汩余若將不及兮。」注:「汩(gǔ),水流疾速的樣子。」**

「汩」有二音:汩(gǔ)為象聲詞,水流聲;而作「迅疾貌」解,應讀 yù。王逸注:「汩,去貌,疾若水流也。」洪興祖補注引五臣曰:「歲月行疾,若將追之不及。汩,越筆切。」

5. **又:「余固知謇謇之為患兮,忍而不能舍也。」注:「忍,指忍受這種禍患。」**

這是採用了舊注中的一種意見，似乎也能講得通。然而《史記·淮陰侯列傳》「印刓敝，忍不能予」，句式正與「忍而不能舍」同，卻不能再講成「忍受」了。課本注：「忍不能予，等於說捨不得給。」意思對，可「忍」的詞義還是沒有講清。兩句中的「忍」都應作「抑制、克制」講，也即「忍俊、忍淚」之忍。上句說，自己本來知道忠言直諫會給自己釀成禍患，想忍住不說。但天性正直，而不能自己（清徐煥龍《屈辭洗髓》說之最確：「余固知忠言逆耳，必為身患，欲隱忍不發，而愛君至性終不能止。」——游國恩《離騷纂義》引）；下句說，項羽把刻好的印玩弄得磨圓了棱角，也想克制自己的慳吝之心，可就是捨不得給出去。

6. 又《山鬼》：「辛夷車兮結桂旗。」注：「辛夷。香草。又名木筆、迎春。」

「辛夷」是花樹，喬木。否則「辛夷車」就無法解釋了。

7. 賈誼《論積貯疏》：「歲惡不入，請賣爵子。」注：「指朝廷賣爵，人民賣子。」

荒年賣爵的不是朝廷，而是有爵的百姓。漢承秦制，百姓可以有爵。這爵可憑戰功獲得，也可由國家賞賜。如《漢書·高帝紀》：「民前或相聚保山澤，不書名數。今天下已定，令各歸其縣，復故爵田宅……軍吏卒會赦，其亡罪而亡爵及不滿大夫者，皆賜爵為大夫……諸侯子及從軍歸者，甚多高爵……其令諸吏善遇高爵。」又《惠帝紀》：「賜民爵一級，中郎、郎中滿六歲爵三級，四歲二級。」又可買。如《惠帝紀》：「民有罪，得買爵三十級以免死罪。」又可賣。如《惠帝紀》：「六年冬……令民得賣爵。」這是荒年民可賣爵。他例尚多。此「歲惡不入，請賣爵子」的，正是缺糧之民，故有爵則賣爵，無爵則賣子也。

8. 司馬遷《報任安書》：「四者無一遂，苟合取容，無所短長之效，可見於此矣。」注：「假如苟且合時，取容當道，也沒有什麼功效（參用李善說）。」

李善注為：「上之四事，無一遂，假欲苟合取容，亦無其所也。」這樣釋，與「可見於此矣」無法承接。「無所短長之效」是說自己「一無所長的證驗」（「短長」是偏義複詞），「可見於此」的主語正是「效」（證驗）。這裡司馬遷謙稱自己以前只能苟合取容，而一無所長，其證驗可見於此（指「四者無一遂」）。其實是抒發對武帝不能識別人才的不滿，並非說自己即使苟合取容，也沒有什麼功效。全句承上文「所以自惟……」，也根本沒有假設的意思。李善注並不確當。

9. 又：「而全軀保妻子之臣，隨而媒蘖其短。」注：「蘖，通糱，也是酒麴。」

按，作為酒麴，字當作糱；「蘖」義為樹木砍伐後重生的枝條（按，此誤 1999 年 5 月新版已改）。

10. 又：「因為誣上，卒從吏議。」注：「這兩句是說獄吏因而定司馬遷為誣上之罪（應處宮刑），武帝最後同意了獄吏的判決。」

按，「誣上」即欺君，為大逆不道，應處死刑。如《後漢書・襄楷列傳》載尚書奏楷「誣上罔事，請下司隸」。而「帝以楷言雖激切，然皆天文恒象之數，故不誅，猶司寇論刑」。又《郎顗列傳》：「若政變於朝而天不雨，則臣為誣上，愚不知量，分當鼎鑊。」可見「誣上」之罪必死。司馬遷原被定為死刑，所以他下文說「假令僕伏法受誅，若九牛亡一毛，與螻蟻何以異？而世又不與能死節者比，特以為智窮罪極，不能自免，卒就死耳。」這是說他不願這樣去死。而如非死不可，司馬遷也是不能活命的。但據《漢書・刑法志》：「今觸死者，皆可募行肉刑。」顏師古注引李奇曰：「欲死邪，欲腐耶？」即判死刑者可在死、腐刑之間任選其一。司馬遷為完成《史記》，故選擇腐刑，忍辱負重。並非法吏開始就定他應處宮刑。

11. 又：「其次不辱辭令，其次詘體受辱，其次易服受辱，其次關木索、被棰楚受辱。」注：「詘體，指被繫縛。」

這是用了《文選・司馬遷〈報任安書〉》李善注：「詘體，謂被縲繫。」可是「詘體」在古籍中只指彎曲身體（下跪）或降低身體，而不指被捆縛。下文「關木索」才講到被枷、被捆。又下文：「今交手足，受木索，暴肌膚，受榜棰」，正說「關木索，被棰楚」。且又說「魏其，大將也，衣赭衣，關三木」，「關三木」也即「關木索」。可見受捆縛按受辱輕重次序當在「衣赭衣」即「易服受辱」之後。再說司馬遷依受辱輕重次序，「詘體受辱」緊接「不辱辭令」，不過是被迫跪拜，入獄後才是「易服受辱」、「關木索、被棰楚受辱」。如解「詘體」為受捆縛，則不合邏輯。李善注並不確當，不當依從。

12. 又：「見獄吏則頭槍地，視徒隸則心惕息。」注：「徒隸，獄卒。」

「徒隸」古代皆指囚徒，而未見有指獄卒者。「見獄吏則頭槍地」，說「獄吏」則包括了吏卒；而「視徒隸則心惕息」者，看到其他囚徒之慘狀，觸目驚心，所謂「觸類傷情」也。《漢語大詞典．彳部》「徒隸」條除釋為「刑徒奴隸，服勞役的犯人」外，又補釋為「亦專指獄卒」，舉司馬遷《報任安書》此句為證，大概即是受了王力《古代漢語》誤注的影響。

13. 李密《陳情表》：「臣之辛苦，非獨蜀之人士及二州牧伯所見明知，皇天后土，實所共鑒。」注：「所見明知，所看見的、所明明白白知道的。」

「所見」大致等於「所」，與「為」一起表示被動。這種用法大約始於東漢。如《後漢書．呂強列傳》：「故太尉段熲……而為司隸校尉陽球所見誣脅，一身既斃，而妻子遠播。」又《黃琬列傳》：「蕃、琬遂為權富郎所見中傷。」又《西羌傳》：「今涼州郡……數為小吏黠人所見侵奪。」（《中國語文》1981年第5期、1991年第5期有專文討論此類句式）

14. 韓愈《答李翊書》：「仁義之人，其言藹如也。」注：「藹如，茂盛的樣子。這句意思是說，仁義之人有了仁義作根，說出話來必定氣勢充沛。」

「藹如」在這句話中是「美好和善」義。朱駿聲《說文通訓定聲．泰部》：「藹，據《說文》，從言葛聲，當訓言之美也。故曰『仁義之人，其言藹如』。」又清陳田《時詩記事辛簽．韓上桂》：「與人遊處，敬篤友誼，聚首摩腹，藹如也。」（《漢語大詞典．艸部》轉引）藹如之藹也即和藹之藹，謂內懷仁義，其言必定美善和藹。

15. 韓愈《答韋中立論師道書》：「今韓愈既自以為蜀之日，而吾子又欲使吾為越之雪，不以病乎？」注：「病，有毛病，不妥。」

這裡「病」不是「有毛病」，而是「使之難過，使人痛苦」的意思。所以下文便說「非獨見病，亦以病吾子」。

16. 蘇軾《賈誼論》：「觀其過湘為賦以弔屈原，縈紆鬱悶，趯然有遠舉之志。」注：「趯，同躍（躍），躍然，跳躍的樣子。」

「趯」固有 yuè 音，同躍。但在「趯然」一詞中念 tì，「趯然」一義為跳

躍貌，一義為超然貌。此句中「�然」當為後者。

17. 沈約《謝靈運傳論》:「民稟天地之靈，含五常之德，剛柔迭用，喜慍分情。」注:「五常，即五行，指金木水火土。德，德性，性質。古人說人承受天地的精氣，含有五行的本性。」

按，五常有多種意義，五行僅其一焉。而此處沈約全用《漢書．刑法志》「夫人宵天地之貌，懷五常之性」及《漢書．地理志下》「凡民函五常之性，而其剛柔緩急，音聲不同」語意，兩句所說五常為一事，而顏師古注前句五常為「五常，仁義禮智信」。這是用《董仲舒傳》語「夫仁誼禮知信五常之道，王者所當修飭也」。李善注《文選．沈約．〈謝靈運傳論〉》，先引《漢書．刑法志》及《漢書．地理志下》語，後又引鄭玄《禮記．樂記》「合生氣之和，道五常之行」注:「五常，五行也。」這就引起了誤會:《禮記．樂記》本用金木水火土五行釋五常，李善引鄭玄說乃是以仁義禮智信五常附會五行（孔穎達《樂記》疏所謂「謂五常之性者，若木性仁，金性義，火性禮，水性智，土性信」），並非說《謝靈運傳論》的五常即是五行。注者未加精研，未查原書，因而致誤。

18. 楊雄《解嘲》:「是故騶衍以頡頏而取世資，孟軻雖連蹇猶為萬乘師。」注:「取世資，大意是取世以為資（憑籍），而已為之師（依李善說）。」

李善此注，「以為」、「而已為之師」都是按己意加上去的，屬「增字解經」，並不確切。課本注下文引《老子》第二十七章「故善人者不善人之師，不善人者善人之資」，又說「這裡用『資』字，避免與下文『師』字重複」，這才是對的。那麼，「世資」即是「世師」，這是作者用了變文，「言資以避下文也」（李善注）。「取世資」即是取得當世之師（的地位），與下文「為萬乘師」義近（「取」與「為」義近，是對文），不必如李善曲解。自《老子》語後，「師資」即同義連文，至今猶是。

19. 孔稚珪《北山移文》:「或歎幽人長往，或怨王孫不遊。」注:「歎，讚歎。幽人，隱士。長往，指長久離塵世，長期隱遁。」

「往」與「來」相對，「長往」指長久離開此地。周顒此時身在山林，故「往」當是離此而去。他初入山林，歎的當是隱居之士一去不返（或死去，或逃離山林），與下文「或怨王孫不遊」語意互相補充；目的是貶低他人，抬高自己。因此這「歎」也不是讚歎，而是慨歎。

20. 李白《蜀道難》：「下有沖波逆折之回川。」注：「回川，有漩渦的水流。」

《說文·囗部》：「回，轉也。」回川即曲折回轉的水流，「逆折」正修飾「回川」之驚險狀貌。

21. 杜甫《哀江頭》：「黃昏胡騎塵滿城，欲往城南望城北。」注：「當時杜甫家住在城南，『欲往城南』是說準備回住所。望城北，一本作『忘城北』，或作『忘南北』。這是說，由於極度的悲痛，自己心情迷惘，已經分不清東南西北了。」

一本「忘城北」、「忘南北」都講不通。「因悲痛而分不清東南西北」也略嫌牽強。張永言《訓詁學簡論》第一章謂唐代的長安城是市在南，宮在北，杜甫當時家居城南。詩意是說，自己想要往南回家了，卻又向北回望宮闕，表現了「詩人眷戀遲回，不忘君國的情意」。其說可從。

22. 杜甫《登樓》：「可憐後主還祠廟，日暮聊為梁甫吟。」注：「這一聯是說：後主尚且能祠其宗祠三十餘年，全賴諸葛亮的輔佐。這是感傷當世的無人。」

應該明確地說：「日暮聊為梁甫吟」的是杜甫本人。他感時傷世，有輔佐君王平治天下的壯志而不得實現，只能效法隱居時的諸葛亮，徒為《梁甫吟》而已。

23. 杜甫《詠懷古蹟五首》之五：「三分割據紆籌策。」注：「紆，屈，即不得伸展的意思。……這句是說，在三分割據的形勢下，諸葛亮不能施展他的謀略。」

這樣解釋的困難是，既然不能施展他的謀略，那就很難說他表現出了什麼才能，這就與上下文對他的高度評價很不協調。實際上「紆」當作「曲折」講，是「直」的反面；籌策「直」則對方易識，「紆」則他人莫窺。這是說在三分割據的錯綜複雜形勢下，諸葛亮極盡紆曲巧妙籌策之能事，使蜀漢在魏、吳之間從容周旋，應付裕如，轉危為安，由弱而強，屢操勝券，而長期巍然與其鼎立而三，表現了極高的政治、外交和軍事指揮才能。所以他才顯得超群絕倫，與伊、呂（伊尹、呂尚）不分高下，勝過了蕭何、曹參，而「大名垂宇宙」。至於蜀國終於覆滅，那是因為「運移漢祚終難復」，而不是因為「諸葛亮不能施展他的謀略」。

24. 李商隱《馬嵬》：「空聞虎旅鳴宵柝，無復雞人報曉籌。」注：「這一聯寫楊貴妃死後唐玄宗的淒涼情況。」

此詩寫楊貴妃死事，並就她的死發感慨，而不寫她死後唐玄宗之事。這一聯是寫事變發生之前的情景：因宿於馬嵬坡，故淩晨只聽見警衛部隊擊柝之聲，而不似往日在長安宮中時有雞人報曉。下句「此日六軍同駐馬」才寫到將士逼迫玄宗殺死楊貴妃（即《長恨歌》所謂「六軍不發無奈何，宛轉蛾眉馬前死」）。至於結尾「如何四紀為天子，不及盧家有莫愁」，也是就玄宗不能保住貴妃性命發感慨，而非詠貴妃死後之事。順便言及，「有莫愁」之「有」，當作「保有，保住」解。詩人譏諷「四紀為天子」的唐玄宗，連自己愛妃的性命都保不住；還不如平頭百姓盧家，能保住莫愁平安度過一生呢！

二、失注的

1.《史記·淮陰侯列傳》：「項羽雖霸天下而臣諸侯，不居關中而都彭城，有背義帝之約而以親愛王。」

「有」當通「又」，古書中多此用法。王引之《經傳釋詞》卷三、裴學海《古書虛字集釋》卷二皆已及此。《漢書·韓信傳》正作「又背義帝約而以親愛王」。

2. 司馬遷《報任安書》：「故禍莫憯於欲利。」

當注出語出《老子》四十六章：「咎莫大於欲得。」（《韓非子·解老》作「咎莫憯於欲利」。）

3. 李密《陳情表》：「州司臨門，急於星火。」

此星火非「流星烈火」，乃流星也。因流星下劃軌跡有似火光。故云。

4. 柳宗元《段太尉逸事狀》：「然則郭氏功名，其與存者幾何？」

此「與」當注為句中語助詞。王念孫《讀書雜志·漢書》第一「與苦甚、與嘉之」條列舉此類「與」字多例，如《左傳·僖公二十三年》：「夫有大功而無貴仕，其人能靖者與有幾？」《襄公二十九年》：「是盟也，其與幾何？」《國語·周語上》：「若壅其口，其與能幾何？」等等。又，范仲淹《岳陽樓記》：

「噫！微斯人，吾誰與歸！」「與」亦屬此類。課文此句意為「那麼郭家的功名，還能存留多少時間呢！」不注則易生誤解。

5. **韓愈《進學解》：「冬暖而兒號寒，年豐而妻啼饑。」**

此處當說明是互文。

三、語焉不詳或不確切的

1. **《孟子·公孫丑上》：「（公孫丑）曰：『若是，則弟子之惑滋甚。且以文王之德，百年而後崩，猶未洽於天下……今言王若易然，則文王不足法與？』曰：『文王何可當也？』」注：「當，相配，等於說配得上。」**

如按注之意，「何可當」意為「怎能配得上」，接著「文王不足法與」句，也就是說「不配效法」。這與孟子崇敬儒家先代聖王的思想相違；聯繫上下文意，也講不通。實際孟子這裡是在強調文王之時，王天下甚難，因殷流風善政尚存，紂又有多個賢人輔佐，故文王平治天下，事倍而功半；而今之齊地廣人多，且人民受虐政之苦甚於以往，故在齊施仁政，極易得民心，齊王天下，事半而功倍。所以「當」應該訓「相當」「抵」，謂周文王當年王天下之難何可抵當今齊王天下之易（必須詳釋句意，而不宜僅釋個別詞）。這裡只是說周文王平治天下時，在天時地利人和諸方面與今之齊王無法相比，並沒有絲毫貶低周文王、推崇當時齊王的意思。

2. **《孟子·告子下》：「舜發於畎畝之中。」注：「畎，田間的水溝。畝，田壟。」**

可以明確地說，畎即壟溝（古代播種於壟溝中），也即《論語·微子》「長沮、桀溺耦而耕」所耕出的一道一尺深寬的溝（參看《訂補》第二部分第 3 條）。

3. **《莊子·養生主》：「技經肯綮之未嘗，而況大軱乎！」注：「技，技巧。經，經過……這是說，遊刃於空隙，未嘗經過肯綮。」**

雖注者說明「技，技巧。經，經過」是用了郭象、成玄英說，但說「技巧經過」，並不通順，且與「肯綮之未嘗」無法相連。清王先謙《莊子集解》、郭慶藩《莊子集釋》都採俞樾說，讀「技」為枝，指枝脈，經指經脈；「枝經肯綮」四字平列，謂經絡相連處。經絡筋肉聚結處必有礙於遊刃，而庖丁之刀未嘗碰到，這顯然比郭、成說為優。

4.《韓非子·五蠹》:「是故服事者簡其業，而遊學者日眾。」注:「服事者，泛指從事勞動的人。」

這裡的「事」，當兼指農事與戰事。謂耕戰之士簡慢其業，而遊學者日眾。

5.《詩·秦風·黃鳥》:「如可贖兮，人百其身。」注:「我們每個人都願意拿一百個身體（死一百次）去換他的性命。」

這是用了鄭箋:「謂一身百死。」但實際上這是不可能實現的事，這樣解釋就可能影響詩人感情表達的真實性。所以不如採用清馬瑞辰《毛詩傳箋通釋》的說法「願以百人之身代之」，比較合乎情理。

6.《史記·魏其武安侯列傳》:「魏其必內愧，杜門齰舌自殺。」注:「齰，咬。」

不釋「齰舌」，易生誤會。「齰舌」與「鉗口、緘唇」意近，都是「閉口無言」的意思。如《隋書·儒林傳·王孝籍》:「安可齰舌緘脣，吞聲飲氣？」（《漢語大詞典·齒部》於「齰舌」條列二義項:「表示愧恨已極」,「不說話」。其實第一義項是多餘的。

7. 司馬遷《報任安書》:「身直為閨閤之臣，寧得自引深藏於巖穴邪？」注:「閨閤，都是宮中的小門，二字連文即指宮禁。閨閤之臣，即宦官。」

這樣釋易引起誤解。《爾雅·釋宮》:「宮中之門謂之闈，其小者謂之閨，小閨謂之閤。」但《爾雅》「宮」指房屋；百姓家中皆可有閨闈閤，與宮禁無關。因閨閤是房室中的小門，女子所居，因此可指內室，特指女子內室，又引申指妻室、婦女，閨閤之臣也就指閹官了（因宦者已無男性徵，又如婦女深居宮闈）。《漢語大詞典·門部》「閨閤」條列「宮禁」義項，引司馬遷《報任安書》該句為證，其誤可能即源於此注。

8. 又:「且負下未易居，下流多謗議。」注:「下流，水的下游，這裡指卑賤的身份與受辱的處境。」

楊惲《報孫會宗書》:「下流之人，眾毀所歸。」兩處都用《論語·子張》

典：「子貢曰：『紂之為惡，不如是之甚也。是以君子惡居下流，天下之惡皆歸焉。』」這樣讀者才能理解，司馬遷是說，地位卑下，更易招來非議譭謗。

9. 庾信《哀江南賦》：「豈有百萬之師，一朝卷甲，芟夷斬伐，如草木焉？……鋤櫌棘矜者，因利乘便。」注：「侯景入江陵，殺人很多。于謹入江陵，……南朝陳的開國皇帝陳高祖（名陳霸先）和拿著低劣武器的平民乘機推翻了梁朝。」

侯景之亂發生在公元 549 年，後被梁臣陳霸先等平滅；554 年，西魏宇文泰派于謹合蕭詧來攻梁元帝，555 年破江陵。所以「百萬義師，一朝卷甲，芟夷斬伐，如草木焉」是指于謹攻梁事，而不指侯景破建康事。「頭會箕斂者，合從締交；鋤櫌棘矜者，因利乘便」指的是各種反梁爭帝勢力（包括平民）在梁末大亂中乘勢起事，陳霸先與他們並無瓜葛；作為梁末重臣，他倒是削平許多叛亂，後於 557 年逼梁敬帝退位，而滅梁建陳。

10. 揚雄《解嘲》：「或擁篲而先趨。」注：「以衣袂擁帚卻行，恐塵埃之及長者（依司馬貞說，見《史記索隱》）。

司馬貞乃是本於《禮記．曲禮上》之文義：「凡為長者糞之禮，必加帚於箕上，以袂拘而退，其塵不及長者。」鄭玄注：「謂掃時也，以袂擁篲之前，掃而卻行之。」但這裡「擁篲」不必如司馬貞說之迂曲。擁者，抱也；「擁篲」等於說「持帚」。雖然有「擁篲卻掃」一詞，古代也可能確有其事，但很早就已經變為迎接尊者的一種禮節，而不必鑿實地認為是真地在掃地。燕王的「擁篲先驅」即是如此。日人瀧川資言《史記會注考證》引中井積德曰：「非實掃地。與漢太公擁篲迎門卻行同。」看法是對的。

11. 同上：「范雎，魏之亡命也……翕肩蹈背，扶服入橐。」注：「蹈背，背被踩。蹈背不好懂，可能是說讓人蹈背，幫助他鑽進橐中。」

《漢書．蘇武傳》記衛律救治自剄的蘇武：「鑿地為坎，置煴火，覆武其上，蹈其背以出血。」楊樹達先生《漢書補注補正》謂「蹈」當讀為「搯」（tāo），是叩擊之意。其說甚確（郭在貽《訓詁叢稿》謂蹈是「掐」的誤字，「掐背」即刮痧；徐復先生謂蹈是「焰」的誤字，「焰背」即用火薰其背——皆不如楊說為優）。援其例，這裡「蹈」也當讀為「搯」，是說秦使王稽用手叩擊范雎之背，幫他「扶服（匍匐）入橐」。理解為用腳踩是不合情理的。

12. 自居易《輕肥》：「果擘洞庭桔，膾切天池鱗。」注：「膾，這裡指剁得很細的魚肉。」

剁與切不同，剁出的是碎塊或碎末，切出的才可能是細絲。白詩明明用的是「切」字。一個「剁」字，說明注釋者對膾的詞義理解不確切。《禮記・少儀》：「牛與羊魚之腥，聶而切之為膾。」鄭玄注：「聶之言牒也。先藿葉切之，復報切之則成膾。」腥是生肉；聶（通牒，音 zhé）是切成薄片，即鄭玄說的「藿葉切之」；「復」與「報」都當「反覆」講。這樣，「膾」即切成細絲的生牛、羊、魚肉。因以生切鮮魚為常見，故又有異體字作鱠。現在尚流行這種吃法，即所謂「殺生魚、生魚片」或「魚生」，皆指細切生拌的鮮魚肉絲。

四、其　它

1.《莊子・養生主》：「為之四顧，為之躊躇滿志；善刀而藏之。」注：「四顧，四處看望。躊躇，悠然自得的樣子。滿志，心滿意足。」

這話是不錯的，但郭象注說：「案，《田子方》篇亦云『方將躊躇，方將四顧。』而《田子方》篇郭象注為：「躊躇四顧，謂無可無不可。」成玄英疏為：「躊躇是逸豫自得，四顧是高視八方。」這說明古人讀《莊子》「躊躇」後停頓，不與「滿志」連續。至於後來「躊躇滿志」成為成語，那是另一回事。

2.《韓非子・五蠹》：「今境內之民皆言治，藏商管之法者家有之，而國愈貧；言耕者眾，執耒者寡也。境內皆言兵，藏孫吳之法者家有之，而兵愈弱；言戰者多，被甲者少也。」

這一段標點似有可商。這是一組多重複句，而「言治」、「言兵」之間是並列關係，第二重為因果關係。故應將「寡也」後之句號改為分號，「愈貧」、「愈弱」後之分號改為冒號，關係就清楚了。

3.《史記・淮陰侯列傳》：「使諠言者東告齊，齊必從風而靡。」注：「靡，倒下。從風而靡，指投降。」

「從風而靡」，《史記》原文作「服」，編者轉抄涉下文「燕從風而靡」而致誤。又《魏其武安侯列傳》：「夫身中大創十餘」，課本奪「大」字；「遣吏分曹逐捕諸灌氏支屬」，奪「諸」字；「非有大惡，爭杯酒」，「有」誤作「為」；

「且帝寧能為石人邪」，奪「能」字；「武安侯為太尉時，迎王至霸上」，奪「王」字；又《漢書・藝文志・諸子略》「是以九家之術，蜂出並作」，「術」訛為「說」；「仁之與義，敬之與和，相反而皆相成也」，奪「皆」字。《般涉哨遍・高祖還鄉》：「那大漢那身著手扶。」注：「那身，挪動身體。」「挪」當作「挪」（按，此誤 1999 年 5 月新版已改）。《西廂記》第四本第三折：「蝸角虛名，蠅頭微利。」注：「《莊子・則陽》：『有國於蝸之左角者，曰觸民。有國於蝸之右角者，曰蠻民。」兩「民」字皆當作「氏」。又，今王力《古代漢語》（校定重排本）補釋《左傳・宣公二年》「臣侍君宴，過三爵，非禮也」之「三爵」，引《詩・小雅・賓之初宴》鄭玄箋：「三爵者，獻也，酬也，酢也。」但清馬瑞辰《毛詩傳箋通釋》已指鄭釋為誤，謂「禮，飲獻、酬、酢之外，又有旅爵，不只三爵。唯臣侍君小宴，則以三爵為度。」其說可從。

此文已發排，又發現疑誤者四：

1.《論語・先進》：「可使有勇，且知方也。」注：「方，道義的方向。」

看來注釋者誤解了何晏集解「方，義方。」何晏意思是說，「方」是作「道義」講之方，而非方向之方。《漢語大字典・方部》引《廣雅・釋詁二》「方，義也」、《廣韻・陽韻》「方，道也」，釋「方」為「義理、道理」，正是這「方」的詞義。又《禮記・樂記》：「樂行而民鄉方。」孔穎達疏：「方猶道也，齊民歸鄉（向）仁義之道也。」

2.《孟子・公孫丑上》：「夫子當路於齊，管仲晏子之功，可復許乎？」注：「許，興起。」

「許」無「興起」義。注者搬用了趙岐注「管夷吾晏嬰之功，寧可復興乎」，但趙岐用的是意譯。《漢語大字典・言部》引朱熹注「許，猶期也」，釋為「期望」，近是而非確。這是「許」的「應允，許可」義的引申義，義近於「保證」。句意為：「您如果在齊國執政，管仲、晏予那樣的功業，能保證建立嗎？」

3.《滕文公上》：「且許子何不為陶冶，舍皆取諸其宮中而用之？」注：「〔一切東西〕都只從自己家裏拿來用。舍，止（只）。按：『舍』字不好懂，姑從舊注。」

趙岐原注為「舍，止也。止不肯皆自取之其宮宅中而用之。」課本注者誤解了趙岐注，以為「舍」是副詞「止」義。實際此「舍」為動詞「止」義，也即「止不肯」。句意為「許子為什麼不親自從事陶、冶，不肯什麼東西都從自己家裏拿來用呢？」「舍」其實即《論語·季氏》「君子疾夫舍曰欲之而必為之辭」中之「舍」。

4.《韓非予·五蠹》:「人主之聽說於其臣，事未成而爵祿已尊矣。事敗而弗誅，則游說之士，孰不為矰繳之說，而徼幸其後？」注:「縱橫家希望事敗之後能徼幸地免禍。其後，指事敗以後。」

「徼幸」是希望由於意外的原因而得到成功或免去災害，此即兼指兩方面，即希望「事成、事敗」或得福或無禍。故「其後」亦當指「事後」，課文「尊矣」後不當用句號。

《北方論叢》2003 年 2 月

以上三篇內容，作者大都收入鄙書《王力古代漢語注釋匯考》、增訂本《新王力古代漢語注釋匯考》乃至新書《王力古代漢語注釋匯訂》中。

《左傳》「貳於×」句續論

提　要

本文回顧了廿年來諸家討論《左傳》「貳於×」之主要文章，認為「貳於×」句有兩種相成相反之語義：一為對某有二心或叛離某（A 類句），一為（有二心而）叛向、歸依於某（B 類句）。這種觀點可以正確解釋古代典籍中「貳於×」句，也符合歷代多數訓詁家及現代學者的看法。而楊亦鳴先生《再談〈左傳〉貳於×》等文則多有可商。

拙文《讀史札記兩則．關於〈左傳〉「貳於×」句》（《中國語文》2000.3），是筆者翻閱《中國語文》（1984.5）時，偶見秦禮軍先生文《〈左傳〉貳於×解》，見其將《左傳．僖公三十年》「晉侯、秦伯圍鄭，以其無禮於晉，且貳於楚也」之「貳」講成「助」，覺有未當，便利用筆者參編的《十三經新索引》，將《左傳》中的「貳於×」句全部找出，略加分析而寫成。其時並未注意秦文前後諸家關於「貳於×」的文章。這當然不利於對論題的深入、全面研究，也易引起誤解。這是值得筆者反省並引為鑒戒的。

今既拜讀了楊亦鳴先生文《再談〈左傳〉貳於×》（《中國語文》2005.4）及諸家討論《左傳》「貳於×」之文，感到對此問題，非可輕易定論，而大有進一步探討之必要。

一、宋玉珂、楊伯峻、何樂士、黃金貴四先生文

宋文《「貳」字解》(《語文教學與研究》1983.6)，是最早把《左傳》「貳於×」句分為語意不同的兩類而進行對比研究的文章。他指出，「『貳於某』這一句式，既可解作歸服於某，也可解作背叛於某」;「『二心於某』可有相反的兩種含義:(一)心變向某，即歸服，歸向某;(二)對某變了心，即背叛、背離某。這兩種意義是互相對立統一的」。

宋文通過「貳」在《左傳》中與「叛」互用、與「服」對文、與「攜」連用，以證「貳」有「背叛、背離」義之論，尤其精彩:

楚君討鄭，怒其貳而哀其卑。叛而伐之，服而舍之，德刑成矣。(宣公十二年)柔服而伐貳，德之次也。(成公九年)

宋文又引《國語·晉語九》「中行穆子帥師伐狄圍鼓，鼓人或請以城叛，穆子不受」與下文「是我以鼓教吾邊鄙貳也」對比;又引《左傳·昭公十五年》中行穆子說，應教民「有死命而無二心」，以與《國語》「教吾邊鄙貳也」與「命西鄙北鄙貳於已」(隱公元年)相印證，謂「貳也」是背叛義，「貳於已」是歸服義，是一事之兩面。皆極精當。

宋文把上述詞義現象視為「反訓」，依鄙見，並無不可。因為這確屬一事之兩面，為詞義合理引申之結果。但他說「貳」，「其本義是『二心』，再引申為歸服，為背叛」，則似乎既誤解了「貳」的本義，又顛倒了詞義引申順序。「貳」當由本義「副」引申為「匹敵，比併」，再引申為「有二心，背叛」，再引申為「背叛而歸服於×」。

楊伯峻先生《句型同而意義異例證》(《中國語文》1985.1)分析了《左傳》中「貳於×」和「歸於×」兩種句型，其對比研究更具啟發性而相得益彰。他認為「貳於×」有兩種具體含義:一是「分心於×」，一是「對×懷有二心」，但「貳」總的意思都是「有二心」;這種字同、句型同而含義有別的句子，其具體含義可以從上下文的情況來推定，不必對其中的某一詞語加以不同的解釋。

其看法之可商者，一、既然「『貳』總的意思都是『有二心』」，為什麼「貳於×」又「有兩種具體含義」呢?二、「貳」並不等於「分心」:「分心」義為「注意力分散，不集中」，《隱三年》「王貳于虢」、《僖二十三年》「楚成得臣帥師伐陳，討其貳於宋也」等句並不能理解為「分心於×」。三、在不同上下文

中，同一結構形式中同一個詞或用本義、或用引申義，或用近引申義、或用遠引申義，這是正常的，「貳於×」句亦如此。「貳」或為有二心，或為離，或為叛，古人自然一聽便曉，心領神會；今人亦可考究而明白——正不必歸咎於「古人行文不如今人邏輯謹嚴」云云。

何樂士先生文《從「貳於×」談於的雙向性》（《字詞天地》1985.7。後改名為《〈左傳〉的「貳於×」句式》，收入論文集《〈左傳〉虛詞研究》）認為，「貳」作「二心」解，「貳於×」可以有兩種解釋，一是「（有）二心向×」（或「叛向×」），一是「對×懷有二心」（或「叛離×」）。這是因為介詞「於」可以根據不同的上下文表示互相對立的方向。但何先生在批評將「貳於楚」中的「貳」解為「助」的意見時，認為「『貳×』和『貳於×』在形式和意義上都是有區別的」，則未考慮到作「叛，離」解的「貳」也能構成「貳×」句式，與「貳於×」A 類句意同（見下文）。

黃金貴先生《〈左傳〉「貳於×」解詁》（《語言研究》1986.1）批評了「兩屬、有二心、反訓、偽裝、助義」五種說法，謂「貳於×」除《成公九年》「為歸汶陽之田故，諸侯貳於晉」為「對晉國背叛之意」外，皆「親從、親向於某」之意。

除對「反訓、有二心」兩說批評略為苛刻之外，黃先生的意見還是公允的。竊以為「貳於×」有意義截然相反的兩種解釋，是詞義合理引申的結果，謂為「反訓」，未始不可；而以「有二心」或「二心」釋貳，非始於清人洪亮吉《左傳詁》，乃是《左傳》及杜注、《國語》及其他典籍所反映的事實。至於「貳於×」之貳，一例「諸侯貳於晉」，釋為「有二心」，亦未始不可。「有二心」即有背離、背逆之心；背逆之心見於言行，即可說是背叛。「貳於×」之它例，黃先生釋為「親從、親向於某」，也即「叛離某方而親從、歸依於另一方」。否則，如何解釋「貳」的「親從、親向」義的來源呢？

黃文還注意到，《左傳》有「叛於×」兩例，其句型、語意與「貳於×」（B 類句）完全一樣：《昭二十二》：「（鼓）又叛於鮮虞。」筆者按，杜注：「叛晉屬鮮虞」。《哀十五》：「成叛于齊」。筆者按，下文為：「武伯伐成，不克，遂城輸。」杜注：「以偪成。」

筆者以為，此「叛」強調「叛離而歸順」，其叛歸之目標、對象，借助介詞「於」表示，正可證「貳於×」另有一種「攜貳而依附（他人），叛離而歸依（另一方）」的意義。「貳於×」B 類句中「貳」不過是「貳於×」A 類句中「貳」的一個語義變體而已。

黃先生文最有可商者，在於他釋「貳於己」為「貳（莊公）為自己」，釋「貳於楚」為鄭「貳（晉）為楚」。且釋「於」為「為」，到底是表原因的「因為」，還是表目的的「為了」呢？其實，既然「貳」與「叛」同義，叛必有所歸，「叛於×」即借助表動作對象之介詞「於」引出所叛歸之對象，「貳於×」B 類句不過亦如此，不必求之過深。

綜上，諸先生看法可謂大同而小異。大同者，皆以為「貳於×」句有兩種相成相反之語義：一為對某有二心或叛離某（筆者謂之 A 類句），一是（有二心而）叛向、歸依於某（筆者謂之 B 類句）。這種觀點可以說明古代典籍中「貳於×」句，也符合歷代多數訓詁家的看法。

二、楊亦鳴先生文

楊先生文《關於〈左傳〉「貳於×」及其他》（《語言研究》1988.2）、《再談〈左傳〉貳於×》，有當肯定者二：

（一）其個別看法可取。如讀《昭公十三年》例為「晉政多門，貳，偷之不瑕，何瑕討」，而沒有按傳統讀法斷為「貳偷之不暇」。

（二）發現了《資治通鑒．梁紀．武帝中大通五年》、《隋紀．恭帝義寧元年》「貳於×」各一例：

> 舍人元士弼又言歡受詔不敬。帝由是不悅……帝既貳於歡，冀乾為己用。
>
> 淵恐宋老生不出，李建成、李世民曰：「……脫其固守，則誣以貳於我。彼恐為左右所奏，安敢不出？」

前者為 A 類句，後者為 B 類句。筆者注意到，《北齊書．神武帝紀上》、《高乾列傳》亦有與《資治通鑒．梁紀．武帝中大通五年》事相關之文字：

> 武帝將貳於高祖，望乾以為用。（A 類句）
>
> 舍人元士弼又言神武受敕大不敬，故魏帝心貳於賀跋嶽。（B 類句）

筆者粗計，歷代典籍中，「貳於×」句不啻數百，而以 A 類句為多。茲各舉一例（前 A 類句，後 B 類句）：

《晉書·宣帝紀》:「兗州刺史令狐愚、太尉王淩貳於帝,謀立楚王彪。」

《周書·楊薦列傳》:「文帝遣僕射趙善使蠕蠕,更請婚。善至夏州,聞蠕蠕貳於東魏,欲執使者。善懼,乃還。」

但楊文的語料分析多有可疑,其論證推理乃至其基本結論亦多有可商。

首先,楊先生雖對《左傳》「貳」字用例做了「窮盡式」分析,以作為《再談〈左傳〉貳於×》等文的立論依據,但其詞性、詞義分析甚多疏誤(楊文謂《左傳》中有 102 個「貳」字。據拙編《十三經新索引》,實有 103 個,楊文所計奪《襄公四年》「否則攜貳」句。又,楊文列《襄二十九年》「遠而攜貳」例,原文為「遠而不攜」,故杜預注:「攜,貳」。而楊文衍出之此「貳」字,他又未列入統計數)。今略舉數端。

楊先生說「貳」的本義是「助、佐」,引《說文》六下「貳,副益也」為證。此係誤解。段玉裁校文為:「當云副也,益也。形聲包會意。《周禮》注,副,貳也。」「貳」的本義為「居次要地位的,副」(即「副職」、「副本」之「副」)。如《周禮·天官·大宰》:「乃施法於官府,而建其正,立其貳。」貳即副手,副職。鄭玄注:「正謂冢宰、司徒、宗伯、司馬、司寇、司空也,貳謂小宰、小司徒、小宗伯、小司馬、小司寇、小司空也。」《國語·魯語下》:「大夫有貳車,備承事也。」韋昭注:「貳,副也。」「助、佐」則是「副」義的引申義。很難理解,楊先生如何據《說文》「貳,副益也」,就斷定「『貳』的本義是『助、佐』」。而對「貳」的詞義系統的誤解,有可能不利於其正確認識「貳於×」句。

楊先生在《關於〈左傳〉「貳於×」及其他》中把《左傳》中「貳」的用法分成四項:一、專名,二、輔佐、協助,三、同「二」,四、不專一。這分法是否合適,姑不論。但他既不知「貳」的本義為「副」,則此義在《左傳》中之用例,他皆誤釋為它義。例如,楊先生所謂《左傳》中「貳」的「專名」6 例,除「楚屈瑕將盟貳、軫」句(桓十一)中「貳」為國名外,「貳宗、貳車、貳廣」等 5 例中之「貳」皆為本義——「副」。今詳析之。《左傳·桓公二年》:「大夫有貳宗。」杜預注:「適子為小宗,次子為貳宗,以相輔貳。」杜預是以「輔貳」說明「貳宗」對「小宗」的作用,不是在釋「貳宗」之「貳」。《襄公十四年》「大夫有貳宗」杜預注:「貳宗,宗子之副貳者。」這才是以本義「副貳」釋「貳宗」之「貳」。「貳車、貳廣」皆是諸侯副車，「貳」為「副」義自不待言。附帶言之，討論「貳」的義項，不宜把由詞素「貳」組成的複合詞「貳宗、貳車、貳廣」用例作為「貳」的「專名」用例。

又如，在「輔佐，協助」義下，楊先生列《哀公七年》「且魯賦八百乘，君之貳也」句，並注：「杜注：『貳，敵也。』楊伯峻先生《春秋左傳注》：『貳即陪貳，副貳之貳。吳軍力大於八百乘，故魯地僅足以為吳之佐助，為佐助者未必忠。』今暫從楊說。」依鄙見，杜預注「貳，敵也」是，即「匹敵、對手」，為從「貳」的本義「居次要地位的，副」生發出的引申義。時魯以霸主之吳地處遙遠，背盟伐邾；邾臣茅夷鴻赴吳求救，說吳以利害：

> 魯弱晉而遠吳，憑恃其眾，而背君之盟，辟君之執事，以陵我小國。邾非敢自愛也，懼君威之不立。君威之不立，小國之憂也。若夏盟於鄫衍，秋而背之，成求而不違，四方諸侯，其何以事君？且魯賦八百乘，君之貳也；邾賦六百乘，君之私也。以私奉貳，唯君圖之！

極盡挑撥之能事，最後說：「況且魯國有兵車八百乘，它可是您的對手；邾國有兵車六百乘，它卻是您的私屬。（坐視魯滅邾而不救，）把私屬送給對手，希望您好好考慮！」這才打動了吳君，決定伐魯救邾。《漢語大字典．貝部》「貳」條「匹敵，比併」義項，正用此例句。楊先生誤以「君之貳也」之「貳」為「輔佐，協助」義，是沿楊伯峻先生說，姑不論；而將與此「貳」同義的「以私奉貳」句列於「不專一」義項下，則說不過去了。又如，楊先生所列「同『二』」義項之例句為：

> 〔基數用法〕未有貳心（宣十二）／諸侯皆有貳志（又十七）／無有貳心（成八）／絳無貳志（襄三）／敢有貳心乎（又二十六）／皆有貳心（昭十三）
>
> 〔序數用法〕其卜貳／（僖十五）／子身之貳也（文十六）／今吾子無貳（昭三十）

依鄙見，凡楊文所謂「基數用法」的「貳」，皆為「不忠誠，背叛」義；凡楊文所謂「序數用法」的「貳」，皆為其本義「副」。前者似不待言，後者三例，詳引原文如次：

> 晉侯使郤乞告瑕呂飴甥，且召之。子金教之曰：「朝國人而以君

命賞，且告之曰：『孤雖歸，辱社稷矣。其卜貳圉也。』」（僖公十五年）

初，司城蕩卒。公孫壽辭司城，請使意諸為之。既而告人曰：「君無道，吾官近，懼及焉。棄官則族無所庇。子，身之貳也。姑紓死焉。」（文公十六年）

夏六月，晉頃公卒，秋八月葬。鄭游吉弔，且送葬。獻子使士景伯詰之曰：「悼公之喪，子西弔，子蟜送葬。今吾子無貳，何故？（昭公三十年）

第一例，「貳」即貳君，謂太子。太子為國君之儲貳，又稱儲副：「貳圉」即太子圉。第二例，杜預注：「意諸，壽之子。」公孫壽為免禍，使子代己為司城，有禍則子可代己當之，因子為己之副貳。可靈活譯為「化身、替身」（沈玉成譯為「代表」，楊伯峻注為「兒子是本人之副貳」）。第三例，《左傳杜林合注》謂：「貳，副也。吾子謂子大叔。弔喪，其使無有副貳。」「貳」顯然為「副手、副職」。

詞義分析為訓詁類文章立論之基礎。未能準確分析《左傳》「貳」的詞義，當然也會影響楊先生對《左傳》「貳於×」語義之正確理解。

其次，楊先生之論證略嫌武斷。如他一再強調，他「證明了『貳於×』之『貳』是不及物動詞，不能構成『貳×』格式」，並用以批駁黃金貴先生文。而他所提到的宋玉珂先生文，即舉有義為「背叛、背離某」的「貳某」句例：

道不過三代，法不貳後王。道過三代，謂之蕩，法貳後王，謂之不雅。（荀子・王制）

筆者按，此類句尚多，聊舉數例：

《禮記・坊記》：「以此坊民，民猶忘其親而貳其君。」

《春秋經・襄公十六年》「齊侯伐我北鄙」杜預注：「齊貳晉故。」

《後漢書・隗囂列傳》：「雖懷介然之節，欲絜去就之分，誠終不背其本貳其志也。」

《晉書・東海王越列傳》：「疑朝臣貳己，乃誣帝舅王延等為亂。」

而楊先生《再談〈左傳〉貳於×》文即以「這再一次證明了『說有易，說無難』這句名言」結尾，說明真正理解「這句名言」亦難。輕易否定表叛離某的「貳×」格式之存在，也不能不影響楊先生正確理解「貳於×」之「貳」的性質及詞義。

再次，楊先生論述有混亂處。他雖說「貳」是壹的反面，壹是「嫥壹也」，但他總是以「不一致」釋「貳」，似乎「不專一」就是「不一致」。竊以為，「不專一」強調的是「有異心、不忠誠，有叛逆之心」，而「不一致」則是強調「不同」（不一定相反），兩者差別很大。二者的語詞搭配關係亦不同。如人常說言行、步調、意見等「不一致」，絕不說言行、步調、意見等「不專一」。楊先生卻等而同之，說「任何一例『貳於×』的語義都不是簡單地『對×不專一』，而是『對×與原來不一致』」。這實際上是偷換概念：以「不一致」代替了「不專一」。這當然也影響楊先生得出合理的結論。例如《襄公二十四年》：「夫諸侯之賄，聚於公室，則諸侯貳。若吾子賴之，則晉國貳。諸侯貳則晉國壞，晉國貳則子之家壞。」杜注：「貳，離也。」（楊文《左傳「貳於×」及其他》引此句，兩「晉」字誤作「吾」，一「貳」字誤作「壞」）楊先生謂：

> 杜注為「離」，亦是「不壹」的一種靈活譯法。沈玉成《左傳譯文》把這一段譯為：「諸侯的財貨聚集在國君家裏，內部就不一致。如果您把這個作為利益，晉國的內部就不一致。諸侯的內部不一致，晉國就受到損害；晉國的內部不一致，您的家就受到損害。」更合原意。

依鄙見，沈譯可商。「不一致」情況所在多有：少數人意見、看法與多數人有別，亦可謂「不一致」。何以如此可怕，導致「晉國壞、子之家壞」？杜注為「離」，才是正確的。此「離」即「離心離德、眾叛親離」之「離」，與「叛」義近。子產語意為：「諸侯的財貨聚集在晉國國君那裏，諸侯就會叛離晉國；如果您據為私有，晉國人就會叛離您。諸侯叛離，晉國就會垮臺；晉國人叛離，您家就會垮臺。」

又如《昭公十三年》：「晉政多門，貳，偷之不暇，何暇討？」楊先生又以「不能一致」釋「貳」。杜預注：「貳，不壹。」其實杜所謂「不壹」乃「不壹心」，仍是「離心離德」之義，絕非「不一致」。唯政出多門，離心離德，不能勠力壹心，故「偷之不暇」，更無暇討伐他國。

楊先生說，他給「貳於×」句中的「貳」下的定義「與原來不一致」是一個「圓」的訓詁，放在全部「貳於×」句中都能講得通，事實上並非如此。如「諸侯貳於晉」，楊謂即「諸侯對晉的態度與原來不一致」。「不一致」可以有程度不同之分，由衷心敬仰變為被動服從，也是前後不一致，卻不能說是「貳於晉」。「有二心於戎」即「內心對戎與原來不一樣，意思是他心裏向著楚國」（筆者按，後句意不知所謂），也講不通：原來對戎很仇恨，現在稍有緩和，不那麼仇恨了，但仍然不喜歡——這也是不一致，但絕非「有二心於戎」。如對「貳於×」中之「貳」這樣理解、「貫通」下去，是全然背離《左傳》文義的。

又次，楊先生在批評他人對「貳於×」之「貳」當作具體分析的主張時，屢次強調「詞義的同一性」、「詞義解釋的同一性」，「『貳於×』之『貳』的詞義是一貫的」。當然，同類用例中，對同一詞之釋義不能忽此忽彼，隨文釋義亦不應遠離其核心意義。但是，不能據此否認古漢語中的一詞多義現象，不同的語言環境導致的同一詞詞義的差別。試看《漢語大字典・貝部》「貳」條所列諸多義項：副、居次要地位的；輔佐，作助手；益，增加；數詞，「二」的大寫；再，重複；匹敵，比併；懷疑，不信任；不專一，有異心；離，離異；違背，背叛……等等，不少都在《左傳》「貳」的用法中有所體現。《左傳》「貳於×」句，「貳」的詞義亦有所不同。《大字典》的釋義基本上是合理的、正確的，比較全面、準確地反映了「貳」的詞義系統。其所列每一義項，都可以概括「貳」的一種意義、用法，涵蓋相當多的例句。其他字頭的釋義類皆如此。當然不能說《大字典》也破壞了「詞義的同一性」。楊先生把《左傳》中「貳」的用法分成四項，除上文我們所說的不確之處外，第四項「不專一」（楊先生理解為「不一致」），也顯得過於概括，不足以涵蓋其所列例句。我們以為，還是《漢語大字典・貝部》「貳」條所列義項更為翔實、精密而適用。黃侃先生說「小學之訓詁貴圓，經學之訓詁貴專」，絕非是此非彼，而是強調各自之特點及重要性。我們分析《左傳》「貳於×」句之語義，正是在進行「貴專」之「經學之訓詁」，不必要求對「貳」「有一個確詁」，否則就是「割裂了詞義的同一性」。《漢語大字典》之釋義姑不論，《經籍纂詁》、《故訓彙纂》所列，不也都是「經學之訓詁」嗎？

楊先生說：

> 《左傳》全部「貳與×」之「貳」就屬於「不壹」的動詞用法……但是，《左傳》使用「貳於×」結構的句子在不同的上下文中明顯呈兩種相反的語義……「貳於×」結構在任何語境中其意義都是單一

> 的，在不同的上下文中所呈現出的兩種相反語義，是語境（包括上下文、信息交流情景和其他相應的知識）提供的，由於「貳與×」表示「對×與原來不一致」，當語境提供的信息表明「貳」的主語原來與×無某種關係時，「貳與×」則表示改為對×有某種關係。比如《左傳．隱公元年》：「大叔命西鄙、北鄙貳於己。」語境意義表明作為兼語的「西鄙、北鄙」原屬鄭莊公，與「己」無關，「貳於己」即「對己與原來不一致」，自然是使西鄙、北鄙屬自己。相反，當語境提供的信息表明「貳」的主語原來與×有某種關係時，「貳與×」則改為對×無某種關係。如《左傳．成公九年》：「為歸汶陽之田故，諸侯貳於晉」。語境意義表明主語「諸侯」與晉國是盟國，原來與晉一心，「貳於晉」則是改變原來的情況，對晉不一心。

除以「不一致」偷換「不專一、不一心」的毛病以外，楊先生此段尚有其他可商之處：

（一）既說「『貳於×』結構在任何語境中其意義都是單一的」，又說它「在不同的上下文中所呈現出的兩種相反語義」「是客觀存在的」，似有自相矛盾之嫌。因「任何語境」與「不同的上下文」，在我們看來是一回事。

（二）楊先生判定「在任何語境中其意義都是單一的」的「貳於×」結構「在不同的上下文中」到底「呈現出」哪「兩種相反語義」的方法，如上所述，須據「語境提供的信息」，確定「貳」的主語原來與×無或有某種關係，「『貳與×』則改為對×有或無某種關係」，頗煩復費解。以《左傳．隱公元年》「大叔命西鄙、北鄙貳於己」為例，在確認「『貳與×』表示『對×與原來不一致』」的大前提下，還要經過三個步驟：

1. 明確小前提「語境意義表明作為兼語的『西鄙、北鄙』原屬鄭莊公，與『己』無關」；
2. 推論「『貳於己』即『對己與原來不一致』」；
3. 得出結論：「大叔命西鄙、北鄙貳於己」，「自然是使西鄙、北鄙屬自己。」

要判定那種「相反語義」，也先須認定「『貳』的主語原來與×有某種關係」，再據「『貳於己』即『對己與原來不一致』」，再斷定「『貳與×』則改為對×無某種關係」。

楊先生這種判定「貳於×」結構語義的方法，理論上是否立得住，姑不論。是否略嫌迂曲繁瑣呢？且「貳於×」語義明明是表示「叛逆」或「歸屬」，現在變成了「有無某種關係」，亦不甚合文義。

（三）楊先生分析「貳於×」結構，應用了「義場」理論。他「發現『與原來相比』這個義場是固定在『貳於×』結構裏的」。他還說：

> 其實，這個「與原來（包括原來的意思、看法、舉動等）相比」的義場，古人早就看出來了，只是當時還沒有這個名稱，無法說明罷了。如《左傳·莊公十四年》「厲公入，遂殺傅瑕，使謂原繁曰：傅瑕貳……」杜注：「言有二心於己」。而《左傳·襄公五年》「王使王叔陳生愬戎于晉，晉人執之。士魴如京師，言王叔之貳於戎也」。杜注：「王叔反，有二心於戎，失秦使之義（筆者按，「王叔反有二心於戎」似當作一讀，「秦」當作「奉」），故晉執之」……而這相反的語義，杜預卻用同樣的格式來作注：「有二心於×」。意思是對×改變原來一心（遵從或仇恨）的情況，這說明杜預對「貳」字與「原來相比」的義場還是體會出來了，否則他也會對這兩個用例提出疑問或者改換句式來作注。

一千七百多年前的古人與今人「心有靈犀」，「所見略同」，這可能性不是沒有。但尚有另一種可能性，即杜預根本沒「體會出來」「貳於×」有「『與原來相比』的義場」，亦殊不料後人會對在他看來並不複雜的語句提出「義場」理論，並斷定他如未「體會出」此「義場」理論，就一定會「提出疑問或者改換句式來作注」。他可能只知道《左傳》中「貳於×」有兩種相反語義，「有二心於×」與「貳於×」意義、用法完全相同；「貳於×」中的「貳」即「有二心」。所以他常用「有二心」釋「貳」，又常用「有二心於×」釋「貳於×」，這也是情理中事。而楊先生卻謂「杜預對……義場還是體會出來了」，這有一廂情願、強人從己之嫌。杜預雖不懂現代學者那些語言理論、術語；但他諳熟經籍，又去古未遠，有極強的上古漢語語感，且學風樸實，注書簡潔明快，決不會對他了然於胸的語言現象「提出疑問或者改換句式來作注」，或作佶屈迂迴之曲解。杜預在經學、傳統語言學上的崇高地位，為歷代學者所公認；無須後人無端讚譽他「看出來了」什麼後人發現的新理論而只是苦於「無法說明」，以在其頭上加上新的光環。竊以為，學術界中此風斷不可長：如果輕易把未必高明之個人觀點強加於古人，而古人即泉下有知，亦百口莫辯，那就難免既厚誣古人，又貽誤來者了。

竊以為，用簡單的詞義引申原理、語義變體的觀點，加以對介詞「於」不同語法意義的分析即可解決的《左傳》「貳於×」句語義問題，不必求之過深。濫用新的語言理論，反易弄巧成拙。劉勰《文心雕龍·情采》「固知翠綸桂餌，反所以失魚」之譬，對現代的語言研究者，恐亦頗有警示意義。

又及：楊先生謂「富文又認為《左傳》『貳於×』有A、B兩類句子，『有二心』釋義適合A類句』」，並非鄙意，拙文中也並無「『有二心』釋義適合A類句」之文。相反，拙文以為：「『有二心』也有與『貳於×』中的『貳』類似的用法，即『有二心於×』句也分A、B兩類。」今按，「有二心」亦可說「懷二心」：《元史·王玉列傳》：「仙遣人齎誥命誘玉妻，妻拒曰：『妾豈可使夫懷二心於國家耶！』」（A類句）宋范處義《詩補傳·國風·齊》：「是以文姜既歸為魯之夫人，又得以懷二心於齊也。」（B類句）

拙文結尾謂只發現一例「攜貳於×」A類句，即《左傳·襄公二十二年》：「楚人猶競，而申禮於敝邑；敝邑欲從執事，而懼為大尤，曰『晉其謂我不共有禮』，是以不敢攜貳於楚。」今補充其B類句一例：清汪森《粵西文載·張任·十寨捷音敘功疏》：「振旅完歸，遍聽歡呼於士女；沿村撫輯，庶消攜貳於凶頑。」則「貳於×、有（懷）二心於×、攜貳於×」皆有A、B兩類句，可謂為一種有趣之語言現象，亦可證「貳於×」之「貳」即「有（懷）二心」或「攜貳」。

《北方論叢》，2003年2月

附：關於《左傳》「貳於×」句

《左傳·僖公三十年》：「晉侯、秦伯圍鄭，以其無禮於晉，且貳於楚也。」一般都把「貳於楚」解釋為「晉國懷有二心，而與楚國相近」。秦禮軍先生文《〈左傳〉「貳於×」解》（載《中國語文》1984年第5期，以下簡稱秦文）謂此說「值得考慮」，因為「『貳』如果理解為『二心』的話，那麼『貳』與後面表對象的補語『於楚』合起來就得解釋為『對楚國懷有二心』，同原意恰恰相反」；「從『貳於楚』的結構形式來看，『貳』後對象補語只有一個，而上解卻出現『晉、楚』兩個，亦覺難通」。因此，秦文據《史記・晉世家》「七年，晉文公、秦繆公共圍鄭，以其無禮於文公亡過時，及城濮時鄭助楚也」及《鄭世家》「四十一年，助楚擊晉。自晉文公之過無禮，故背晉助楚。四十三年，晉文公與秦穆公共圍鄭，討其助楚攻晉者，及文公過時之無禮也」文，謂「《史記》在敘述時用『助』而不用『貳』恰恰證明了這裡『貳』的意思為『助』」，從而認為「貳於楚」當解為「助於楚」。至於「貳於×」的「貳」是否有作「二心」解的，秦文謂「《左傳》也有此用法，如《左傳・襄公十五年》：『夏，齊侯圍成，貳於晉故也。』這裡是說同『晉』有『二心』，於意義於形式都能講得通」。

筆者以為，解「貳於楚」為「助於楚」，至少會遇到以下兩方面的困難：

首先，「貳」雖有「輔助、做助手」之義，但「輔助某人、做某人助手」的意思，經典中往往以「貳×」的形式表達。如《偽古文尚書・周官》：「少師、少傅、少保曰三孤，貳公弘化。」《左傳・昭公三十二年》：「天生季氏，以貳魯侯，為日久矣。」而不以「貳於×」的形式表達。且「幫助某人、某方」的意思，古漢語一般也不說成「助於×」。①

其次，雖然《史記》以「助楚」字樣敘此事，我們也沒有充足理由斷定《左傳》「貳於楚」之「貳」也訓「助」。因為「助楚」完全可能是「貳於楚」的一種表現（如果通說成立的話）。況且，筆者考察了《左傳》中所有的「貳於×」句，「貳」皆不當訓「助」（見下文）。

但是，認為《左傳・僖公三十年》之「貳於楚」與《左傳・襄公十五年》之「貳於晉」意思迥然有別，卻是秦文富於啟發性之處：筆者認為，《左傳》中「貳於×」句確應分為兩類。

「貳」的古代常用義是「攜貳，有二心」。②如果要表達「對某人或某方懷有二心」的意思，則用表對象的介詞「於」引進補語。此為「貳於×」A類句。除秦文結末所舉《左傳・襄公十五年》例外，《左傳・成公九年》尚有一例：「為歸汶陽之田故，諸侯貳於晉。晉人懼，會於蒲，以尋馬陵之盟。」按，成公八年，晉侯命魯歸其汶陽之田於齊，失信於諸侯，故諸侯對晉懷有二心。

如對某人或某方懷有二心，則往往會投靠他人或另一方。這樣，「貳」就從「攜貳，有二心」引申出「攜貳而依附（他人），有二心而歸依（另一方）」的意思來。引進補語的「於」可以看作是表方向的介詞。此即「貳於×」B類句。秦文所論《左傳·僖公三十年》之「貳於楚」，實屬「貳於×」B類句。A類句中之「貳」與B類句中之「貳」意義同中有別：A類句中之「貳」重在強調其「離心、不專一」，B類句中之「貳」重在強調其「移情別戀、轉而投靠」；從與補語的關係上說，A類句中的「貳」偏向於動作行為的起點，而B類句中的「貳」偏向於動作行為的方向、目的：有點像古漢語中的「去」（離開：去國懷鄉）之與現代漢語的「去」（從所在地到別的地方：去北京）。

《左傳》中「貳於×」B類句尚有：

(1)《隱公元年》：「既而大叔命西鄙北鄙貳於己。」（楊伯峻《春秋左傳注》：「貳於己……杜注謂兩屬，蓋從其實際言之，洪亮吉《左傳詁》謂有二心，蓋就訓詁言之，皆是也。」）

(2)《隱公三年》：「王貳于虢。鄭伯怨王，王曰：『無之。』故周鄭交質……王崩，周人將畀虢公政。」（杜注：「周人遂成平王本意。」）

(3)《僖公二十三年》：「秋，楚成得臣帥師伐陳，討其貳於宋也。」

按，楚、宋泓之戰，陳未嘗助宋。此乃楚乘勝宋之威以懲陳附宋耳。

(4)《僖公三十三年》：「晉、陳、鄭伐許，討其貳於楚也。」

按，二十七年雖有許男與楚圍宋之事，但晉伐許主要因其附楚。《左傳·僖公二十八年》：「冬，會於溫，討不服也。」杜注：「討衛、許。」三十三年之伐許，亦與此同。

(5)《文公五年》：「初，鄀叛楚即秦，又貳於楚。夏，秦人入鄀。」

(6)《文公十七年》：「晉侯搜于黃父，遂復合諸侯于扈……於是晉侯不見鄭伯，以為貳於楚也。」

按，十七年春鄭尚助晉伐宋。鄭子家與趙宣子書，只說鄭曾「獲成於楚」。此無助楚之事。

(7)《成公九年》：「秋，鄭伯如晉。晉人討其貳於楚也，執諸銅鞮。」

按，上文說「楚人以重賂求鄭，鄭伯會楚公子成於鄧」，並無鄭助楚之事。

（8）《成公十一年》：「公至自晉。晉人以公為貳於楚，故止公，公請受盟，而後使歸。」

按，《成公四年》：「公至自晉，欲求成於楚而叛晉。」晉或因此以公為貳於楚。無魯助楚事。

（9）《襄公五年》：「王使王叔陳生訴戎于晉，晉人執之。士魴如京師，言王叔之貳於戎也。」（杜注：「王叔反有二心於戎，失奉使之義，故晉執之。」）

（10）《襄公二十二年》：「寡君盡其土實，重之以宗器，以受齊盟，遂帥群臣，隨于執事，以會歲終。貳於楚者：子侯、石盂，歸而討之。」

按，此為鄭子產對晉之言，謂鄭國內有親楚勢力：子侯、石盂，已討之。

（11）《昭公五年》：「楚子以屈伸為貳於吳。乃殺之。」（杜注：「造生貳心。」）

（12）《昭公十七年》：「陸渾氏甚睦於楚……九月丁卯，晉荀吳帥師……遂滅陸渾，數之以其貳於楚也。陸渾子奔楚，其眾奔甘鹿。」

按，《左傳》中數見「楚子伐陸渾之戎」、「楚子伐陸渾戎」之文，不見有陸渾助楚之事。

以上為《左傳》中全部「貳於×」句。《十三經》他經中則未見「貳於×」句。

無獨有偶，「有二心」也有與「貳於×」中的「貳」類似的用法，即「有二心於×」句也分 A、B 兩類。A 類句如《文選．張衡〈東京賦〉》「於時蒸民，罔敢或貳」薛綜注：「言是時眾民無敢有二心於莽者。」按，「無敢有二心於莽者」即「沒有敢對王莽懷有二心的人」。B 類句如《左傳．成公十三年》：「君來賜命曰：『吾與女伐狄。』寡君不敢顧昏姻，畏君之威，而受命于吏。君有二心於狄，曰：『晉將伐女。』」按，「有二心於狄」即指秦君對晉懷有二心而親狄，上文例（9）《襄公五年》杜注「王叔反有二心於戎」亦同。

至於「攜貳」，筆者只發現一例與「貳於×」A 類句類似的用法，如《左傳．襄公二十二年》：「楚人猶競，而申禮於敝邑；敝邑欲從執事，而懼為大尤，曰『晉其謂我不共有禮』，是以不敢攜貳於楚。」按，此即前所舉例（10）

之上文，皆為鄭子產對晉之言，然此「不敢攜貳於楚」（不敢對楚懷有二心）為 A 類句，彼「貳於楚者」（對晉懷有二心而依附於楚者）為 B 類句，涇渭分明，相映成趣。「攜貳」是否有 B 類句用法，則尚待考究。

摘自鄙文《讀史札記兩則》，《中國語文》，2000 年第 3 期

國學傳承中的訓詁問題十例

一、所其無逸

《尚書・無逸》:「周公曰:嗚呼!君子所其無逸。」孔安國傳:「歎美君子之道,所在念德,其無逸豫。」以「所在」釋「所」,增字為訓。宋史浩《尚書講義》:「君子所其無逸者,蓋若北辰之居所。所者,居而不移之謂也。」皆不愜人意。所,當訓為「宜」。《易・繫辭下》:「日中為市,致天下之民,聚天下之貨,交易而退,各得其所。」

《漢語大字典・戶部》「所」條設此義項,此例之外,尚有:

> 《詩・曹風・下泉》毛序:「《下泉》,思治也。曹人疾共公侵刻下民,不得其所,憂而思明王賢伯也。」
>
> 《左傳・隱公元年》:「不如早為之所。」
>
> 《左傳・文公二年》:「吾以勇求右,無勇而黜,亦其所也。謂上不我知,黜而宜,乃知我矣。」按,「黜而宜」正申「無勇而黜,亦其所也」之義。
>
> 《詩・魏風・碩鼠》「樂土樂土,爰得我所」,《孟子・萬章上》「昔者有饋生魚於鄭子產,子產使校人畜之池,校人烹之,反命曰:『始舍之,圉圉焉;少則洋洋焉,攸然而逝。』子產曰:『得其所哉,得其所哉!』」

準此，諸葛亮《出師表》「必能使行陣和睦，優劣得所」，以及成語之「流離失所、死得其所」等「所」字，皆當訓「宜」。《漢語大詞典・大部》「失所」條釋為「失宜，失當」，是。

二、宜其室家

《詩・周南・桃夭》：「之子于歸，宜其室家。」毛傳：「宜以有室家，無踰時者。」鄭玄箋：「宜者，謂男女年時俱當。」毛傳、鄭箋，蓋有深意，但並非今人所易明，因「宜」與「室家」皆非今義。故王力釋「能使她的家庭和順」。但女至夫家，使家庭和睦，那是今人的理念，不宜以今律古。《小雅・無羊》：「牧人乃夢：眾維魚矣，旐維旟矣。大人占之：眾維魚矣，實維豐年；旐維旟矣，室家溱溱。」毛傳：「溱溱，眾也。旐旟所以聚眾也。」鄭玄箋：「溱溱，子孫眾多也。」孔穎達疏：「室家溱溱是男女眾多之象。」此「溱溱」即《桃夭》「桃之夭夭，其葉蓁蓁。之子于歸，宜其家人」中的「蓁蓁」，毛傳：「蓁蓁，至盛貌。」鄭玄箋：「家人猶室家也。」《桃夭》既以「灼灼其華、有蕡其實、其葉蓁蓁」起興，言此夭夭之桃樹華、實、葉皆盛，則「宜其室家」（即「宜其家室、宜其家人」），也即如《小雅・無羊》之「室家溱溱」之意，是說這女子嫁來，則家室興旺（今人謂「門戶興旺」），即生育眾多子女，為新婚祝福之辭。據此，我們推測，《桃夭》的前一首《螽斯》「螽斯羽，詵詵兮，宜爾子孫，振振兮。螽斯羽，薨薨兮，宜爾子孫，繩繩兮。螽斯羽，揖揖兮，宜爾子孫，蟄蟄兮」，也是一首祝福新娘多生子之詩：毛傳：「詵詵，眾多也。」「薨薨，眾多也。」「揖揖，會聚也。」《後漢書・章帝八王傳》：「振振子孫，或秀或苗。」李賀《感諷》：「侵衣野竹香，蟄蟄垂葉厚。」其「宜爾子孫」與《桃夭》之「宜其室家、宜其家室、宜其家人」、《小雅・無羊》之「室家溱溱」意同，也即古人所謂「宜子」或「宜男」，指女子富於生殖能力。無獨有偶，「宜男」也用為新婚祝福之辭。《北史・崔㥄傳》：「竇太后為博陵王納㥄妹為妃……婚夕，文宣帝舉酒祝曰：『新婦宜男，孝順富貴。』」原始民族對婚姻的觀念是樸質而實際的，即為延續種族後代。從古代后妃的「椒房」，到近代新婚時人們仍然習慣於祝福「早生貴子」、給新婚夫婦吃「子孫餃子」等，無不是這種古老習俗的遺跡。毛傳、鄭箋所謂「宜以有室家，無踰時者」與「宜者，謂男女年時俱當」，皆為能生育眾多子孫之意，但詩意本重說「之子」，即新娘，故毛傳似視鄭箋為優。

三、于耜，舉趾

《詩・豳風・七月》:「三之日于耜，四之日舉趾。」毛傳:「四之日，周四月也。民無不舉足而耕矣。」

「舉足」為耕之動作。蓋古以耒耜（鍤類農具）二人耦耕（《周禮・冬官考工記・匠人》:「匠人為溝洫，耜廣五寸，二耜為耦，一耦之伐，廣尺深尺謂之甽」)，須以足踏耒之下部，使耜入土，故以「舉趾」表示耕種。孔穎達疏亦曰:「耕以足推，故云『無不舉足而耕』。」以足推，猶今人曰「用腳蹬」。《國語・周語上》:「王耕一墢，班三之，庶人終於千畝。」《禮記・月令》:「孟春之月……是月也，天子乃以元日祈穀於上帝。乃擇元辰，天子親載耒耜，措之於參保介之御間，帥三公九卿諸侯大夫，躬耕帝藉。天子三推，三公五推，卿諸侯九推。」按《國語》「墢」即以耒發土，《禮記・月令》孔穎達疏徑作「發」，即以足踏耒發土。《呂氏春秋・孟春紀》記此事，高誘注亦作「發」，清畢沅新校正:「《說文》作『坺』，云『一臿土也』。」字或作「撥」。唐劉肅《大唐新語・釐革》:

> 自古帝王必躬籍田，以展三推終畝之禮。開元二十三年正月，玄宗親耕於雒陽東門之外。諸儒奏議，以古者耦耕以一撥為一推，其禮久廢。今用牛耕，宜以一步為一推。及行事，太常卿奏，三推而止。於是公卿以下，皆過於古制。

「古者耦耕以一撥為一推」，即以足踏耒發土一次；牛耕則連續發土，無法以「墢（發、撥、坺）」計算幾推——實則「推」也是人踏耒而耕時手的動作，故改為「以一步為一推」。

《淮南子・繆稱》:「夫織者日以進，耕者日以卻，事相反，成功一也。」高誘注:「卻謂耕者卻行。」知古代人力踏耒耜而耕，猶今之以鐵鍬翻地，故必然「卻行」。以牛犁耕則方向相反了。但以足踏耒耜發土之制，在後代仍長期遺留。《說文・木部》:「梠（耜），臿也。」臿形即如今之鐵鍬。又《淮南子・主術》:「夫民之為生也，一人跖耒而耕，不過十畝。」高誘注:「跖，蹈。」曹植《籍田賦》:「尊趾勤於耒耜，玉手勞於耕耘。」則益明人力耕田必「舉趾」「跖耒」——「舉足而耕」。

四、于貉

《詩・豳風・七月》:「一之日于貉，取彼狐狸，為公子裘。」毛傳:「于貉，謂取狐狸皮也。『狐貉之厚以居。』孟冬，天子始裘。」鄭玄箋:「于貉，往搏貉以自為裘也。」

俞樾《群經平議・毛詩上》說，貉（mà），通「禡」，古代軍中祭名。《周禮・夏官・大司馬》:「遂以搜田，有司表貉。」鄭玄注:「表貉，立表而貉祭也……鄭司農云:『貉，讀為禡。禡，謂師祭也。書亦或為禡。』」狩獵如同作戰，故有貉祭之禮。鄭玄注《周禮・春官・小宗伯》「若軍將有事則與祭」引鄭司農云:「則與祭，謂軍祭，表禡軍社之屬。」鄭玄注《甸祝》「掌四時之田表貉之祝號」又曰:「田者，習兵之禮，故亦禡祭，禱氣勢之十百而多獲。」按，其字又作「貊」。

五、子女、兒女

此題，筆者已擴充為《說「子女、兒女」》，見中冊該文。

六、砉然嚮然，奏刀騞然

《莊子・養生主》:「庖丁為文惠君解牛。手之所觸，肩之所倚，足之所履，膝之所踦，砉然嚮然。奏刀騞然，莫不中音:合於桑林之舞，乃中經首之會。」陸德明釋文:「砉音畫，皮骨相離聲也。」王力注為「關節都發出砉砉的響聲……騞，象聲詞，聲音大於砉（依崔譔說），這裡是形容進刀解牛的聲音。」

而成玄英疏:「砉然嚮應，進奏鸞刀，騞然大解。」似以「砉然嚮（響）然、騞然」者為「進奏鸞刀」之聲。《詩・小雅・信南山》:「執其鸞刀，以啟其毛，取其血膋。」毛傳:「鸞刀，刀有鸞者，言割中節也。」孔穎達疏:「鸞即鈴也，謂刀環有鈴，其聲中節。故《郊特牲》曰:『割刀之用而鸞刀之貴，貴其義也。聲和而後斷。』是中節也。」此孔引《禮記・郊特牲》說。《祭義》亦曰:「郊之祭也……君牽牲，穆答君，卿大夫序從……鸞刀以刲。」《祭統》亦曰:「君執鸞刀。」《公羊傳・宣公十二年》:「（楚）莊王伐鄭，勝乎皇門，放乎路衢。鄭伯肉袒，左執茅旌，右執鸞刀。」何休注:「鸞刀，宗廟割切之刀，環有和，鋒有鸞。」是說古君王、貴族祭祀殺牲，必用鸞刀，其環與鋒有鈴，割牲時聲音合乎音樂節拍。《三國志・呂布傳》「自為其兵所殺」裴松之注引《獻帝春秋》曰：「莊周之稱郊祭犧牛，養飼經年，衣以文繡，宰執鸞刀，以入廟門。當此之時，求為孤犢不可得也。」此俗大概至少到魏晉後尚有保留。如嵇康《與山巨源絕交書》：「恐足下羞庖人之獨割，引尸祝以自助，手薦鸞刀，漫之羶腥，故具為足下陳其可否。」故知庖丁為文惠君解牛，所執亦為鸞刀（「提刀而立」成玄英疏即為「解牛事訖，閒放從容，提挈鸞刀」）。其進刀時動作、鸞鈴聲，皆合於《桑林》、《經首》之旋律節拍；庖丁之解牛，猶如優美音樂伴奏之舞蹈。精妙如此，方能博得文惠君之讚歎。如「砉然嚮然、奏刀騞然」是「皮骨相離聲」或「關節都發出砉砉的響聲」，則很難與音樂聯繫起來，亦不能給人以美感。本此，學者尚當知者，庖丁為文惠君解牛，非為供膳，乃為祭祀殺牲也。

七、離騷

此題，筆者已擴寫為《離騷二題．離騷名義考》，詳見後文。

八、短兵

《楚辭．九歌．國殤》：「車錯轂兮短兵接。」

東漢王逸注《國殤》該句，謂為「短兵，刀劍也。言戎車相迫，輪轂交錯，長兵不施，故用刀劍以相接擊也。」《漢語大詞典．矢部》「短兵」條用此說。《後漢書．光武帝紀上》「賊追急，短兵接」李賢注亦曰：「短兵謂刀劍也。」其實以「刀劍」釋此「短兵」，並不確。

古代的「短兵」有兩個涵義：與弓弩等遠射武器相對而言，近戰武器如刀槍劍戟等，皆為短兵；與矛戟等長柄兵器相對而言，刀劍類短兵器為短兵。前者如：

> 吳子曰：「教戰之令，短者持矛戟，長者持弓弩。」（吳子．治兵）
>
> 其長兵則弓矢，短兵則刀鋋。（史記．匈奴列傳）
>
> 弩不可以擊遠，與短兵同實……短兵待遠矢，與坐而待死者同實。（管子．參患）尹知章注：「遠矢至，短兵不能應，則坐而受死也。」

> 平陵相遠，川谷居間，仰高臨下，此弓弩之地也，短兵百不當一……弩不可以擊遠，與短兵同。（漢書・晁錯傳）
>
> 丞相公孫弘奏言：「民不得挾弓弩……禁民不得挾弓弩，則盜賊執短兵，短兵接則眾者勝。」（漢書・吾丘壽王傳）
>
> 合圍數十重，短兵接戰，弓矢無復用。（宋書・武帝本紀上）

後者如：

> 長兵在前，短兵在後，為之流弩，以助其急者。（銀雀山漢墓竹簡・孫臏兵法・威王問）
>
> 故使長兵在前，強弩在後，名為衛疾，而實囚之也。（戰國策・西周策）
>
> 勁弩長戟，射疏及遠，則匈奴之弓弗能格也；堅甲利刃，長短相雜，遊弩往來，什伍俱前，則匈奴之兵弗能當也。（漢書・晁錯傳）

學者據今出土文物考證，當雙方兵車錯轂時，兩車箱側面之距離遠大於乘員手臂加上刀或劍的長度（《詩・秦風・小戎》：「文茵暢轂。」毛傳：「暢轂，長轂也。」增加轂長則輪轂與軸接觸面增大，兵車之穩定性亦增大），故無法以刀劍傷害對方，只能用長柄武器互相擊刺，刀劍僅於特殊情況下（如失車）自衛而已。故宋洪興祖《楚辭補注》於《國殤》該句曰：「司馬法曰：『弓矢圍，殳、矛守，戈、戟助。凡五兵，長以衛短，短以救長。』」（由白化文等標點的中華書局 1981 年版《楚辭補注》作「弓矢、圍殳、矛、守戈、戟助」，誤。據上海掃葉山房民國十六年石印《百子全書・司馬法》，此句作「弓矢禦，殳矛守，戈戟助。凡五兵五當，長以衛短，短以救長」。）此蓋車戰所用之五兵，以弓矢為長兵，其他為短兵。這實際上否定了東漢王逸的注（「用刀劍以相接擊」）。洪興祖的觀點是符合古代車戰的實際情況的，與今學者之考證正同。

九、外戶

《禮記・禮運》「故外戶而不閉，是謂大同。」王力注：「外戶，從外面把門扇合上。」

張新武說外戶是圍牆上的門。

今按，不必為圍牆上的門。外戶與內戶相對，內戶為內室之門，外戶即住宅外門，常指臨街之門、大門。鄭玄注「外戶而不閉」為「御風氣而已」，即非為禦賊。按鄭玄注是。如《魏志·管輅列傳》:「當此之時，輅之鄰里外戶不閉，無相偷竊者。」《晉書·樂廣列傳》:「先是，河南官舍多妖怪，前尹皆不敢處正寢，廣居之不疑。嘗外戶自閉，左右皆驚，廣獨自若。顧見牆有孔，使人掘牆，得狸而殺之，其怪亦絕。」「唐白行簡《李娃傳》:「時雪方甚，人家外戶多不發。」《太平廣記》卷 314「沽酒王氏」條:「癸卯歲，二月既望夜，店人將閉外戶。忽有紫衣數人，僕馬甚盛，奄至戶前，叱曰:『開門！吾將暫憩於此。』」宋范成大《代兒童作端午貼門詩》:「笑倩艾人看外戶，北窗深處詠歸來。」又喻屏障或出入要地。子虛子《湘事記》:「其城與岳州犄角，又為湘之外戶。」「外戶不閉」謂室無貯藏或太平安定。如《呂氏春秋·慎大覽》:「故周明堂外戶不閉，示天下不藏也。」《宋書·索虜傳》:「邊城之下，外戶不閉。」「外戶」又稱「外闔」。《荀子·儒效篇》:「四海之內，莫不變心易慮以化順之，故外闔不閉。」（楊倞注:「闔，門扇也。」）也是說天下太平，社會安定。本文前說「貨惡其棄於地也，不必為己」，是說人無私念，路不拾遺，或雖拾而不為己；此即說大同盛世，太平安定，雖外戶而不閉（「而」是用在主謂之間的連詞），僅「御風氣而已」，也即夜不閉戶之意。

十、託運遇於領會

作者說明：此題，筆者雖已擴寫為《含咀斷想》之一（見中冊該文，然兩相對比，適足以見筆者對此論題認識之深入。故仍保留此文俾讀者對照焉。

向秀《思舊賦》:「昔李斯之受罪兮，歎黃犬而長吟。悼嵇生之永辭兮，顧日影而彈琴。託運遇於領會兮，寄餘命於寸陰。」

何為「託運遇於領會兮，寄餘命於寸陰」？運遇，命運遭遇。領會，李善注引司馬彪曰:「領會，言人運命，如衣領之相交會，或合或開。」指人生禍福相因、榮辱無常。寸陰，片刻光陰。這兩句是分說，謂李斯「歎黃犬而長吟」，是「託運遇於領會」；而嵇康「顧日影而彈琴」，是「寄餘命於寸陰」。兩相對比，兩人對生命態度之殊異就昭然若揭了：李斯是把人生的富貴榮華寄託於風雲際會上，是在進行生命的賭博（李斯其人，終生以投機為事。見《史記·李斯列傳》）；而嵇康則是踏踏實實地度過一生，甚至在生命的最後一刻還在珍惜、享受生命。比之李斯而歎美嵇康，是作者言外之旨。

中國訓詁學會，2010 年 11 月論文集

傳世文獻之整理與訓詁

傳世文獻的整理，與訓詁關聯密切。主要有標點、衍文與錯簡之判定等諸多問題。而這些問題皆往往由於誤解詞義、不通文例、不明古代文化等訓詁方面的原因造成。

一、標點錯誤

1.《史記・晉世家》（中華書局標點本，下同）：「十三年，晉惠公病，內有數子。太子圉曰：『吾母家在梁，梁今秦滅之，我外輕於秦而內無援於國。君即不起，病大夫輕，更立他公子。』乃謀與其妻俱亡歸。」

日瀧川資言《史記會注考證》標點為：「君即不起，病大夫輕更立他公子。」按，中華書局標點本當本於日本《史記會注考證》本。依以上兩種標點，「病」當理解為「憂慮，擔心」。幾種近年來出版的《史記》譯注本都按中華書局標點本標點。

「不起病」當連讀，「不起病」為「病死」之婉辭；「大夫輕更立他公子」也當連讀，《四部備要》所收《史記》（武英殿本）即標點為「君即不起病。大夫輕更立他公子」，是正確的。《晉世家》所敘之事，《秦本紀》記為：「即君百歲後，秦必留我，而晉輕亦更立他子。」「百歲」也是婉辭。「輕更立他公子」、「輕亦更立他子」是一個意思：輕易地改立其他公子。所以太子圉才急於逃歸晉國，以防止君位旁落。

「不起病」又見於《漢書·翟方進傳》「方進即日自殺」注引如淳曰：「《漢儀注》：『有天地大變，天下大過，皇帝使侍中持節，乘四白馬，賜上尊酒十斛，牛一頭，策告殃咎。使者去半道，丞相即上病；使者還，未白事，尚書以丞相不起病聞。』」「不起病」即「病死」，實際上是丞相引咎自殺。又有「不起疾」之說，與「不起病」同，也是「病死」的婉辭。如《史記·春申君列傳》：「楚使歇與太子完入質於秦，秦留之數年。楚頃襄王病……歇曰：『今楚王恐不起疾，秦不如歸其太子。』」

「不起病」又說成「得病不起」、「病不起」，「不起疾」又說成「疾不起」，皆指病死。《史記·扁鵲倉公列傳》：「知文王所以得病不起之狀？」《舊唐書·薛舉列傳》：「郝瑗哭舉悲思，因病不起，自此兵勢日衰。」《漢書·丙吉傳》：「上憂吉疾不起，太子太傅夏侯勝曰：『此未死也。』」將要病死，說「疾且不起」。《戰國策·秦策一》：「孝公行之八年，疾且不起，欲傳商君，辭不受。」

「不起病、不起疾」皆有資格在大型辭書中立為條目。今《中文大辭典》（臺灣）、《漢語大詞典》「不」字頭上皆失收此二條。

2.《後漢書·百官四》：「門亭長主州正。門功曹書佐主選用。」

按，無州正、門功曹書佐之職、官。據《百官五》，「正門有亭長一人。」又《晉書·光逸傳》：「後為門亭長，迎新令至京師。」《三國志·蜀志·李恢傳》：「先主領益州牧，以恢為功曹書佐、主簿。」又《楊戲傳》：「伷字子緒，亦閬中人。先主定益州後，為功曹書佐。」可知，當斷為「門亭長主州正門，功曹書佐主選用」。

3.《漢書·外戚傳上》：「（上官）安以後父封為桑樂侯，食邑千五百戶，遷車騎將軍，日以驕淫。受賜殿中，出對賓客言：『與我婿飲，大樂！』見其服飾，使人歸，欲自燒物。」

「見其服飾，使人歸，欲自燒物」應也是上官安的話。是他炫耀自己的女婿（漢昭帝）服飾華貴，相形之下，自己的衣飾器物只配燒掉。

4.《後漢書·郭丹列傳》：「太守杜詩請為功曹，丹薦鄉人長者自代而去。詩乃歎曰：『昔明王興化，卿士讓位，今功曹推賢，可謂至德。敕以丹事編署黃堂，以為後法。』」

「敕以丹事編署黃堂，以為後法」是范曄敘述杜詩所為之語，不當置於引號內。類似事，見柳宗元《答韋中立論師道書》：「宗元使志諸石，措諸壁，編以為二千石楷法。」

5.《晉書・劉敏元傳》:「顧謂諸盜長曰:『夫仁義何常,寧可失諸君子!上當為高皇、光武之事,下豈失為陳、項乎?當取之由道,使所過稱詠威德。」這樣點斷,下句顯得突兀失據,「君子」當屬下。是說君子在立志、處事方面,容許選擇的範圍。類似的意思,如《三國志・魏書・臧洪傳》:「夫仁義豈有常?蹈之則君子,背之則小人。」類似的說法,如《禮記・雜記下》:「君子上不僭上,下不偪下。」

6.《莊子・養生主》:「為之躊躇滿志,善刀而藏之。」歷來皆作此讀。可是,據《田子方》「方將躊躇,方將四顧」及成玄英疏:「躊躇是逸豫自得,四顧是高視八方」,知「滿志」不應與「躊躇」連讀。

7.《詩經》亦有多處標點失誤。

首先,是不知「可」為「何」之古字,而誤解文義,乃至將反問句讀為陳述句。如《陳風・衡門》,一般標為:

> 衡門之下,可以棲遲。泌之洋洋,可以樂飢。
>
> 豈其食魚,必河之魴?豈其取妻,必齊之姜?
>
> 豈其食魚,必河之鯉?豈其取妻,必宋之子?

毛傳:「樂飢,可以樂道忘飢。」直讀為「可以」。程俊英、蔣建元《詩經注析》也於「可以樂飢」後標句號。實際上首章是是作者假託一人對隱者之簡樸生活提出疑問:「如此簡陋衡門之下,何以棲遲乎?洋洋之泌水,何以充飢乎?」隱者卻自豪地反問:「豈其食魚,必河之魴鯉乎?豈其取妻,必齊之姜、宋之子乎?」以表明不屑富貴、甘於貧賤之心志。

又如《小雅・苕之華》:「牂羊墳首,三星在罶。人可以食?鮮可以飽?」一般也都不讀為問句。而觀此詩上二章說:「心之憂矣,維其傷矣!」「知我如此,不如無生!」感情、語氣十分悲憤。如按「可」字讀,文義、語氣均與上文不協。此二「可」皆宜讀為「何」,詩為問句:人吃什麼呢?(即使有一點),這樣少,怎麼能吃飽?

這種「可」當讀為「何」的情況,在古籍中常見,非止《詩經》。《左傳・定公五年》:「子期曰:『國亡矣,死者若有知也,可以歆舊祀?』」楊伯峻注:「可借為何。」其實「可」當是「何」之古字。而《左傳・昭公十年》晏子謂陳桓子語:「蘊利生孽。姑使無蘊乎!可以滋長?」「長」後楊伯峻注本卻標為句號。其實這「可」亦應讀「何」。說明研究者對此類現象並未引起注意。

即使中古之詩，也存在此類問題。如李商隱《錦瑟》「此情可待成追憶，只是當時已惘然」二句，各種解釋，歷來不愜人意。但若讀「可」為「何」，疑滯便迎刃而解：此情何須待後來追憶乎？只是在當時便覺惘然自失了。

其次，是斷句問題。如《小雅．正月》七章：「瞻彼阪田，有菀其特。天之抓我，如不我克。彼求我則，如不我得。執我仇仇，亦不我力。」歷來如此讀，則「則」字不可解。故宋朱熹《詩集傳》始以「法則」釋之。但鄭玄箋釋「彼求我則」句為「王之始徵求我」，又不釋「則」字，於是清馬瑞辰《毛詩傳箋通釋》謂釋「則」為「法則」非《詩》意，「則」字為句末語助詞。後之說《詩》者多從之。今按，釋「則」為「法則」，固非《詩》意；然謂「則」字為句末語助，亦非《詩》例。依上下文意，此「則」當為表對舉關係之連詞，用以關聯王之「求我」與「執我」兩種情況下的不同態度：欲用我時唯恐不得，而用我時卻不重用。此種「則」字當然不便譯出，故鄭玄箋但釋句意：「王之始徵求我，如恐不得我；王既得我，執留我，其禮待我謷謷然，亦不問我在位之功力。言其有貪賢之名，無用賢之實。」雖個別語詞譯法可商，然兩相對比的意思說得十分明確，等於說明了「則」字之語法作用。所以，此數句宜讀為：

彼求我，則如不我得；執我仇仇，亦不我力。

俞樾平議已有此說。「則」的類似用法，又可對比下列諸例：

《何人斯》：「為鬼為蜮，則不可得；有靦面目，視人罔極。」

《大雅．雲漢》：「群公先正，則不我助；父母先祖，胡寧忍予？」

又：「群公先正，則不我聞；昊天上帝，寧俾我遯？」

《左傳．僖公二十一年》：「天欲殺之，則如勿生；若能為旱，焚之滋甚。」

《左傳．成公二年》：「若知不能，則如無出；今既遇矣，不如戰也。」

此事拙著《訓詁學說略》（2003）於第五章《餘論》（460～461 頁）已及之，2007 年訓詁年會亦有學者論及。

又，《周頌．小毖》歷來讀為：「予其懲而毖後患。莫予荓蜂，自求辛螫。肇允彼桃蟲，拚飛維鳥。未堪家多難，予又集于蓼。」但如此讀，全詩七句，則與各本皆云「《小毖》一章八句」不合。故段玉裁《毛詩故訓傳定本》說：「疏於『而』字絕句，各本皆云《小毖》一章八句。」胡承珙《毛詩後箋》也說：「《釋文》亦以『懲而』作音，是陸孔章句正同。《唐石經》於經文『毖』下旁填『彼』字，或當時別有本作『毖彼後患』。」且懲，非為自懲艾，乃懲罰。而，你們，指叛亂者武庚與管叔、蔡叔。讀為「予其懲而，毖彼後患」，則非如毛序所謂「嗣王求助也」鄭箋所謂「毖，慎也。天下之事當慎其小小時，而不慎，後為禍大，故成王求忠臣早輔助已為政，以救患難」，亦非如今說《詩》者所謂「這是成王誅管蔡、消滅武庚以後，自我懲戒並請求群臣輔助的詩篇」（程俊英、蔣建元《詩經注析》）；而是周公於平定武庚與管蔡叛亂之前，警告叛亂者之詩。他表明將嚴懲叛亂者，是為使人勿蹈覆轍。口氣是十分強硬的。

8. 宋魏泰《東軒筆錄》卷之八：「劉攽博學有俊才，然滑稽，喜謔玩，亦屢以犯人。熙寧中，為開封府試官，出臨以《教思無窮論》，舉人上請曰：『此卦大象如何？』劉曰：『要見大象，當詣南御苑。』又有請曰：『至於八月有凶，何也？』答曰：『九月固有凶矣。』蓋南苑豢馴象，而榜帖之出，常在八月九月之間也。」

按，「出臨以《教思無窮論》」句讀不通。觀文義，試官據經文出考題，下文又有舉人提問「此卦大象如何」、「至於八月有凶，何也」，則「臨」當為《易》卦名，「至於八月有凶」正是《臨》卦辭：「《臨》，元亨利貞，至於八月有凶。」而其《象》辭正是「澤上有地，《臨》，君子以教思無窮」。則知此句當標為「出《〈臨〉以教思無窮論》」，此為劉攽所出考題。

二、衍文之誤判

1.《史記・屈原賈生列傳》：「王使屈平為令，眾莫不知，每一令出，平伐其功，曰以為『非我莫能為』也。」日本瀧川資言《史記會注考證》於「曰以為」之「曰」字後點斷，並於句末注：「《治要》『功』下無『曰』字，疑衍。」這個意見影響了我國學界，中華書局標點本遂將此「曰」字以小號字排印，加圓括號，定為衍文。某些注本也注此「曰」字為衍文，有的注本甚至將此「曰」字徑行刪除，不留痕跡（如張大可《史記全本新注》、王利器《史記注譯》）。

而實則此「曰」不衍。如《史記・三王世家》也有「曰以為」：「陛下固辭弗許，家皇子為列侯。臣青翟等竊與列侯臣壽成等二十七人議，皆曰以為尊卑失序。」因此篇不為學者所注意，故免遭懷疑。古書中多有一種「V＋以為」結構，其整體意義就相當於「V＋以為」。其中「V」多是表言語行為的動詞，「以為」用來引出見解、觀點。除「曰以為」外，還有言以為、告以為、稱以為、議以為、傳以為、爭以為、譏以為、對以為、謀以為、建（建議）以為、奏以為、說以為、諫以為、按以為、疑以為等多種類似說法，可證《史記·屈原賈生列傳》的「曰以為」不可能是衍文，《史記》中華書局標點本處理為衍文，是錯誤的，應予糾正。

且鑒於「V＋以為」結構比較固定，「V」與「以為」之間一般不宜點斷。中華書局標點本凡遇此句式，「V」與「以為」之間一般不加逗號。可是，同在二十四史中華書局標點本中，少數含有「V＋以為」的句子，標點者卻在「V」後加了逗號。如《漢書·陳湯傳》：「初，湯與將作大匠解萬年相善……萬年與湯議，以為『武帝時工楊光以所作數可意。』」又《外戚傳·孝哀傅皇后》：「時師丹諫，以為『天下自王者所有，親戚何患不富貴？』」又《蕭望之傳》：「宣帝自在民間聞望之名，曰：『此東海蕭生耶？下少府宋畸問狀，無有所諱。』望之對，以為「《春秋》昭公三年大雨雹。」又《馮奉世傳》：「奉世與其副嚴昌計，以為不亟擊之則莎車日強。」《後漢書·祭祀志上》：「時侍御史杜林上疏，以為『漢起不因緣堯，與殷周異宜』。」這就形成了標點的內部矛盾。

可見，明乎此，於文獻整理中統一標點體例亦有益。

三、奪文

1.《淮南子·說山》：「牆之壞，愈其立也。」高誘注：「壞反本，還為土。」「冰之泮，愈其凝也，以其反宗。」高誘注：「泮釋，反水也。宗，本也。」今按，依對文及高注，則正文「愈其立也」下當有「以其反本」四字，今本奪去。

2. 宋羅大經《鶴林玉露》乙編卷五「《檀弓》脫句」條：

> 《禮記·檀弓》：「子貢曰：『泰山其頹，則吾將安仰？梁木其壞，哲人其萎，則吾將安仿？』」吾郡劉尚書美中家有古本《禮記》，『梁木其壞』之下，有『則吾將安仗』五字。

今按，《禮記》語言顯然經過潤飾，最富文學性。《檀弓》引孔子之歌「泰山其頽乎，梁木其壞乎，哲人其萎乎」，「頽、壞、萎」皆微韻；則子貢所答之語亦必叶韻。「梁木其壞」之下，有「則吾將安仗」，才句式整齊，文理嚴密，且三句都協韻（仰、仗、仿，陽韻）；無之，則既失其義，又失其韻。又《孔子家語・終記》「梁木其壞」後，也有「吾將安仗」四字。《家語》雖係王肅偽造，亦必有所本。孔疏所謂「子貢意在匆遽，不暇句句別言，故直引梁木、哲人，相喻而足，總云『吾將安放』」，似缺乏說服力。

如此「補敘」豈當然
——答王繼如先生文《莫將補敘當錯簡》

摘　要

《漢書．雋不疑傳》記載雋不疑處理假冒衛太子事件，不但強調其當機立斷，以合法罪名逮捕當事人，且重視說明審訊犯人之結果，以證明雋不疑之英明幹練。因而「廷尉驗治何人」一段，不當是補敘，而當是錯簡。

我曾在《文獻》2007 年第 4 期發文《今本〈漢書．雋不疑傳〉之錯簡》，討論的是下面一段文字：

> 始元五年，有一男子乘黃犢車，建黃旐，衣黃襜褕，著黃冒，詣北闕，自謂衛太子。公車以聞，詔使公卿、將軍、中二千石雜識視，長安中吏民聚觀者數萬人。右將軍勒兵闕下，以備非常。丞相、御史、中二千石至者立，莫敢發言。京兆尹不疑後到，叱從吏收縛。或曰：「是非未可知，且安之。」不疑曰：「諸君何患於衛太子！昔蒯聵違命出奔，輒距而不納，《春秋》是之。衛太子得罪先帝，亡不即死，今來自詣，此罪人也！」遂送詔獄。天子與大將軍霍光聞而嘉之，曰：「公卿大臣當用經術明於大誼。」繇是名聲重於朝廷，在位者皆自以不及也。大將軍光欲以女妻之，不疑固辭，不肯當。久之，以病免，終於家。京師紀之。後趙廣漢為京兆尹，言：「我禁姦

> 止邪，行於吏民。至於朝廷事，不及不疑遠甚。」廷尉驗治何人，竟得奸詐：本夏陽人，姓成名方遂，居湖，以卜筮為事。有故太子舍人嘗從方遂卜，謂曰：「子狀貌甚似衛太子。」方遂心利其言，幾得以富貴，即詐自稱詣闕。廷尉逮召鄉里識知者張宗祿等，方遂坐誣罔不道，要斬東市。一云姓張名延年。

鄙文以為，當男子詣闕自謂衛太子之時，一時真偽難辯，人心浮動。因衛太子曾為武帝之合法繼承人，而為江充所陷害，遂私發兵誅江充，兵敗逃亡而死，其異母弟方得立，是為昭帝。今衛太子突然生還，則昭帝之合法地位必受威脅。雋不疑謂即使此人真是衛太子，依《春秋》之義，違命出奔，也是罪人，故命徑送詔獄，多半是為安定人心，免生變故。但如此人真是衛太子，畢竟於昭帝為兄，雋不疑命徑送詔獄，乃擔極大之風險，冒大不敬之罪名。故「丞相御史中二千石至者並莫敢發言」，見雋不疑「叱吏收縛」，便勸其「是非未可知，且安之」。雖雋不疑言之有理，然真相尚未明，群臣必有所危懼。天子與大將軍霍光何以遽「聞而嘉之」？雋不疑何以「繇是名聲重於朝廷，在位者皆自以不及也」？大將軍光何以甚至「欲以女妻之」？此不合情理。且下文「廷尉驗治何人，竟得奸詐……一云姓張名延年」一段，當緊接「遂送詔獄」句；而「天子與大將軍霍光聞而嘉之」云云，應在「廷尉驗治何人，竟得奸詐……一云姓張名延年」之後。

鄙文引荀悅《前漢紀．孝昭》記載此事文對照，廷尉驗治奸人事正緊接「遂送詔獄」句：

> 五年春正月，……夏陽有男子乘黃犢車，詣北闕，自謂衛太子。上使公卿中二千石雜識視之，聚觀者數萬人；右將軍勒兵闕下，以備非常。丞相已下至者並不敢言。京兆尹雋不疑後至，叱從吏收之。或曰：「是非未可知，且安之。」不疑曰：「昔衛蒯聵違命出奔，輒拒而不納，《春秋》美之。今衛太子得罪先帝，亡不即死，今自來此，是罪人也！」遂送詔獄，窮治奸詐，遂訊服：本夏陽人也，姓成名方遂，居湖，以卜筮為事。有故太子舍人嘗就方遂卜，謂之曰：「子之貌甚似衛太子。」遂緣其言，乃詣闕。廷尉逮召其鄉里張祿者，皆識知之。方遂坐誣罔腰斬。一云姓張名延年。霍光曰：「大臣當用

經術士，方明於大義。」光欲以女妻，不疑固辭，畏盛滿也。後以病免，終於家。

鄙文以為，荀悅為東漢獻帝時人，受帝命刪潤《漢書》為《前漢紀》（又稱《漢紀》）三十卷。他距《漢書》成書不過百餘年，所見《漢書》當不誤。宋王益之所撰《西漢年紀·昭帝》也說：

> 五年春正月，有男子乘黃犢車，衣黃襜褕，著黃冒，詣北闕，自謂衛太子。公車以聞，詔使公卿、將軍、中二千石雜識視。京兆尹雋不疑後到，叱從吏收縛，遂坐誣罔不道，要斬東市。大將軍欲以女妻雋不疑，不疑固辭，不肯當。久之，以病免。

筆者按，王益之自撰《考異》標注「《雋不疑傳》」。又有宋羅大經《鶴林玉露》乙編卷之五所記為證：

> 漢昭帝時，夏陽男子成方遂居湖，有故太子舍人謂之曰：「子貌甚似衛太子。」方遂利其言，乃乘黃犢車，詣北闕，自稱衛太子。公卿以下莫敢發言。雋不疑後至，叱吏收縛，竟得其奸。

皆以在獄驗治或窮究奸人、確認姦情事緊接於將其逮捕送獄語之後，結構嚴謹，順理成章。則今本《漢書》此處為錯簡無疑。此即鄙文之「錯簡」說。

而王繼如先生文《莫將補敘當錯簡》（《傳統中國研究集刊》第七輯，2010.3）謂「這裏並不存在錯簡的問題」，「所說的錯簡，實在是敘述中常見的補敘而已」，並說這樣寫是為了「凸顯西漢『用經術明於大誼』的原則」。他從文脈的角度對這段文字作了說明。

王文認為「廷尉驗治何人，竟得奸詐……一云姓張名延年」非錯簡，乃補敘。他的重要理由，其實只有一個，那就是這場成方遂假冒衛太子事件，是以雋不疑「用經術明於大誼」，「說明即使是真的衛太子，也仍然必須逮捕的合法性」之後，將成方遂送往詔獄，而圓滿結束的（王文於括號內說「事件登時平息」），並不強調審問結果；「此時自稱衛太子者身份是否已經明瞭，並非關鍵，因為即使是真的衛太子，逮捕審問仍屬必然」。霍光「聞而嘉之」，所聞是雋不疑的處理辦法，不是審問的結果。因此寫審問的結果一段，當為補敘。

假冒衛太子事件及其處理，果真如王文所云那麼簡單嗎？

這要從衛太子冤案於其死後不久即得昭雪說起。據《漢書·武五子傳》載，太子為江充以巫蠱事陷害，無法自辯，遂私發兵誅江充。丞相劉屈氂以為太子造反，發兵與戰，死數萬人。長安中擾亂，盛傳太子反。武帝聽信傳言，確實曾十分憤怒；太子兵敗逃亡後，天下通緝太子。這時，壺關三老茂上書，為太子鳴冤，說太子不過是在奸人迫蹙、難以自明時，「子盜父兵以救難自免耳」。武帝有所感悟，於是下詔把太子自盡後對太子有過救助行為（踢開門，解自經的繩索）的李壽、張富昌封為侯。後來，車千秋又為太子訟冤，武帝徹底醒悟，遂提拔車千秋為丞相，而族滅江充，在橫橋上燒死了江充的幫兇蘇文；原來在搜捕太子時擊刺太子屍身的人，初以此功封為北地太守，也被武帝下令滅族。武帝憐憫太子無辜被害，還在太子遇害地湖縣建造了「思子宮」、「歸來望思之臺」，盼望太子「魂兮歸來」，「天下聞而悲之」。就是說，衛太子冤案，已天下盡知；舉國上下，可以說一時已形成了「衛太子情結」。

這樣看來，王文「即使是真的衛太子，逮捕審問仍屬必然」之說，就很難成立了。因天下皆知衛太子曾為武帝之合法繼承人，被冤而死，武帝哀痛思念不已，今一旦生還，昭帝面對武帝曾憐愛的太子，其嫡長兄，也難以反目為仇，所以他才「詔使公卿、將軍、中二千石雜識視」。如果奇蹟出現，果然衛太子復生，昭帝主動遜位，也在情理之中。

為什麼雖然「昔蒯聵違命出奔，輒距而不納，《春秋》是之」，昭帝此時仍難以效法春秋時輒拒其父蒯聵之先例呢？因為僅僅是「《春秋》是之」（所謂《春秋》，實指《公羊傳》），不說後來學者（如唐代劉知幾《史通・申左篇》）批評《公羊傳》的觀點，即便春秋時的輿論也不全在輒這一邊，晉國不就護送蒯聵回國嗎？當然，晉為其私利又當別論，但其必有合法之理由。《論語・述而》則明確記載了孔子不贊成輒與父爭國：

> 冉有曰：「夫子為衛君乎？」子貢曰：「諾，吾將問之。」入曰：「伯夷、叔齊何人也？」曰：「古之賢人也。」曰：「怨乎？」曰：「求仁而得仁，又何怨？」出曰：「夫子不為也！」集解引鄭玄曰：「為，猶助也。衛君者，謂輒也。衛靈公逐大子蒯聵，公薨而立孫輒。後晉趙鞅納蒯聵於戚城，衛石曼姑帥師圍之，故問其意：助輒不乎？……父子爭國，惡行。孔子以伯夷叔齊為賢且仁，故知不助衛君，明矣。」

漢朝皇帝幼多習《論語》，加以衛太子之冤情、武帝態度之轉變，故曰，萬一衛太子復生，昭帝必不能效法春秋輒與父爭國之例而與衛太子爭國。

那麼，雋不疑本人堅信自己「昔蒯聵違命出奔，輒距而不納，《春秋》是之。衛太子得罪先帝，亡不即死，今來自詣，此罪人也」的觀點的正確性與合法性嗎？非也！據其《漢書》本傳，他「治《春秋》，為郡文學，進退必以禮」，不可能不知輒距其父蒯聵，僅《公羊春秋》是之，而《論語》非之；也不可能不知道，衛太子實際上是冤枉的，與「違命出奔」的蒯聵性質不同，「衛太子得罪先帝，亡不即死，今來自詣，此罪人也」，明明與先帝（武帝）覺悟後的態度背道而馳。如果武帝尚在，面臨同樣情況，他決不能也絕不敢如此說、如此做。但是，在昭帝即位已五年，又冒出來一個「衛太子」的情況下，他如此說、如此做就是英明的。為什麼呢？當時衛太子深得人心，眾人又一時真偽莫辯，幾乎形成了一個大規模的「群體事件」。作為京都最高的行政長官，他為穩定局面、免生變故，果斷採取了權宜之計：他明知此人身份必偽——衛太子之死，確不可移：必經重臣驗明正身，親歷者的的可數：救之者侯，害之者族，其事不過十年，豈容有假！如此人真是衛太子，為何武帝作「思子宮」、「歸來望思之臺」時，其人不出；武帝死後，其人方出？非假而何！但不送監獄，不經審問窮治，何以證其假？如不能明指其為罪人，在其口口聲聲自稱衛太子，而眾人又十分景仰並同情衛太子的情況下，何能將其關入監獄察治？雋不疑高於他人之處，不過有二焉：一是斷定此人必假（下文說「竟得奸詐」，一個「竟」字，暗示雋不疑早已洞若觀火）；二是在萬人矚目的情況下，為逮捕進而驗明冒充衛太子者的真正身份，迅速找出了一個冠冕堂皇的理由——「昔蒯聵違命出奔，輒距而不納，《春秋》是之。衛太子得罪先帝，亡不即死，今來自詣，此罪人也」，非他莫能。雖然這理由仔細考究起來，難以服人，可是正當昭帝地位受嚴重威脅，冥冥萬眾，碌碌百官，誰又能、誰又敢質疑這「《春秋》是之」的理論的合法性呢？

但是，即使雋不疑對眾人宣布了逮捕其人的「合法」理由，也不能解開官員與百姓的心結：此人到底是不是衛太子（所謂「是非未可知」）。因為上上下下，萬眾關心的，正是這件事。絕非如王文所說「事件登時平息……聞而嘉之，所聞是雋不疑的處理辦法，不是審問的結果」、「此時自稱衛太子者身份是否已經明瞭，並非關鍵」。而應該說，官員們與百姓最關心的，不是抓人是否合法，而是自稱衛太子者之身份，正迫切需要審問結果來回答。

可以想見，當時自稱衛太子者被押送詔獄之後，那圍觀的數萬民眾，必定不懂什麼《春秋》之義（連大將軍霍光等都不懂，老百姓如何懂），而是滿腹疑團，滿城風雨；包括官員，也會議論紛紛：到底是不是衛太子？不是便罷，如真的是，可為之奈何？可以斷定，在自稱衛太子者之身份、審問的結果明確之前，整個京城，甚至全國，必定以此事為最大之新聞，關注之焦點，人們也必定急切盼望得知事情的結局；天子與大將軍霍光，也必定心神不安，俗語所謂「捏一把汗」，因為此人如真是衛太子，他們必將面臨宗法制度以及傳統道德層面的極大難題。同樣，雋不疑所面臨的最迫切任務，必然是迅速查明此人的真實身份，作案動機，一旦查明，便立即報告昭帝與樞要大臣，並立即宣判，詔告天下，將犯人腰斬於市——刻不容緩，以徹底「消除影響」，鞏固昭帝的合法帝位。也只有事情水落石出，罪人伏法之後，天子與大將軍霍光心中方能「一塊石頭落地」，「聞而嘉之」；雋不疑的英明果斷，才能使眾人徹底心服口服，他才能「繇是名聲重於朝廷，在位者皆自以不及」，大將軍光才能「欲以女妻之」。我斗膽判斷，抓人之後，雋不疑必定督促廷尉親自辦案，夜以繼日，急於星火：審訊用刑，獲取口供，派幹吏往「嫌犯」所居湖縣調查，拘拿證人，速返京師……雋不疑必定明白，此案關係重大：大則關係到君王地位，國家政局，小則關係到自己仕途出路，威望聲譽，甚至身家性命。因此，那種認為雋不疑一旦宣布逮捕其人（哪怕是真的衛太子）的合法性，全國上下就會「萬喙息響」，對雋不疑佩服得五體投地的說法，不合情理，難以服人。只有真相大白，證明雋不疑判斷準確，出手果斷，抓的真是一個騙子，政治風波煙消雲散、人心大定之後，天子與大將軍霍光才會對他「用經術明於大誼」——實際是用經術破了一個政治詐騙案，化解了一場政治危機的「應變能力」心悅誠服。可以說，無論是當事者（天子、霍光、雋不疑），還是官員與民眾，必然急切期待審訊的結果；寫史者班固，也必然順理成章地將審訊結果及時反映出來，以凸顯雋不疑之機智幹練——何以竟至於不緊不慢地將審訊結果作為「補敘」，而置於全傳之後？

所以，「廷尉驗治何人，竟得奸詐……一云姓張名延年」一段，必接於「遂送詔獄」句之後、「天子與大將軍霍光聞而嘉之」之前，才合乎情理，文脈才嚴絲合縫。

凡補敘者，必當有安排為補敘之必要，且當與上文承接自然而得體。今王文以「廷尉驗治何人，竟得奸詐……一云姓張名延年」一段為「補敘」，明明可以緊緊接續「遂送詔獄」句，卻偏偏「補」於全傳之末，有何必要？這「補敘」的首句「廷尉驗治何人」，與「趙廣漢為京兆尹，言『我禁奸止邪，行於吏民。至於朝廷事，不及不疑遠甚』」一段如何承接？王文所謂「文脈」於此處如何體現？如將「廷尉驗治何人」一段，視為「補敘」，置於傳末，則渾如天外飛來之石，孑然獨立，要越過「趙廣漢為京兆尹」事、「京師紀之」之事、雋不疑病免而死事、霍光欲以女妻之而不疑固辭之事、天子與大將軍霍光聞而嘉之而眾人皆以為不及、名聲重於朝廷之事——飛躍重重「障礙」，方能「補」到「遂送詔獄」事之後，幾使讀者不明就裏：有如此「敘述中常見的補敘」嗎？

王文又說：假如將這一段補敘認作錯簡而置於「遂送詔獄」後，則行文枝蔓；且已查明此乃冒名頂替的奸人，與「用經術明於大誼」又如何銜接？此正所謂「人心之不同，如人面焉」，我今試移置之，但覺密合無隙，渾如一體，妙若天成，何「行文枝蔓」之有？且查明奸人，正可為「用經術明於大誼」之效，與其何以不能銜接？相反，如王文所謂，以為「補敘」而置於文末，正覺「行文枝蔓」，而與上文不能銜接矣。

王文又謂：「荀悅《漢紀》敘述此事，其事件的前後關係和敘事的文采，顯然不及《漢書》遠甚，不可取其劣處以替代《漢書》之優處。」我反覆對比兩書對此事之敘述，文采姑不論（刪百卷書為三十卷，而責其文采及之，顯為不情之求），僅就「其事件的前後關係」看，實未見《漢紀》此段之劣處，亦未見《漢書》此段之優處，而反見其中扞格不通之處（愚以為即錯簡所致）。況且宋王益之《西漢年紀》、羅大經《鶴林玉露》等書同記此事，「其事件的前後關係」皆與《漢紀》相類，而皆與《漢書》相左。豈此數種書之「劣處」偶同哉？抑或適皆可為《漢書》此段為錯簡之參證乎？

今我試「補敘」一事——《四庫全書總目提要》對荀悅《漢紀》評價如是：

> 詞約事詳，論辯多美。張璠《漢紀》亦稱其「因事以明臧否，致有典要，大行於世」。唐劉知幾《史通．六家篇》以悅書為《左傳》家之首，其《二體篇》又稱其「歷代寶之，有逾本傳；班荀二題，角力爭先。」其推之甚至。故唐人試士，以悅《紀》與《史》《漢》為一科。《文獻通考》載宋李燾跋曰：「悅為此《紀》，固不出班《書》，亦時有所刪潤。而諫大夫王仁、侍中王閎諫疏，班《書》皆無之。」又稱司馬光編《資治通鑒》，書太上皇事及五鳳郊泰畤之月，要皆捨

班而從荀，蓋以悅修《紀》時，固《書》猶未舛訛。

其末句，足可供目前二十四史點校全面修訂工程中《漢書》點校工作之重要參考：昔司馬光編《資治通鑒》，尚時時捨班而從荀，以悅修《紀》時，固《書》猶未舛訛；今我等於千年之後，豈可矻矻然寶班《書》之瑕礫，而忍捨荀《紀》之瑾瑜哉？且諸君不見王念孫《讀書雜志．漢書》乎？洋洋千餘條，豈虛語哉？

反覆揣摩，非敢固執己見，而迴護其短也，實覺「補敘」說之難以服人，而「錯簡」說之未必無理也，故答辯如上。區區之意，敬希王繼如先生、文史研究界諸同事與廣大讀者鑒察。

《傳統中國研究集刊》九、十合集，2012 年 9 月

附：今本《漢書．雋不疑傳》之錯簡一處

《漢書．雋不疑傳》：

始元五年，有一男子乘黃犢車，建黃旐，衣襜褕，著黃冒，詣北闕，自謂衛太子。公車以聞，詔使公卿將軍中二千石雜識視。長安中吏民聚觀者數萬人。右將軍勒兵闕下，以備非常。丞相御史中二千石至者並莫敢發言。京兆尹不疑後到，叱從吏收縛。或曰：「是非未可知，且安之。」不疑曰：「諸君何患於衛太子！昔蒯聵違命出奔，輒距而不納，《春秋》是之。衛太子得罪先帝，亡不即死，今來自詣，此罪人也。」遂送詔獄。天子與大將軍霍光聞而嘉之，曰：「公卿大臣當用經術明於大誼。」繇是名聲重於朝廷，在位者皆自以不及也。大將軍光欲以女妻之，不疑固辭，不肯當。久之，以病免，終於家。京師紀之。後趙廣漢為京兆尹，言「我禁奸止邪，行於吏民，至於朝廷事，不及不疑遠甚。」廷尉驗治何人，竟得奸詐。本夏陽人，姓成名方遂，居湖，以卜筮為事。有故太子舍人嘗從方遂卜，謂曰：「子狀貌甚似衛太子。」方遂心利其言，幾得以富貴，即詐自稱詣闕。廷尉逮召鄉里識知者張宗祿等，方遂坐誣罔不道，要斬東市。一云姓張名延年。

當男子詣闕自謂衛太子之時，一時真偽難辨，人心浮動。因衛太子曾為武帝之

合法繼承人，為江充所陷害，遂私發兵誅江充，兵敗逃亡而死，其異母弟方得立，為昭帝。今衛太子突然生還，則昭帝之合法地位必受威脅。雋不疑謂即使此人真是衛太子，依《春秋》之義，違命出奔，也是罪人，故命徑送詔獄——多半是為安定人心，免生變故。但如此人真是衛太子，畢竟於昭帝為兄，雋不疑命徑送詔獄，乃擔極大之風險，冒大不敬之罪名。故「丞相御史中二千石至者並莫敢發言」，見雋不疑「叱從吏收縛」，便勸其「是非未可知，且安之」。雖雋不疑言之有理，然真相尚未明，群臣必有所危懼。天子與大將軍霍光何以遽「聞而嘉之」？雋不疑何以「繇是名聲重於朝廷，在位者皆自以不及也」？大將軍光何以甚至「欲以女妻之」？此不甚合情理。且下文「廷尉驗治何人，竟得奸詐」等句，又與其上文「不及不疑遠甚」句無法承接。疑此處為錯簡：「廷尉驗治何人，竟得奸詐……一云姓張名延年」一段，當緊接「遂送詔獄」句；而「天子與大將軍霍光聞而嘉之」云云，應在「廷尉驗治何人，竟得奸詐……一云姓張名延年」之後。

驗之荀悅《前漢紀．孝昭一》，記述此事如下：

> 五年春正月，追尊皇太后父為順成侯。夏陽有男子，乘黃犢車，詣北闕，自謂衛太子。上使公卿、中二千石雜識視之，眾觀者數萬人。右將軍勒兵闕下，以備非常。丞相已下至者並不敢言。京兆尹雋不疑後至，叱從吏收之。或曰：「是非未可知，且安之。」不疑曰：「昔衛蒯聵違命出奔，輒拒而不納，《春秋》美之。今衛太子得罪先帝，亡不即死，今自來此，是罪人也！」遂送詣獄，窮治奸詐，遂訊服。本夏陽人也，姓成名方遂，居湖，以卜筮為事。有故太子舍人嘗就方遂卜，謂之曰：「子之貌甚似衛太子。」遂緣其言，乃詣闕。廷尉逮召其鄉里張祿者，皆識知之，方遂坐誣罔腰斬。一云姓張名延年。霍光曰：「大臣當用經術士，方明於大義。」光欲以女妻，不疑固辭。

「遂送詣獄」句下，正為「窮治奸詐，遂訊服。……一云姓張名延年」，然後才是「霍光曰：『大臣當用經術士，方明於大義。』光欲以女妻」等事，情理通順。荀悅是東漢獻帝時人，受帝命刪潤《漢書》為《前漢紀》（又稱《漢紀》）三十卷。他距《漢書》成書不過百餘年，所見《漢書》當不誤。則今本《漢書》此處為錯簡無疑。

有趣的是，宋王益之所撰《西漢年紀·昭帝》記此事為：

五年春正月，有男子乘黄犢車，建黄旐，衣黄襜褕，著黄冒，詣北闕，自謂衛太子。公車以聞，詔使公卿、將軍、中二千石雜識視。京兆尹雋不疑後到，叱從吏收縛。遂坐誣罔不道，要斬東市。大將軍欲以女妻雋不疑，不疑固辭不肯當。

所記大致與荀悅《前漢紀·孝昭一》相同。宋羅大經《鶴林玉露》卷十一所記亦大同：

漢昭帝時，夏陽男子成方遂居湖，有故太子舍人謂之曰：「子貌甚似衛太子。」方遂利其言，乃乘黄犢車詣北闕，自稱衛太子。公卿以下莫敢發言。雋不疑後至，叱吏收縛，竟得其奸。

「竟得其奸」正緊接「叱吏收縛」句，與《西漢年紀·昭帝》「遂坐誣罔不道，要斬東市」緊接「叱從吏收縛」句同，益證《漢書·雋不疑傳》「廷尉驗治何人，竟得奸詐……一云姓張名延年」一段與「遂送詔獄」句密不可分。而《資治通鑒·漢紀·孝昭皇帝上》卻全襲用錯簡之《漢書·雋不疑傳》，僅刪去「大將軍光欲以女妻之，……不及不疑遠甚」數句；《太平御覽》卷二百五十二、《冊府元龜》卷六百九十五、《通志·前漢·雋不疑列傳》、《舊唐書·韋湊列傳》、宋沈樞《通鑒總類·經術門·漢雋不疑以經術明大誼》、宋袁樞《通鑒紀事本末·巫蠱之禍》、清傅恒等《歷代通鑒輯覽·漢孝昭皇帝》等多種典籍，記此事或本於誤本《漢書》，或本於《資治通鑒》，則皆為《漢書·雋不疑傳》之錯簡所誤也。今以情揆之，《漢書·雋不疑傳》之錯簡應出於魏晉至唐宋時期，因東漢時荀悅所據之《漢書》尚不誤，而北宋景佑以後歷代刊刻之本皆已錯亂。

《文獻》，2007 年 4 月

也談《燭之武退秦師》中「武」的解釋

《語文建設》2002 年第 11 期載方文一先生文——《關於〈燭之武退秦師〉中「武」的解釋》，謂「子犯請擊之，公曰：『不可。微夫人之力不及此。因人之力而敝之，不仁；失其所與，不知；以亂易整，不武。吾其還也。』亦去之」一段，中學課本對「武」的注解「用混亂相攻代替聯合一致，這是不勇武的」，「不夠確切、不符合原意」，而「應採用《左傳》本書的訓釋」：「師眾以順為武」——軍隊裏把服從軍紀叫做「武」，「是指軍隊中的一種道德標準，是上古軍人的職業道德」。

筆者以為，此「武」字釋為「勇武」，確實不夠確切；而如方先生所釋，似乎不得「《左傳》本書訓釋」的要領，未弄清楚為何「師眾以順為武」，因而也是不夠確切的。謹陳管見如下。

「武」確實是上古時的抽象道德觀念，義為勇猛、剛健、威武。在此句中，確詁為「威武」。一支軍隊，如主將威嚴，紀律嚴明，令行禁止，莫敢違命，軍容整肅，步調一致，方為威武之師；反之，則為「不武」——試想，軍隊號令不一，各行其是，互相掣肘，甚至各部火併起來，大打出手，這軍隊尚有何「威武」可言？此時的晉文公，已非復當年流亡於齊、貪戀美姬良馬、樂不思晉，被人灌醉上路，酒醒了，還「以戈逐子犯」的花花公子，經過十九年政治流亡的磨難，「險阻艱難，備嘗之矣；民之情偽，盡知之矣」，已成為一位傑出的政治家。比起褊急、狹隘的子犯來，他的胸懷更闊，眼光更遠。慮及晉秦兩國的政治、軍事同盟關係，為維護兩個大國在小國面前的威望，他當然不願把晉秦兩國的矛盾，暴露在被討伐方鄭國面前。於是，他用「因人之力而敝之，不仁；失其所與，不知；以亂易整，不武」的道理，說服主張火併的子犯等人，是非常明智的。古人很講究禮義道德，軍人尤其注重威武。所以，子犯等人心服口服，晉秦分別撤兵。雖未達到軍事目的，但畢竟整齊威武而來，整齊威武而去，保持了聯軍表面的友好、軍容的整齊體面，不至於互相打個鼻青眼腫，讓鄭國看笑話——那晉秦軍豈有威武可言？就是「以亂易整，不武」了。如把此「武」釋為「師眾以順為武」——軍隊裏把服從軍紀叫做「武」，那是誰「順」誰、誰「服從軍紀」呢？且晉文公論述的是擊與不擊秦軍的是非得失利害：不擊而示不忘恩、維持團結和睦、軍容整肅，則為仁智武；擊而背德、失其所與、以亂易整，則為不仁不智不武。根本不涉及服從軍紀、軍隊中的道德標準等問題。

《左傳．襄公三年》中，「武」字的詞義與此類似。原文是：

> 晉侯之弟楊干亂行於曲梁。魏絳戮其僕。晉侯怒，謂羊舌赤曰：「合諸侯以為榮也，楊干為戮，何辱如之？必殺魏絳，無失也！」對曰：「絳無貳志，事君不辟難，有罪不逃刑。其將來辭，何辱命焉？」魏絳至，授僕人書，將伏劍，士魴、張老止之。公讀其書，曰：「日君乏使，使臣斯司馬。臣聞師眾以順為武，軍事有死無犯為敬。君合諸侯，臣敢不敬？君師不武，執事不敬，罪莫大焉。臣懼其死，以及楊干，無所逃罪，不能致訓，至於用鉞。臣之罪重，敢有不從，以怒君心？請歸死於司寇。」公跣而出，曰：「寡人之言，親愛也；吾子之討，軍禮也。寡人有弟，不能教訓，以干大命，寡人之過也，子無重寡人之過。」

全文之意，大致如方先生所釋，但也只有「師眾以順為武，軍事有死無犯為敬」這關鍵的兩句，尚須斟酌。孔穎達正義釋得極其準確：

> 臣聞軍旅兵眾，順從上命，莫敢違逆，是為威武；……軍旅之事，守官行法，欲討罪人，雖有死難，不敢辟死，犯違法令而縱舍罪人，是為共敬也。

軍人服從主將命令，誰也不敢違犯軍紀，這才表明軍隊威武——「師眾以順為武」，「武」仍是「威武」之意。魏絳只不過強調，軍隊的威武主要是以軍人服從將令表現出來的；現在楊干違犯命令，擾亂行列，軍隊還有什麼威武可言呢？我作為司馬，為維護軍隊的威武尊嚴，寧可死去，也不違犯法令而放縱罪人，這就是盡心敬業——魏絳在這裡是說「武」與「敬」這兩種品德在軍旅行動中的具體表現，並不是說「武」與「敬」還有什麼特別的詞義。「為」也就不宜譯為「叫做」，孔穎達正義的「是為」，相當於「是」，可靈活譯為「就說明、就體現」。因此，如釋「師眾以順為武，軍事有死無犯為敬」為「軍隊裏把服從軍紀叫做『武』，在軍隊裏做事寧死不犯軍紀叫做『敬』」，似未合魏絳語意。「師眾以順為武」並非意在強調「武」是軍隊中的一種道德標準、古軍人的職業道德，而是強調師眾順命的重要性，說它是軍隊之「武」（威武）的必要條件、重要表現形式，以揭示楊干亂行罪行的嚴重——破壞軍隊的威武尊嚴，並給自己戮楊干之僕的行為提供理論依據——維護軍隊的威武尊嚴。同樣，「軍事有死無犯為敬」也並非意在強調什麼是司馬官的職業道德，而是強調，自己冒死亦不失職違紀、放縱罪人，正是盡心敬業的表現，怎麼反倒該殺呢？「武」是威武，「敬」是敬業，這是這兩詞的詞義；而「師眾以順為武，軍事有死無犯為敬」，是說「威武」與「敬業」這兩種品德在軍風軍紀及司馬執法兩方面的具體表現。如把「師眾以順為武，軍事有死無犯為敬」理解為是在給「武」、「敬」兩詞下定義，那就錯了。因為「武」與「敬」(「威武」與「敬業」) 在其他不同場合還可以有不同的表現形式。我們試觀張守節《史記正義·謚法解》：

> 剛強直理曰武。威強敵德曰武。克定禍亂曰武。刑民克服曰武。夙夜警戒曰敬。合善典法曰敬。

又賈誼《新書·道術》：「接遇肅正謂之敬。」其中武的詞義是威武，敬的詞義是敬業，「剛強直理……夙夜警戒……」不過是「威武」與「敬業」這兩種品德在不同場合的不同表現形式。如果按方先生的理解，就是誤以概念的具體表現為概念本身，「武」與「敬」就要有多種不同的解釋了，那是不合邏輯的。

古人經常分析概念在具體場合的具體表現，以加深對此概念的理解，達到正名、明辨是非的目的。如：

> 《左傳·宣公十二年》：「師直為壯，曲為老。」

> 又《十五年》：「臣聞之，君能制命為義，臣能承命為信，信載義而行之為利。」

都不是在給「壯、老、義、信、命」下定義，而說其具體表現，目的是確認某種表現、行為、現象合乎或屬於某概念的界定的範圍。又如：

《宣公二年》:「不忘恭敬，民之主也。」

又《十五年》:「謀不失利，以衛社稷，民之主也。」

顯然，「民之主」不可能有兩個定義，兩例是說有這種品德能力者，皆堪為「民之主」。而「民之主」之含義不過是「人民的靠山」而已。

古代典籍中，「武」釋為「威武」是常用義，在《左傳》中尤其如此：

《禮記·孔子閒居》:「《大誓》曰：『予克紂，非予武，惟朕文考無罪。』」

《宣公三年》:「君子曰：『仁而不武，無能達也。』」杜預注：「初稱畜老，仁也；不討子公，是不武也。」

《左傳·宣十二年》:「彘子曰：『晉所以霸，師武臣力也。今失諸臣。不可謂力，有敵而不從，不可謂武。』」

《襄十年》:「荀罃曰：『城小而固，勝之不武，弗勝為笑。』」

而典籍中從未有釋「武」為「服從軍紀」的「職業道德」的。

而且，在那種緊急情況下，對晉侯其人，講「軍人的道德標準、職業道德」是於事無補的。只有從他也希望維護軍隊的威武尊嚴的私心入手，說明破壞軍紀則有損軍威的道理，才能使晉侯明白魏絳是忠臣，是冒死以維護軍風威武，是盡職敬業，從而使他認識到自己的愚蠢自私，進而權衡利弊，割愛從公。

與曲鳳榮合著，《語文教學通訊》，2012 年 6 月

「商女」不是「商人之女」或「商人婦」

唐詩人杜牧的七絕《泊秦淮》「煙籠寒水月籠沙，夜泊秦淮近酒家。商女不知亡國恨，隔江猶唱《後庭花》」，其中的「商女」，一般認為即是歌女。因古人以五音「宮商角徵羽」中商音淒厲，與秋天肅殺之氣相應，故以商音、商歌指旋律以商調為主音的音樂、歌曲，其聲悲涼哀惋。如《淮南子．道應》：「寧越飯牛車下，望見桓公而悲，擊牛角而疾商歌。」曹丕《燕歌行》：「憂來思君不敢忘，不覺淚下沾衣裳，援琴鳴弦發清商。」陶淵明《詠荊軻》：「商音更流涕，羽奏壯士驚。」因商音、商歌哀怨感人、驚心動魄，故歌妓、女伶多稱「商女」。

而元張震注杜牧詩，謂「商女，商客之女也」。今人亦有研究者謂此「商女」為「商婦」者，其理由是商女非唱於酒家，而唱於秦淮商人舟中。他舉宋人賀鑄《水調歌頭．臺城遊》「商女篷窗罅，猶唱《後庭花》」句以證之。謂既如此，則「商女」非歌女，乃「商婦」。其所舉證據，又有五代孫光憲《竹枝》詞「商女經過江欲暮，散拋殘食飼神鴉」與《殘冬客次資陽江》詩「持缽老僧來咒水，倚船商女待搬灘」。謂兩例之背景皆荒僻水濱，無唱曲之事；若以「商女」為商人之妻，則觸處可通。而最鐵定的證據是宋劉攽《中山詩話》引宋人葉桂詩：「樂天當日最多情，淚滴青衫酒重傾。明月滿船無處問，不聞商女琵琶聲。」謂此「商女」便是唐白居易《琵琶行》「老大嫁作商人婦」的「商人婦」。因其文章刊於權威刊物，故頗傾動一時。

但是，竊以為，如果把「商女」解作「商客之女」或「商人婦」，就多有難通之處。

首先，古人詩文中「商女」，幾乎皆是與歌舞彈吹有關的：

宋陳起《送張十二秀才至維揚》：「苦聽春風商女曲，天涯人在古揚州。」

元徐淮《送萬敏中之金陵》：「江邊商女猶教曲，店下吳姬正壓醅。」

明徐熥《煬帝行宮》：「商女歌殘花落後，妖姬魂散月明中。」

明郭奎《寄夏諮議允中》：「詞臣草檄醉騎馬，商女彈箏驚舞鸞。」

明朱國祚《同周公瑕、屠緯真、俞羡長石湖玩月，分賦得天字》：「滿載官廚酒，聽彈商女弦。」

明王世貞《嘲周公瑕館鈔庫街》：「秦淮南岸小行窩，八十微慳七十多。與說周郎寬誤曲，任他商女亂嘲歌。」

就以上諸詩言之，郭奎詩「詞臣」是朝廷命臣，宴會常有歌女侑酒，與朱國祚詩以船「滿載官廚酒」泛湖玩月之情況相同，皆不可能請「商客之女」或「商人婦」彈箏、彈弦。而徐淮詩「江邊商女猶教曲」，「教曲」正娼家常務，「商客之女」或「商人婦」則無必要為此事。徐熥詩分明是哀歎當年「煬帝行宮」中之「商女、妖姬」（也即杜牧《阿房宮賦》「朝歌夜弦，為秦宮人」之宮人）花殘魂散。王世貞詩提及之「鈔庫街」處「秦淮南岸」，正客棧密集之處，亦為娼女活躍之所。周公瑕館於此，故王世貞用周瑜識曲典，作詩嘲之：此「周郎」非彼周郎（《三國志．吳志．周瑜傳》：「瑜少精意於音樂，雖三爵之後，其有闕誤，瑜必知之，知之必顧。故時人謠曰：「曲有誤，周郎顧」），乃「寬誤曲」者，商女（娼女）可無顧忌而胡亂嘲歌也。

其次，「商女」可供招喚，可於其館設宴娛賓並陪宿：

宋李曾伯《登郢州白雪樓》：「何須喚商女，白雪想遺音。」

元王逢《宿淛江館》：「置酒商女館，送目浙江潯。」

明楊基《登峨眉亭》：「雨過微雲添一抹，晚來新月鬥雙彎。不愁商女行相妬，長恨離人去未還。」

又《江寧春館寫懷》其一：「匆匆商女琵琶，蕭蕭白髮烏紗。」

其二：「瘦得腰肢無可瘦，又是魂銷時候。當時纖手琵琶，東風小雨窗紗。今夜相思何處，明月滿樹梨花。」

王逢詩之「置酒商女館」，其情景正可於唐白行簡《李娃傳》、張鷟《遊仙窟》及《金瓶梅》等明清小說宴於娼家之描寫中想見。楊基詩《登峨眉亭》「晚來新月鬥雙彎」，即是他行旅中宿娼之寫照——雙彎者，妓女之「金蓮」也。且如無涉風月，「商女」何必「相妬」？而正因其為「商女」（娼女），故其雖「相妬」，詩人亦「不愁」也。《江寧春館寫懷》其一雖僅寫「匆匆商女琵琶」陪伴他這「蕭蕭白髮烏紗」，然其二即明說與「纖手琵琶」商女之「魂銷時候」。此「春館」應即王逢詩之「商女館」：明劉繪《與吳太守歡除酒禁書》有「負債酒家，典衣春館」句，「春館」與「酒家」對文，無錢付費時可「典衣」，有「商女琵琶」，是娼館無疑。

唐元稹《贈呂二校書》詩，回憶了他與呂炅同邀歌女作樂事：「共占花園爭趙辟，競添錢貫定秋娘。」此「爭趙辟（璧）、定秋娘」，即李曾伯詩之「喚商女」。白居易《江南喜逢蕭九徹，因話長安舊遊，戲贈五十韻》，亦寫其於長安「集體嫖娼」情景（按，詩中「平康」為長安妓院集中之街巷，態奴、阿軟、秋娘皆娼女名）：

憶昔嬉遊伴，多陪歡宴場。寓居同永樂，幽會共平康。

師子尋前曲，聲兒出內坊。花深態奴宅，竹錯得憐堂。

庭晚開紅藥，門閑蔭綠楊。經過悉同巷，居處盡連牆。

時世高梳髻，風流澹作妝。戴花紅石竹，帔暈紫檳榔。

鬢動懸蟬翼，釵垂小鳳行。拂胸輕粉絮，暖手小香囊。

選勝移銀燭，邀歡舉玉觴。爐煙凝麝氣，酒色注鵝黃。

急管停還奏，繁絃慢更張。雪飛回舞袖，塵起繞歌梁。

舊曲翻調笑，新聲打義揚（按，此句義不明）。名情推阿軟，巧語許秋娘。

風暖春將暮，星回夜未央。宴餘添粉黛，坐久換衣裳。

結伴歸深院，分頭入洞房。彩帷開翡翠，羅薦拂鴛鴦。

留宿爭牽袖，貪眠各占床。綠窗籠水影，紅壁背燈光。

索鏡收花鈿，邀人解袷襠。暗嬌妝靨笑，私語口脂香。

怕聽鐘聲坐，羞明映縵藏。眉殘蛾翠淺，鬟解綠雲長。

聚散知無定，憂歡事不常……

元、白詩與王逢、楊基詩所詠大同；小異者，娼女一稱秋娘、趙辟等，一稱商女而已。

當然，無庸贅言，此乃社會風氣，文士舊俗。妓院有官辦的（教坊、梨園），也有「個人承包」的，也有私營的。文人學士風流蘊藉者，幾乎無不狎妓，公開而自然，視為樂事、雅事，故津津樂道也。杜牧《遣懷》詩不是也不無炫耀地說自己「落魄江湖載酒行，楚腰纖細掌中輕。十年一覺揚州夢，贏得青樓薄倖名」嗎？筆者以為，杜甫《江畔獨步尋花》之六「黃四娘家花滿蹊」之黃四娘，《觀公孫大娘弟子舞劍器行》之公孫大娘，皆妓者也。

這裡似應說明，即「商女」（娼女）絕非只在岸上的酒樓娼館裏陪客。江南水鄉，河湖遍地，官員、文人、客商招妓乘船遊樂是極其常見的。《太平廣記・文章・李蔚》即載官員攜妓遊河事：

唐丞相李蔚鎮淮南日，有布素之交孫處士，不遠千里，徑來修謁蔚。浹月留連，一日告發。李敦舊分，遊河祖送。過於橋下，波瀾迅激，舟子回跋，舉篙濺水，近坐飲妓，濕衣尤甚。李大怒，令擒舟子，荷於所司。處士拱而前曰：「因茲寵餞，是某之過。敢請筆硯，略抒荒蕪。」李從之，乃以《柳枝詞》曰：「半額微黃金縷衣，玉搔頭嫋鳳雙飛。從教水濺羅裙濕，還道朝來行雨歸。」李覽之，釋然歡笑，賓從皆贊之。命伶人唱其詞，樂飲至暮。舟子赦罪。

宋陳起《林和靖祠》詩亦曰：「市人攜酒至，歌女掉船回。」朱國祚詩「滿載官廚酒，聽彈商女弦」，下句即「薄寒風漸緊，主客未回（按，讀為「迴」）船」。馮夢龍小說《賣油郎獨佔花魁》中，名妓王美娘不是常陪客乘船遊西湖嗎？又況濱水城鎮之碼頭河埠，百業興隆，商旅麇集，此正娼家謀生賺錢之所，多有娼船（或稱妓船、花船）停泊往來，業主、嫖客皆省費而方便，故於湖濱水畔，此類流動的船舶娼業十分興盛，乃至舊中國南方水鄉尚多遺留。沈從文著名小說《丈夫》，不就寫了「泊在河灘的煙船妓船，離岸極近，船皆係在弔腳樓下的支柱上」嗎？此即古詩所謂「商女船」也。當然，沈從文在此文中只寫了一位農村來的叫作「老七」的「土娼」，她只能以肉體接待士兵、商人、地頭蛇之類的低級客人，而比較高級的娼船妓女，就不免要學點吹拉彈唱了：其實，低級娼妓亦知，會些「技藝」（伎藝，當更恰切些）更會招攬嫖客、抬高身價。沈從文筆下的兩個酒醉的「兵士」不是被妓船上「男子（土娼丈夫）拉琴，五多（小侍女）唱歌，老七（土娼）也唱歌」吸引來的嗎？故「商女篷窗罅，猶唱《後庭花》」、「江邊商女猶教曲」也就司空見慣、不足為怪了。妓船（又稱「商女船」）須相機調整、轉移營業地點，故「倚船商女待搬灘」「商女經過江欲暮，散拋殘食飼神鴉」也就順理成章了。這樣看來，與船有關之「商女」是否歌女（妓女），應無疑義。且商人奔波買販，旅途間關，多歷風險，行李不便，故商人或獨行，或結伴，而絕少攜眷。白居易《琵琶行》中的「商人」，不也是拋下其婦，「前月浮梁買茶去」了嗎？且「約定俗成」，詩人筆下之「商女」，必非「商客之女」或「商人之婦」，而皆指娼女。與「船、水」有關之「商女」之例，除前諸人所舉之外，尚有：

元張憲《絕句次韻虞閣老題柯丹邱畫》：「月明商女恨，江冷越人歌。」

明于慎行《秦淮》：「市樓臨綺陌，商女駐蘭橈。」

清吳綺《湄園雜詠》：「倚船商女笛，隔岸酒人燈。」

至於杜牧《泊秦淮》中那「不知亡國恨，隔江猶唱《後庭花》」之「商女」，當時到底是在岸在船，竊以為這並不很重要，無須深究：詩人夜泊船於秦淮岸邊，隔江傳來《後庭花》歌聲，或自彼岸客店、酒樓、娼家，或自江彼畔遊艇、娼船，既隔一水，兼夜色朦朧，自何而至，詩人無從分辨，亦無須分辨。歌聲嫋嫋，入耳驚心，感慨頓生，故有「商女不知亡國恨，隔江猶唱《後庭花》」之歎，語極警策，不與其《阿房宮賦》「秦人不暇自哀而後人哀之，後人哀之而不鑒之，亦使後人而復哀後人也」同一情致乎？

為何詩人筆下，青樓水畔的「商女」如此常見呢？竊以為，除了因歌女文化為舊時城鎮生活的一道「亮麗的風景線」，文人又多涉足風月場，且尤善「惜玉憐香」，雙方互有「才子佳人」之情結以外，還因為詩人與歌女又有一種特殊的互為利用的關係：樂工、歌女靠詩人新作譜曲演唱以標新調，詩人靠歌女唱其詩詞以揚才名。故詩人筆下，似乎從不貶謫歌女；而歌女心中，亦往往獨情係詩人。宋王灼《碧雞漫志》述之甚悉：

唐時，古意亦未全喪，《竹枝》、《浪淘沙》、《拋球樂》、《楊柳枝》乃詩中絕句，而定為歌曲。故李太白《清平調》詞三章皆絕句，元、白諸詩亦為知音者協律作歌。白樂天守杭，元微之贈云：「休遣玲瓏唱我詩，我詩多是別君辭。」自注云：「樂人高玲瓏能歌，歌余數十詩。」樂天亦醉戲諸妓云：「席上爭飛使君酒，歌中多唱舍人詩。」又《聞歌妓唱前郡守嚴郎中詩》云：「已留舊政布中和，又付新詩與豔歌。」元微之《見人詠韓舍人新律詩戲贈》云：「輕新便妓唱，凝妙入僧禪。」沈亞之送人序云：「故友李賀，善撰南北朝樂府古辭，其所賦尤多怨鬱淒豔之句，誠以蓋古排今，使為詞者莫能偶矣。惜乎其終亦不備聲弦唱。」然《唐史》稱李賀樂府數十篇，雲韶諸工皆合之絃管。又稱李益詩名與賀相埒，每一篇成，樂工爭以賂來取之，被聲歌，供奉天子。又稱元微之詩往往播樂府。舊史亦稱武元衡工五言詩，好事者傳之，往往被於管絃。又舊說開元中詩人王昌齡、高適、王渙之詣旗亭飲，梨園伶官亦招妓聚燕。三人私約曰：「我輩擅詩名，未第甲乙。試觀諸伶謳詩分優劣。」一伶唱昌齡二絕句，一伶唱適絕句。渙之曰：「佳妓所唱，如非我詩，終身不敢與子爭衡；不然，子等列拜床下。」須臾妓唱渙之詩，渙之揶揄二子曰：「田舍奴！我豈妄哉？」以此知唐伶妓以當時名士詩句入歌曲，蓋常事也。

按，「渙之」當作「之渙」（王灼述王昌齡、高適、王之渙旗亭爭長事，本之於唐薛用弱所撰《集異記》）。此即足以解釋詩人對「商女」（歌女）情有獨鍾、吟詠不絕之緣故。而我們卻難以找到詩人對「商人婦」或「商人之女」感興趣的原因及她們與歌吹事之間的必然聯繫。

杜牧《泊秦淮》之「商女」必為歌女，又有其他確證：宋蘇泂《金陵雜興二百首》其廿四用杜牧《泊秦淮》典：「清唱聞之妓女家，依稀猶似《後庭花》。」徑曰「聞之妓女家」，益可證明，唐宋之際，「極於輕蕩」、哀豔之《後庭花》於娼家絃歌之盛。

且元吳澄《贈琴士李天和序》評論三種琴曲：「北操稍近質，江操衰世之音也；淛操興於宋氏，十有四傳之際，穠麗切促，俚耳無不喜。然欲諱護，謂非亡國之音，吾恐唐詩人之得以笑倡女也！」末二句不正指杜牧《泊秦淮》「商女不知亡國恨，隔江猶唱《後庭花》」事嗎？

《竹莊詩話》（《四庫全書總目》考證其作者為宋人）卷二十雜編十評杜牧該詩，題曰《聞歌》，引《抒情詩話》云：「杜牧之……金陵艤舟，聞倡樓歌聲，有詩云云」，引詩文為：「煙籠寒水月籠沙，夜泊秦淮寄酒家。倡女不知亡國恨，隔江猶唱《後庭花》。」可證宋人所見杜牧《泊秦淮》詩字有為「倡女」者，或唐宋人皆以為杜牧《泊秦淮》之「商女」即倡女，故亦隨口讀為「倡女」。

杜牧《泊秦淮》之「商女」既為歌女，我們則可以推斷，其後文人凡用其典、詠其事的，「商女」也一概指歌女：

> 宋王安石《桂枝香》：「至今商女，時時猶歌，《後庭》遺曲。」
>
> 宋吳龍翰《秦淮》：「歌歇陳宮《玉樹春》，可憐商女亦成塵。老成惟有秦淮月，往日曾經照古人。」
>
> 元薩都剌《和張仲舉清溪夜行》：「《後庭》遺曲依然在，商女能歌不忍聽。」

末了，我們要討論的是，杜牧《泊秦淮》詩中的「商女」，是否即唐白居易《琵琶行》的「商人婦」。白居易《琵琶行》中的「商人婦」，後人稱為「商婦」。筆者所見，其事有二：

> 宋趙與時《賓退錄》卷三：「白樂天於潯陽舟中見商婦，賦《琵琶行》。」
>
> 明徐𤊹《徐氏筆精．雜記．琵琶故事》：「琵琶故事，烏孫公主、王昭君、潯陽商婦最著。」

那為何宋劉攽《中山詩話》引宋人葉桂詩云「樂天當日最多情……不聞商女琶琵聲」呢？明程敏政《奉使湖南詩序》亦曰：「沿九江泛彭蠡，訪白樂天聽商女歌處。」這「商女」難道不是「商人婦」嗎？

這是一個容易造成混亂的問題。我們的回答是，葉桂、程敏政所謂「商女」意為「歌女，歌妓」，而決非「商人婦」或「商人之女」——就語義說，「商人婦、商人之女」與「商女」（歌女）風馬牛不相及；而就事實說，白樂天詩中之琵琶女即商人之婦。人們之所以既可稱其為「商人婦」，又可稱其為「商女」，是因為此琵琶女有「雙重身份」：稱「商人婦（商婦）」，是就琶琵女當時之婚姻狀態說；而稱「商女」（歌女，即娼女），是就其人「出身」（也即《紅樓夢》第四十回《史太君兩宴大觀園，金鴛鴦三宣牙牌令》中眾人謂劉老老「還說你的本色」的「本色」）說。謂予不信，可以蘇軾詩《蘇州閭丘江君二家雨中飲酒二首》其二為證：

> 五紀歸來鬢未霜，十眉環列坐生光。喚船渡口迎秋女，駐馬橋邊問泰娘。曾把四絃娛白傅（王十朋注：白居易謫江州送客潯陽湓江，聞倡女夜彈琵琶引，曰：「曲終收撥當心畫，四絃一聲如裂帛」），敢將百草鬥吳王。從今卻笑風流守，畫戟空凝宴寢香。

東坡先生此詩也是歌詠文人招妓宴飲的，故多用娼女之典——秋女、泰娘等。提及琵琶女，王十朋注直稱其為「倡女」，豈不與葉桂、程敏政稱其為「商女」同，不正是就其人的「出身」說的嗎？誰能說王十朋的注不對呢？因為白樂天詩中之商女（娼女）恰好「老大嫁作商人婦」，故亦可稱「商婦」，而杜牧或他人詩中的「商女」就「無此殊榮」了。

事實上，此琵琶女當時雖已「嫁作商人婦」，由「單身貴族」一變而為商人之「法定配偶」，可那實在是「不得已而為之」。「商人婦」只是她臨時的表面角色，而她原本的、內心真正的人生角色，仍為色藝雙絕的「商女」（娼女）。她數十年燈紅酒綠、吹彈歌舞的賣笑生涯，是何等風光，何等歡樂：「曲罷長教善才服，妝成每被秋娘妒。五陵年少爭纏頭，一曲紅綃不知數。鈿頭銀篦擊節碎，血色羅裙翻酒污。今年歡笑復明年，秋月春風等閒度……」名妓經歷對她來說簡直是刻骨銘心、淪肌浹髓。於是，被「重利輕別離」的商人冷落在「江口守空船」一個來月以後，她忍無可忍，「夜深忽夢少年事，夢啼妝淚紅闌干」了。這時的她，是一個韶華已去、風光不再的老妓女。她傷感，失落。秋風冷月，寒水孤舟，楓葉荻花，觸目傷懷。她沉緬於往事，不由自主地彈起了琵琶，固然是為了抒發自己的哀愁，恐怕也有尋覓知音、以求得安慰之意——她又鬼使神差般地重新扮演起了自己熟悉的人生角色。難道她沒想到，夜深人靜，她那憂怨悱惻、出神入化的琵琶聲會惹人注意，招人來訪嗎？肯定想到了。但她所希望的，正在於此。她向來不甘寂寞；此刻，她尤其渴望受到人們的關注與青睞，以重溫舊夢。她已經不甘心，也不在乎她是「商人婦」了：丈夫不在，她仍然是個歌女。否則，一般的「商人婦」，誰會在半夜「守空船」時，這樣肆無忌憚地招蜂引蝶呢！果然不出所料：「忽聞水上琵琶聲，主人忘歸客不發」了。經過一番打探——「尋聲暗問彈者誰」，來訪者徹底放了心：其人「本長安娼女」，又是夜深人靜，寂寞空船，於是公然「移船相近邀相見，添酒回燈重開宴」了。這時，「主人」與「客」的行為，實際上仍是訪娼——如其人為普通的「商人婦」，來訪者趁其夫君不在，夜闖其船，豈不怕被「老大耳刮子打將出來」嗎？至於琵琶女，雖說此番不似當年出場那樣爽快，「千呼萬喚始出來，猶抱琵琶半遮面」，可畢竟故態復萌，依然故我，演奏起來得心應手，淋漓盡致——這就是她的「商女」（娼女）本色。故趙與時、徐𤊹稱其為「商婦」，是就其當時之身份說；而葉桂稱其為「商女」（歌女），白居易《琵琶行序》、王十朋注直稱其為「倡女」，是就其「出身」、本色說——二說皆是也，但絕不能說「商女」之語義即是「商人婦」。

稱歌女為「秋女、秋娘」，蓋源於晉人傅玄《明月篇》：

> 皎皎明月光，灼灼朝日暉。昔為春蠶絲，今為秋女衣。丹唇列素齒，翠彩發蛾眉。嬌子多好言，歡合易為姿……

「秋女」與「春蠶」形成對文。此乃一首情辭優美的「豔詩」，故「秋女」遂用為美女代稱，也稱秋娘（女、娘同義）。因古人把五音與四季相配，商音配秋，因以商指秋季。唐杜甫《七月三日戲呈元二十一曹長》詩：「今茲商用事，餘熱亦已末。」宋歐陽修《秋聲賦》：「商聲主西方之音，夷則乃七月之律。」於是「秋女、秋娘」也就相當於「商女」了。

從對「商女」意義的考察，我們至少還可以得出兩點認識：

一是富於文學色彩的詞語，因其習用於文人學士圈中，故其詞義的約定俗成性尤其明顯。如「商女、秋女、秋娘」之類，其詞義必然有強烈的排他性。所以，我們可以推測，在古詩文中，「秋女、秋娘」既不大可能有別的什麼詞義，「商女」亦不大可能又指「商人婦」或「商人之女」。

二是從兩漢、魏晉、唐宋乃至元明清，文人們的國學研究、文學活動（主要指文人群體性的古詩文的寫作），基本沒有間斷。但從上世紀上半葉到現在，由於文化轉型的原因，傳統的文人們的國學研究、文學活動出現了一個近百年之久的文化斷層。這種事實的一個直接後果，是許多清以前文人口頭筆下常用的、對他們說來談不上有理解障礙的語詞，今人不理解了。據管見，這種例子不勝枚舉。對此，竊以為必須有清醒的認識，方可在傳統文化的研究中少走彎路。

與曲鳳榮合寫，《學術交流》，2012 年 9 月

《離騷》二題

《離騷》名義考

迄今為止，對屈原賦《離騷》題意的解釋，大略有以下幾種：

一、離憂。司馬遷《史記·屈原賈生列傳》:「屈平疾王聽之不聰也，讒諂之蔽明也，邪曲之害公也，方正之不容也，故憂愁幽思而作《離騷》。『離騷』者，猶離憂也。」

二、遭憂。《史記·屈原賈生列傳》索隱引應劭曰:「離，遭也；騷，憂也。」洪興祖《楚辭補注》引班固《離騷贊序》:「屈原以忠信見疑，憂愁幽思而作《離騷》。離，猶遭也；騷，憂也。明己遭憂作辭也。」顏師古亦云:「離，遭也。憂動曰騷。遭憂而作此辭。」或謂司馬遷說即與班固同。

三、別愁。東漢王逸《離騷序》:「離，別也；騷，愁也。經，徑也。言已放逐離別，中心愁思，猶陳直徑（一云依道徑），以風諫君也。」洪興祖補注:「余按，古人引《離騷》未有言經者。蓋後世之士祖述其詞，尊之為經耳，非屈原意也。逸說非是。」

四、離愁。宋王應麟《困學紀聞》卷六:「《楚語》伍舉曰:『德義不行，則邇者騷離，而遠者距違。』伍舉所謂騷離，屈平所謂離騷，皆楚言也。揚雄為《畔牢愁》，與《楚語》注合。」按，《國語·楚語》「騷離」韋昭注:「騷，愁也；離，畔也。」

五、曲名。游國恩《離騷纂義》:「楚人因之作《勞商》之歌。……疑《勞商》即《離騷》之轉音，一事而異名者耳。……如《九歌》《九辯》之類。」

六、遣愁。錢鍾書《管錐編・楚辭洪興祖補注》:「《離騷》一詞，有類人名之『棄疾』、『去病』或詩題之『遣愁』、『送窮』。」

七、離尤。陳劍《據楚簡文字說〈離騷〉》說，「離騷」本即「離蚤（尤）」，漢人轉寫時誤以蚤為蚤，於是寫成「離騷」。

「離尤」說疑點在於，《離騷》正文「進不入以離尤兮」，《九章》「恐重患而離尤」，「離尤」皆不誤，而標題誤為《離騷》，於情理不合（徐廣才《考古發現與楚辭校讀》）。而別愁（即離愁）、遣愁諸說，雖皆可通，然皆缺乏驗證，故學者多依班固訓「離騷」為「遭憂」，且謂司馬遷說與班固同。

今詳析司馬遷說，覺其未必與班固同:「離騷者，猶離憂也」，他並未說「離，遭也」。愚謂離即罹之古字，罹亦憂。《爾雅・釋詁下》:「罹，憂也。」郭璞注:「罹，憂。」《釋言》:「罹，毒也。」郭璞注:「憂思慘毒。」《詩・小雅・小弁》:「我獨于罹。」鄭箋:「罹，憂也。」且罹字古即作離。《詩・王風・兔爰》「我生之後，逢此百罹」毛傳:「罹，憂。」陳奐疏:「《說文》無罹字。疑古《毛詩》作離，《釋文》:『罹，本又作離。』《文選・盧諶〈贈劉琨詩〉》注引《毛詩》，作『逢此百離』。《斯干》『無父母詒罹』傳:『罹，憂也。』罹，本又作離。離為憂，則『逢此百離』猶下章『逢此百憂』耳。」按，《說文新附》:「罹，憂也。從网，未詳。古多通用離。」《詩・小雅・四月》:「秋日淒淒，百卉具腓，亂離瘼矣，爰其適歸。」毛傳:「離，憂。」證「離」即古「罹」字，訓「憂」。

騷為慅之借字，《廣雅・釋詁四》:「慅，愁也。」《玉篇・心部》:「慅，憂心也，愁也。」故離騷即憂愁。《國語・楚語上》:「德義不行，則邇者騷離，而遠者距違。」韋昭注:「騷，愁也；離，畔也。邇，境內；遠，鄰國也。」今按，依對文，距、違義近，則騷、離義必亦近，而「離畔」與「騷（憂愁）」義隔。離當讀為罹，罹亦騷也。「騷離」即離騷，亦即憂愁。依文義，「邇者」指境內臣民，「遠者」指境外夷狄；「遠者」尚僅「距違」，則臣民懾於淫威，僅憂愁而已，未必離畔也。王應麟曰:「伍舉所謂騷離，屈平所謂離騷，皆楚言也。」愚以為此說雖是，猶未達一間，當謂「伍舉所謂騷離，屈平所謂離騷，皆楚言，其義一也。」

與「離騷」義近者為離憂。《楚辭・九歌・山鬼》:「風颯颯兮木蕭蕭，思公子兮徒離憂。」對比謝朓《新亭渚別范零陵》:「心事俱已矣，江上徒離憂。」朱熹《招隱操》:「思君不見，我心徒離憂。」明李夢陽《龍沙遇毛君武亭餞》:「棹艤北沙穩，山迎西戶幽。江湖半落照，風水獨離憂。」「徒離憂」、「獨離憂」皆只能講成「徒然憂愁」、「獨自憂愁」，而不宜講成「徒然遭到憂愁」或「獨自遭到憂愁」:「徒離憂」是說憂愁無益，「獨離憂」是說他人皆樂我獨憂；「徒然遭到憂愁」或「獨自遭到憂愁」則義不可通。《詩・檜風・羔裘》:「豈不爾思？勞心忉忉。」宋王質總聞「徒憂勞傷悼而不能已也。」司馬光《傳家集・功名論》:「人主徒憂勞於上。」「徒憂勞」與「徒離憂」同，亦曰憂愁無益。

與「離騷、離憂」義近的是「離慜（愍）」。《楚辭・九章・思美人》:「獨歷年而離慜兮。」王逸注:「修德累歲，身疲病也。」《楚辭・九章・懷沙》:「鬱結紆軫兮，離慜而長鞠。……離慜而不遷兮，願志之有像。」王逸注:「愍，痛也；鞠，窮也。言己愁思，心中鬱結紆曲而痛身疾病，長困窮，若恐不能自全也。……愍，病也。」皆不釋「離」字，而將「離慜（愍）」統釋為「身疲病」或「己愁思」，說明他也認為「離」與「慜（愍）」義近。明王直《萬木圖賦》:「徘徊山下欲去而未忍兮，悵離愍其疇依？」離慜，也即憂愁而已。

《楚辭・大招》:「伏戲《駕辯》，楚《勞商》只。」王逸注:「《駕辯》、《勞商》皆曲名也。言伏戲氏作瑟，造《駕辯》之曲；楚人因之作《勞商》之歌：皆要妙之音，可樂聽也。」游國恩《離騷纂義》謂勞商與離騷本雙聲字，疑勞商即離騷之轉音。果爾，則《離騷》亦古楚曲名，而以憂愁為義。

《漢書・揚雄傳上》:「（揚雄）乃作書，往往摭《離騷》文而反之，自岷山投諸江流以弔屈原，名曰《反離騷》；又旁《離騷》作重一篇，名曰《廣騷》；又旁《惜誦》以下至《懷沙》一卷，名曰《畔牢愁》。」顏師古注:「旁，依也。」王念孫《讀書雜志・漢書第十三》「反離騷」條，謂「《反離騷》」，離字衍。《廣騷》、《反騷》，皆省離字；諸書皆引作《反騷》。金壁按，如此，是離與騷並列而義近，故可省離（罹）而獨言騷也。若離與騷為動賓關係，則斷不可省「離（罹）」而獨言「騷」。「畔牢愁」條，王念孫又謂牢讀為懰，懰，憂也；畔者，反也；或言《反騷》，或言《畔牢愁》，其義一也。金壁按，王說甚是，《反騷》、《畔牢愁》，皆揚雄反屈原憂愁之意而賦之。但牢不必讀為懰，牢當讀為勞（牢，幽韻來母平聲；勞，宵韻來母平聲：牢、勞幽宵旁轉），勞亦憂也，牢愁即勞愁，勞愁即憂愁。宋鄭文寶《江表志》卷二：「勞愁積而髀肉生，憤氣激而背癰起。」明蔣一彪《古文參同契集解》卷上下：「方免別生思慮，仍無勞愁也。」今人所謂「牢騷」，實即「勞騷」、「離騷」之轉語，皆憂愁之意耳。

則「離騷」即「牢愁」，也即憂愁，可無疑義矣。

「流亡」詞義解

「寧溘死以流亡兮，余不忍為此態也！」其中「流亡」之義眾說紛紜。王力注：「流，放逐。亡，出亡。」朱東潤注：「以，或者。流亡，漂泊異鄉。」游國恩《離騷纂義》謂「溘死與流亡對文，言寧願奄然物化，或流放以死也」。這是用了清林雲銘《楚辭燈》說：「或受誅立死，或放斥喪身。」

張新武《王力主編〈古代漢語〉詞義注釋指瑕》（《新疆大學學報》1994 年第 3 期）謂「以」無選擇連詞用法，凡屈賦中連詞「以」所連兩個動詞詞組，或為連動，或為並列關係。前者如「乘騏驥以馳騁、忽奔走以先後、回朕車以復路、進不入以離尤、忽反顧以遊目」等，後者如「攬木根以結茝、矯菌桂以紉蕙」等。而如此句解，流亡為放逐出亡，則「死」與「放逐出亡」既非連動，亦非並列。正解應是「流，流散。亡，消亡，消失。『寧溘死以流亡』是說，寧願忽然死去，魂魄流散消亡」。

按，張說有理，唯「流亡」之釋可商。

東漢王逸注此句為「言我寧奄然而死，形體流亡」，「流亡」雖云未釋，然既謂「形體流亡」，其義亦可得而察也。屈賦中與此句類同者尚有二：

> 《九章・惜往日》：「寧溘死而流亡兮，恐禍殃之有再。」王逸注：「意欲淹沒，隨水去也。」
>
> 《悲回風》：「寧溘死而流亡兮，不忍此心之長愁。」王逸注：「意欲終命，心乃快也。」

可見「流亡」是對「溘死」的補充，即「形體流亡」，也即「隨水去也」（「隨水去」則身體必自然消亡），今語則為「（身體）漂流而消逝」，無關魂魄。竊以為屈原於其賦中三復「溘死流亡」，決非偶然，而有深意焉：凡已決意自盡者，皆面臨另一重大抉擇：如何結束自己的生命，今人所謂「怎麼個死法」。而與「死法」有直接關聯的是，屍體如何了結——這是古人更為重視的，當然今人亦如此。觀屈賦中，凡屈原言及欲死者，皆暗示或直言結束自己生命（包括屍體了結）之方式——投水而隨波漂流，葬身魚腹。而王逸皆無一例外地予以心領神會之準確解釋：

《離騷》:「雖不周於今之人兮，願依彭咸之遺則……吾將從彭咸之所居。」王逸注:「彭咸，殷賢大夫，諫其君不聽，自投水而死。」洪興祖補注:「顏師古云:『彭咸，殷之介士，不得其志，投江而死。』按屈原死於頃、襄之世，當懷王時作《離騷》，已云:『願依彭咸之遺則。』又曰:『吾將從彭咸之所居。』蓋其志先定，非一時忿懟而自沉也。《反離騷》曰:『棄由、聃之所珍兮，摭彭咸之所遺。』豈知屈子之心哉！」

《惜往日》:「臨沅湘之玄淵兮，遂自忍而沉流。卒沒身而絕名兮（王逸注:『姓字斷絕，形體沒也。一云:名字斷絕，形朽腐也』），惜壅君之不昭。」

《悲回風》:「浮江淮而入海兮，從子胥而自適（洪興祖補注:『《越絕書》曰:子胥死，王使捐於大江，乃發憤馳騰，氣若奔馬，乃歸神大海。自適，謂順適己志也』）。望大河之州渚兮，悲申徒之抗跡（王逸注:『申徒狄也。遇暗君，遁世離俗，自擁石赴河，故言抗跡也』）。」

《漁父》:「寧赴湘流，葬於江魚之腹中。」王逸注:「身消爛也。」

蓋屈原憂愁幽思，蹇產莫釋，遂決心襲先賢之跡，赴河入海，隨流而逝——即《惜往日》、《漁父》王逸注「形體沒也」或「形朽腐也」、「身消爛也。」——故吟詠之間，三致志焉，此「流亡」之語所由來也。

蓋解屈賦此句者，唯王逸注最得其神旨:「言我寧奄然而死，形體流亡」——是形體流、形體亡:流，即「隨水去也」;亡，即「形體沒也」或「形朽腐也」、「身消爛也」。

《中國訓詁學報》，2013 年 6 月

《楚辭·山鬼》的「山鬼」形象

若有人兮山之阿，被薜荔兮帶女羅。既含睇兮又宜笑，子慕予兮善窈窕。乘赤豹兮從文狸，辛夷車兮結桂旗。被石蘭兮帶杜衡，折芳馨兮遺所思。余處幽篁兮終不見天，路險難兮獨後來。

表獨立兮山之上，雲容容兮而在下。杳冥冥兮羌晝晦，東風飄兮神靈雨。留靈修兮憺忘歸，歲既晏兮孰華予！采三秀兮於山間，石磊磊兮葛蔓蔓。怨公子兮悵忘歸，君思我兮不得閒？

山中人兮芳杜若，飲石泉兮蔭松柏。君思我兮然疑作。雷填填兮雨冥冥，猨啾啾兮狖夜鳴。風颯颯兮木蕭蕭，思公子兮徒離憂。

當年屈原被流放到楚國南鄙沅水湘水之間，見到當地人信鬼神而好祭祀，但歌舞樂詞很鄙俚，便以詩人的靈感與激情，替他們寫下了一首首美麗動人的祭歌，既表敬神之意，又藉以抒發自己之情懷與幽思。這是屈原人生中動人的一幕，也是中國文學史上濃墨重彩的一筆。《山鬼》即是這些祭詩中最優美的一篇。

山鬼是一位女性神，在屈原的筆下，她是一位端莊秀雅的美女。她天生麗質，風流蘊藉，「既含睇兮又宜笑」；她酷愛芳華，「被薜荔兮帶女羅」、「被石蘭兮帶杜衡」；她居處幽僻、持身修潔，「飲石泉兮蔭松柏」、「處幽篁兮終不見天」；她雍容華貴，「乘赤豹兮從文狸，辛夷車兮結桂旗」；她脈脈含情，「折芳馨兮遺所思」、「怨公子兮悵忘歸」——這是屈原塑造的理想美人的形象，她應該就是屈原心目中自我完善的典型。

「若有人兮山之阿，被薜荔兮帶女羅」，這是巫神的口氣；而「既含睇兮又宜笑，子慕予兮善窈窕」，又是山鬼的口氣了：正如錢鍾書先生《管錐篇·九歌》所說「又做師婆又做鬼」。

屈原係心懷王，願忠誠地輔佐他成就偉業，懷王卻聽信讒言，對其厭憎而流放之，屈原難免有幽怨之情。他在《離騷》中說：「荃不察余之中情兮，反信讒而齌怒。余固知謇謇之為患兮，忍而不能舍也！指九天以為正兮，夫唯靈修之故也！」在《山鬼》中，他則詠唱「留靈修兮憺忘歸」、「怨公子兮悵忘歸」、「思公子兮徒離憂」——真是「心絓結而不解兮，思蹇產而不釋」（《哀郢》）。

「留靈修兮憺忘歸」一句，有不同的解釋。有人把靈修解釋為山鬼，也有說是山鬼留靈修的。其實，靈修是山鬼的意中人，而「憺忘歸」的也是靈修，那「留靈修」的一定是山鬼的情敵了——只有這樣理解，才能貫通全文：山鬼「表獨立兮山之上」，是為了與意中人靈修幽會；而不知何人留住了靈修，他安樂忘歸，遲遲不來赴山鬼之約，以致山鬼以為靈修不再愛她了，於是發出了慨歎：「歲既晏兮孰華予！」年歲已老，誰還認為我美好呢！

於是她更加刻意地打扮自己，而不畏險阻：「采三秀兮於山間，石磊磊兮葛蔓蔓。」她雖然失意悵惘，怨靈修三心二意，但卻並不恨他，依然佇立以待，忘了歸家；甚至設想，愛人仍然思念我，不來，是因為沒工夫：「怨公子兮悵忘歸，君思我兮不得閒？」到了最後，愛人終未露面，她還誤認為愛人仍然思念他，而信疑參半：「君思我兮然疑作。」這是多麼淳樸、善良的女性啊！

然而無情的現實終於打破了她的美夢，山中風雨晦暝，雷聲隆隆，林木蕭蕭，她也只能「思公子兮徒離憂」——與他篇大致相同，屈原要表白的，就是他那縈繞不去的無盡憂愁，導致他決意結束生命的無盡憂愁，就連描寫美麗女神的《山鬼》篇，也未能例外，而「山鬼」便有幸成了文學作品中少有的美麗善良而幽怨的可愛可憐的女神形象。

寫至此，腦海中又不自覺地浮現出魯迅《自題小像》的詩句：「靈臺無計逃神矢，風雨如盤暗故園。寄意寒星荃不察，我以我血薦軒轅。」

再說「『酒席上斜簽著坐的』的不指張生」——答李金坤先生批評

江蘇大學人文學院李金坤文《「酒席上斜簽著坐的」即指張生——與富金璧先生商榷》(《中國社會科學報》2010年5月13日第4版)，謂富金璧認為《西廂記》第四本第三折中「『酒席上斜簽著坐的』不指張生」(《文學遺產》2005年第2期)，富文批評朱東潤《歷代文學作品選》、王力《古代漢語》、金聖歎《第六才子西廂記》皆以為指張生是誤解，這「使諸位先賢冤哉枉也」；並堅持認為，「『酒席上斜簽著坐的』即指張生，而非鶯鶯」，並稱對鄙文觀點要「逐一辯駁之」(金璧按，下文中黑體文字為編輯發稿時所刪去，今補足之，下同)。為明辨是非，今作答如下。

「坐的」本作「坐地」

首先，須糾正李文稱名之誤：鄙文題目為《「酒席上斜簽著坐的」的不指張生》，而非如李文所云《「酒席上斜簽著坐的」不指張生》。「坐的」，本寫成「坐地」，原來是「坐在地上」之意。但後來其中的「地」意義逐漸虛化，「坐地」便表示「坐下」或「坐著」之意，也逐漸寫成「坐的」。《古本戲曲叢刊》影明弘治本此句即作「坐地」。《水滸傳》、《金瓶梅》中，常見「坐地」或「坐的」。這種說法在宋元以來話本、戲曲、小說中常見，大概到了清代就逐漸減少了。「酒席上斜簽著坐的」的「坐的」，本應講成「坐著」，王力先生卻注釋為「坐著的」。如果把「酒席上斜簽著坐的」理解為「酒席上斜簽著坐著」，那麼這就很自然是說鶯鶯自己；如果把「酒席上斜簽著坐的」理解為「酒席上斜簽著坐著的」，那麼就只能是指張生了。因為如果從鶯鶯口中唱出「酒席上斜簽著坐著的」，那無論如何也不可能是說她自己——這就是朱東潤、王力等學者由於誤解「坐的」一詞的用法與詞義，從而把「酒席上斜簽著坐的」誤解為「酒席上斜簽著坐著的」、進而將這句活誤解為指張生的重要原因之一。以上所說，是鄙文《「酒席上斜簽著坐的」的不指張生》的重要論據之一，與「坐的」的有關例句，都已在鄙文開頭部分言及。不知何故，李金坤先生對鄙文「逐一辯駁」之時，卻未提鄙文辨析「坐的」一詞的用法與詞義的觀點。

這是為什麼呢？是李金坤先生對鄙文開頭部分視而未見，還是以為不屑一駁？我難以臆測，這要由李先生自己向讀者解釋。但他在稱引鄙文題目及自己行文時，均少用一「的」字，則我們可以斷定，在批駁鄙文之時，李先生仍然不明白「坐的」一詞的用法與詞義；而這正與他全篇論文觀點的偏頗以及分析的謬誤有密切關聯。至於金聖歎釋「坐的」為「坐於如是之地」——他所見本作「坐地」——當然也大謬不然。該說清楚的沒說清楚，以致後人誤解，作為一個有影響的文學評論家，他實在難辭其咎。

「閣淚汪汪不敢垂」原本即女子之語

李文在反駁鄙文以為「閣淚汪汪不敢垂，恐怕人知；猛然見了把頭低，長吁氣，推整素羅衣」這段話的主語是崔鶯鶯而非張生的觀點時，只說：「張生此時此刻儘管因不忍離別的悲傷而『閣淚汪汪』，但他實在不忍心讓賢美多情的鶯鶯見其愁態而更添悲傷，因此，便『猛然見了把頭低』，他一邊『吁氣』，一邊以『整素羅衣』的假象來掩飾悲淚欲滴的尷尬情狀。這樣，一方面反映出張生對鶯鶯的體貼與關愛之情；一方面體現出張生不甘在老夫人面前示弱的『大丈夫氣概』。」讀了李文這一段，我除了不明白「閣淚汪汪不敢垂，恐怕人知；猛然見了把頭低，長吁氣，推整素羅衣」為什麼不是女子態，而反倒是「不甘示弱」的「大丈夫氣概」之外，也還有一個疑問——鄙文明明還有一段話：

《西廂記》此句（按，指「閣淚汪汪不敢垂」）乃襲用宋無名氏《鷓鴣天·離別》句：「樽前衹恐傷郎意，閣淚汪汪不敢垂」——原本即女子之語。下文

〔三煞〕亦說「見據鞍上馬，閣不住淚眼愁眉」。且此折諸本或作《傷離》，或作《恨別》，或作《哭宴》，皆述鶯鶯恨別自傷之意；下一折（或稱《驚夢》或《入夢》）才重點寫張生別情——作者匠心，次第分明，何可混淆？如果以此數語屬諸張生，那麼，下文〔幺篇〕「雖然久後成佳配，奈時間怎不悲啼？意似癡，心如醉，昨宵今日，清減了小腰圍」又承何而來？難道也是說張生不成？

宋無名氏《鷓鴣天・離別》全詞為：「鎮日無心掃黛眉。臨行愁見理征衣。樽前只恐傷郎意，閣淚汪汪不敢垂。停寶馬，捧瑤巵，相斟相勸忍分離。不如飲待奴先醉，圖得不知郎去時。」

不知為何，李文對鄙文此段也高抬貴手，未置一詞，又一次違背了「逐一辯駁之」的許諾。按理說，一個嚴肅的學者在批評對方的論點時，是不應「忽略」對方的重要論據的，何況是兩次，何況又已莊嚴宣告要「逐一辯駁之」。個中原因，恐怕也只有李先生自己才能解釋清楚。

此外，李先生說：「著『素羅衣』者，為『白衣』張生。」說「素羅衣」即是「白衣」，這是詞義混淆的典型事例。素羅衣者，白色絲織品製成之衣服也；白衣者，平民也。二者豈可等同？「素羅衣」怎可表明平民這一特定身份？不錯，張生當時確實是「白衣」，不過，這是說他的身份，而非衣著。按李先生的邏輯，張生當時是「白衣」，所以著「素羅衣」；那麼是「白衣」，就非得著「素羅衣」麼？這不過是「白衣」這類詞的本義與引申義的問題。

金壁按，筆者原文是：

李先生說：「富文卻忘記了這樣一個事實，酒席間的張生，僅僅是一個功名全無的舉子而已，『素羅衣』正表明了這一特定身份。第四本第二折老夫人云：『我如今將鶯鶯與你為妻，則是俺三輩兒不招白衣女婿，你明日便上朝取應去。我與你養著媳婦，得官啊，來見我；駁落啊，休來見我。』此『白衣』之信息，恰可證明『推整素羅衣』者是張生而非鶯鶯也。富文將『素羅衣』理解為鶯鶯『孝衣』，自是臆測之詞。」

說「素羅衣」即是「白衣」，這是詞義混淆的典型事例。素羅衣者，白色絲織品製成之衣服也；白衣者，平民也。二者豈可等同？「素羅衣」怎可表明平民這一特定身份？李先生能舉出一個這樣的例子嗎？不錯，張生當時確實是「白衣」，不過，這是說他的身份，而非衣著。按李先生的邏輯，張生當時是「白衣」，所以著「素羅衣」；那麼請問，是「白衣」，就非得著「素羅衣」麼？假如他換了件皂衣，或是藍衣、綠衣，他就不是「白衣」了嗎？這正如同謂「綠色食品」之顏色必為綠色，「藍領工人」之衣領必為藍色，而「黑手黨」之雙手膚色必為漆黑也。老實說，我看到李先生這種怪論，頗出意外：「白衣」這類詞的本義與引申義的問題，屬於語文基礎知識，無須訴諸學術討論。李先生理當自省，他人不便多說。

李文不顧上下文意文勢，強文就我。試問，張生曰：「小生託夫人餘蔭，憑著胸中之才，視官如拾芥耳。」（金聖歎《第六才子西廂記》作「好歹要奪一個狀元回來」；長老曰：「夫人主見不差，張生不是落後的人。」）這幾句所表現的是何等高亢昂揚之情緒。而緊接著的下文「蹙愁眉死臨侵地……閣淚汪汪不敢垂」、「恐怕人知」、「把頭低」、「長吁氣」、「推整素羅衣」又是何等悲切哀怨之情緒。此非鶯鶯又指誰人？若說這幾句也寫張生，那文勢豈能一貫，張生與鶯鶯的性格又有何區別？

（金璧按，原稿此段後尚有一句：李文竟然說這「體現出張生不甘在老夫人面前示弱的大丈夫氣概」！）

《西廂記》每折唱詞以一個人物為主

李文又謂：「富文認為朱東潤、王力誤讀『我見他閣淚汪汪不敢垂……』為『我見|他閣淚汪汪不敢垂……』，其實當讀為『我見他|（我）閣淚汪汪不敢垂……』，這句法本身就滯礙不暢、不合邏輯。」筆者不知將此句讀為「我見他|（我）閣淚汪汪不敢垂」有何「滯礙不暢、不合邏輯」？為何鶯鶯見到張生就會「閣淚汪汪不敢垂」呢？答案恐怕並非如李先生所謂「那就是怕張生見她流淚而更增悲情」，而在於下文：「恐怕人知」。怕誰人知呢？怕不知她與張生戀情的人（如長老等）知。怕知道什麼呢？怕人知道她已與張生繾綣偷情月餘的隱私。這不是很合情理嗎？

李文又說因張生「謙恭得可以」，「『酒席上斜簽著坐的』即指張生，這是毋庸置疑的」。這裡有兩點要說明：一、《西廂記》每折唱詞都以一個人物為主，著重唱此人的言行、感受。此第四本第三折皆述鶯鶯恨別自傷之意，而不寫張生；故「酒席上斜簽著坐的」、「蹙愁眉死臨侵地……閣淚汪汪不敢垂」、「恐怕人知」、「把頭低」、「長吁氣」、「推整素羅衣」皆指鶯鶯。張生的離情別意自在下一折（或稱《驚夢》或《入夢》）中才重點寫。二、鶯鶯為未正式成婚的女孩兒家，席上還有寺中長老，故「斜簽著坐的」，合情入理。

金聖歎批《西廂記》語多舛誤

又，李文最後一個小標題為《金聖歎注解王實甫寫情雙文》，讚美金聖歎評語「是歷來《西廂記》評價中的佼佼者」（金壁按，李文又有「令人**『可想』，其意非凡**」「**深入骨髓，妙到毫巔**」之贊）。而筆者對金聖歎對《西廂記》此折的批語，卻實在不敢恭維，因金聖歎語多舛誤：一、誤解文義。金聖歎把「坐的」誤解為「坐於如是之地」，此即大誤。又誤讀「我見他|（我）閣淚汪汪不敢垂」為「我見|他閣淚汪汪不敢垂」（又不知「閣淚汪汪不敢垂」原本即前人形容女子掩飾哭態之語），遂把「酒席上斜簽著坐的」、「蹙愁眉死臨侵地……閣淚汪汪不敢垂」、「恐怕人知」、「把頭低」、「長吁氣」、「推整素羅衣」這些寫鶯鶯的話，誤以為皆寫張生，以致造成理解的大混亂。故「莊、惠濠上互不能知」、「張、崔長亭脈脈共知」、「寫殺張生、看殺張生」云云，也皆成浮浪無謂之語。二、誤解此折之中心思想。《西廂記》此折唱詞，突出鶯鶯的離愁別恨，而不寫張生對鶯鶯的情意（這情意下一折才集中寫），這本是《西廂記》每折唱詞各突出一個中心人物的特點。如果依金聖歎所云「乃是特寫雙文眼中曾未見坐於如是之地也」，「真寫殺張生也，然是寫雙文看張生也，然則真看殺張生也！寫雙文如此看張生，真寫殺雙文也」，豈不是成了寫張生，或既寫雙文又寫張生？其實本折衷心極其突出，就是專寫鶯鶯在分別時的痛苦心情，以表現她對張生愛情的專一與純真：此則為王實甫之良苦用心。三、不合邏輯。他說：「〔端正好〕是寫別景，此是寫坐景也。」到底是否寫「坐景」，姑置不論；請問「別景」與「坐景」如何區別，以何標準分類？難道當時的「坐景」就不屬於「別景」嗎？

故知稱譽先賢之美者未必盡為嚴正而可喜，而指謫先賢之謬者亦未必盡為狂妄而可鄙也：總以實事求是、追求真理為是，愛吾師當亦愛真理。如此，是非方能分明，學術方能進步。

金壁按：原稿尚有一「摘要」，點明李金坤先生誤解之原因，今附於此。

摘要：《西廂記》第四本第三折衷崔鶯鶯唱詞「酒席上斜簽著坐的」，「坐的」是宋元間口語，意為「坐下」或「坐著」，而說者多誤解為「坐著的」，因而多認為「酒席上斜簽著坐的」，是指張生。筆者已在《「酒席上斜簽著坐的」

的不指張生》一文中闡明了這個觀點。而李金坤先生沒有理解此觀點，加之他不知「閣淚汪汪不敢垂」原本就是女子之語，又誤以為「推整素羅衣」句中，「素羅衣」即是未得功名之人的「白衣」，因而他以筆者觀點為誤。實際上他的觀點難以成立。）

《中國社會科學報》2010 年 9 月 9 日

附：「酒席上斜簽著坐的」的不指張生

王實甫《西廂記》（隋樹森《元曲選外編》，中華書局，1959 年）第四本第三折〔脫布衫〕：「酒席上斜簽著坐的，蹙愁眉死臨侵地。」今古典文學及古代漢語研究者皆以為指張生，如朱東潤《歷代文學作品選》（上海古籍出版社，1980 年）、王力《古代漢語》（中華書局，1980 年、1999 年）。王力注且誤釋「坐的」為「坐著的」——「坐的」本為「坐著」之義。又作「立地」。《古本戲曲叢刊》影明弘治本此句即作「坐地」。《水滸傳》中多作「坐地」，如：

> 第四回：「女子留住魯達，在樓上坐地。」
>
> 又：「員外叫魯達附耳低言：『你來這裡出家，如何便對長老坐地？』」

而《金瓶梅》中幾乎全用「坐的」。如：

> 第一回：「武大下樓，買酒菜去了，丟下婦人，獨自在樓上陪武松坐的。」
>
> 第二回：「武松道：『哥哥，你不做買賣也罷，只在家裏坐的。』」

站著叫「立地」。如：

> 《西廂記》第三本第三折：「姐姐，這湖山下立地。」

（筆者後來方知：住著叫「住地」，如：宋人小說《碾玉觀音》：「只見他在那裏住地。」走著叫「走的」，如：《金瓶梅》第十三回：「（西門慶）趔趄著腳兒只往前面花園裏走的。」笑著叫「笑的」，如：《金瓶梅》第八回：「眾和尚道：『不如饒了罷。』一齊笑的去了。」）

以「酒席上斜簽著坐的」的指張生，純係誤解。這兩句及緊接著的〔小梁州〕「我見他閣淚汪汪不敢垂，恐怕人知，猛然見了把頭低，長吁氣、推整素羅衣」，都是鶯鶯唱自己。之所以發生誤會，大概有以下原因：

一是誤讀「我見他閣淚汪汪不敢垂⋯⋯」為「我見｜他閣淚汪汪不敢垂⋯⋯」，其實當讀為「我見他｜（我）閣淚汪汪不敢垂⋯⋯」。熱戀中的鶯鶯被迫與張生分別，赴宴時即悲痛欲絕，酒席上見了張生，則「閣淚汪汪不敢垂⋯⋯」；這些語句，加上上文〔脫布衫〕「酒席上斜簽著坐的，蹙愁眉死臨侵地」，不正是嬌羞怯弱、哀怨動人的大家閨秀崔鶯鶯一個活脫脫的寫照嗎？王實甫筆下之張生，一向恢諧瀟灑，自詡「風流隋何、浪子陸賈」，此時雖與鶯鶯難分難捨，但於人前還是擺出一副大丈夫氣慨，是十分正常的：「小生託夫人餘蔭，憑著胸中之才，視官如拾芥耳。」（金聖歎《第六才子西廂記》作「好歹要奪一個狀元回來」）剛剛豪邁地對老夫人誇過口，如何可能馬上換了一副扭扭捏捏、悲悲戚戚的「兒女態」（小姑娘作派）——「蹙愁眉死臨侵地、閣淚汪汪不敢垂、恐怕人知、把頭低、長吁氣、推整素羅衣」？何其不倫也？且《西廂記》此句乃襲用宋無名氏《鷓鴣天．離別》句：「樽前衹恐傷郎意，閣淚汪汪不敢垂」——原本即女子之語。下文〔三煞〕亦說「見攄鞍上馬，閣不住淚眼愁眉」。且此折諸本或作《傷離》，或作《恨別》，或作《哭宴》，皆述鶯鶯恨別自傷之意；下一折（或稱《驚夢》或《入夢》）才重點寫張生別情——作者匠心，次第分明，何可混淆？如果以此數語屬諸張生，那麼，下文〔幺篇〕「雖然久後成佳配，奈時間怎不悲啼？意似癡，心如醉，昨宵今日，清減了小腰圍」又承何而來？難道也是說張生不成？且此乃老夫人特為張生祖行之宴，張生此時以堂堂崔家女婿自居，老夫人稱之為「自家親眷」，他何必「斜簽著坐的」？唯因鶯鶯是女孩兒家，與張生並未正式成親，席上還有寺中長老，故不便正坐。又鶯鶯父亡雖已過禫日，畢竟旅櫬在寺，未得歸葬（金董解元《西廂記諸宮調》有「夫人曰『然鶯未服闋，未可成禮』」語），身著「素羅衣」亦為得體。故以此數語屬諸鶯鶯，怡然理順；而說者輒謂指張生，謬不可通，則未詳審深究之過也。

二是以此數語為指張生，其來有自，始作俑者蓋清金聖歎《第六才子西廂記》（霍松林《西廂彙編》，山東文藝出版社，1987 年）。金所批本與他本略有別，其間亦頗有其擅改之處（見霍松林《西廂彙編序》）。其原文及批語（用黑字）略引如下：

（坐科，鶯鶯吁科）〔脫布衫〕下西風黃葉紛飛，染寒煙衰草淒迷，酒席上斜簽著坐的。

寫坐文甚明。須知其風葉煙草四句，非復寫〔端正好〕中語，乃是特寫雙文眼中曾未見坐於如是之地也。〔端正好〕是寫別景，此是寫坐景也，可想。

我見他蹙愁眉死臨侵地，〔小涼州〕閣淚汪汪不敢垂，恐怕人知；

張生怕人知，乃雙文偏又知之，昨讀莊惠濠上互不能知之文，今又讀張崔長亭脈脈共知之文。真乃各極其妙也。

猛然見了把頭低，長籲氣，推整素羅衣。

是何神理，直寫至此！真寫殺張生也，然是寫雙文看張生也，然則真看殺張生也！寫雙文如此看張生，真寫殺雙文也！《打棗竿歌》云：「捎書人，出得門兒驟。趕梅香，喚轉來，我少分付了話頭。見他時，切莫說我因他瘦，現今他不好，說與他又擔憂，他若問起我的身中也，只說災悔從沒有。」已是妙絕之文，然亦只是自說；今卻轉從雙文口中體貼張生之體貼雙文，便又多得一層文心漩洑，真有何恨！

可見金聖歎根本沒有看懂這一段——以「坐於如是之地」釋「坐的」，便是大誤——不知全是鶯鶯唱自己，而誤以為寫雙文（鶯鶯）眼中的張生，批語大謬不然，自所難免。

《文學遺產》，2005 年 2 月

筆者說明：王力《古文漢語》原注「斜簽著坐的，斜著身子坐著的，指張生」，2005 年重印本已改為「斜簽著坐的，斜著身子坐著的，指鶯鶯。」

遲到的回覆：評李金坤先生答辯之文《「閣淚汪汪不敢垂」者也是張生——與富金壁先生再商榷》

拙文《再說「『酒席上斜簽著坐的』的不指張生」——答李金坤先生批評》（《中國社會科學報》2010 年 9 月 9 日 4 版。以下簡稱《再說》），回應了江蘇大學人文學院李金坤先生《「酒席上斜簽著坐的」即指張生——與富金壁先生商榷》（《中國社會科學報》2010 年 5 月 13 日 4 版。以下簡稱《商榷》）對鄙文《「酒席上斜簽著坐的」的不指張生》（《文學遺產》2005.2，簡稱「初文」）的批評，反駁了李金坤先生對鄙人初文之種種指責。李金坤先生於《中國社會科學報》2011 年 3 月 31 日第 6 版再撰文《「閣淚汪汪不敢垂」者也是張生——與富金壁先生再商榷》（以下簡稱《再商榷》），惜筆者未及時看到此文，後雖看到，又未暇顧及：蹉跎七年，方圖答覆，遷延失禮，莫此為甚。自責愚鈍疏懶之餘，謹向廣大讀者與李先生深表歉意。

李先生《再商榷》正題為《「閣淚汪汪不敢垂」者也是張生》，察其題，觀其文，頗有所疑：鄙人初文為《「酒席上斜簽著坐的」的不指張生》，李先生《商榷》題為《「酒席上斜簽著坐的」即指張生》，鄙人回應文章為《再說「酒席上斜簽著坐的」的不指張生》：很清楚，「酒席上斜簽著坐的」的，是否指張生，是問題之關鍵，也是鄙人與李先生爭論之焦點。鄙人回應文章《再說》謂李先生《商榷》之說有所不通，《再商榷》對此置之不理，而但曰「『閣淚汪汪不敢垂』者也是張生」——須知按事理，先證明「A 是 C」，方可說「B 也是 C」；今人既謂先生「A 是 C」難以成立，先生不加辯解，而但曰「B 也是 C」：可服人乎？

或曰：李文《商榷》之說有何不通？

曰：今擇其要，有三不通。

李先生《商榷》題為《「酒席上斜簽著坐的」即指張生》，少一「的」字，說明李先生不解「坐的」之詞義，一不通也；

李先生謂「著『素羅衣』者，為『白衣』張生……老夫人云：『俺三輩兒不招白衣女婿。』此『白衣』之信息，恰可證明『推整素羅衣』者是張生而非鶯鶯也。」不知「白衣」指平民，而以為白色衣服，因而謂「推整素羅衣」者是張生而非鶯鶯，二不通也。

金聖歎批語把「坐地（坐的）」誤解為「坐於如是之地」；又謂「〔端正好〕是寫別景，此是寫坐景也」，將「坐景」與「別景」對立言之，犯了邏輯分類錯誤。《商榷》卻盛讚金聖歎評語「是歷來《西廂記》評價中的佼佼者……令人可想，其意非凡……深入骨髓，妙到毫巔」，以非為是，以劣為優，並據以支持其「『酒席上斜簽著坐的』即指張生」之觀點，三不通也。

以上對《商榷》之批評，佔了拙文《再說》之相當部分，闡發了筆者「『酒席上斜簽著坐的』的不指張生」之觀點。而李先生《再商榷》對此反批評竟無一語回應，但曰：「筆者對於富文的觀點依然不敢苟同，故再與富先生商榷。」「商榷」之內容卻僅為「閣淚汪汪不敢垂」者是否張生。鄙人之批評是耶，非耶？是，大度認可之；非，據理駁斥之。學術者，天下公器，非為私也。對他人之批評不置可否，默而息乎，恐違孔氏「君子之過，如日月之食」之義——多言恕罪。

李先生在《再商榷》中迴避（也許是忽略）論敵（姑且用此現成語）主要論點之瑕疵，在其《商榷》一文中已見一斑。如《商榷》開頭即稱對鄙文《「酒席上斜簽著坐的」的不指張生》之觀點要「逐一辯駁之」，但鄙文開始便以相當多之筆墨，辨析「坐的」（坐地，「坐著」之意）一詞詞義之演變，《水滸傳》、《金瓶梅》等作品中之用例，王力先生誤釋為「坐著的」，以致把「酒席上斜簽著坐的」誤解為「酒席上斜簽著坐著的」、進而將這句話誤解為指張生。此為鄙文《「酒席上斜簽著坐的」的不指張生》的重要論據之一。而李先生《商榷》對鄙文「逐一辯駁」之時，卻對此未提一字。他的這個忽略，既違背了駁論文寫作之通例，又直接導致了他一直不理解一個重要的活躍在宋元以來口語中的語詞「坐的」（坐地），乃至於犯了與王力、朱東潤等學者相同的錯誤，把它理解成了現代漢語「坐的」——我不知如何解釋包括金聖歎在內的這種群體性誤解的現象：《水滸傳》、《金瓶梅》及其他古典小說，「坐的」、「坐地」、「立地」、「走的」、「住地」（「地」、「的」皆用於動詞後，同助詞「著」。《漢語大詞典》、《漢語大字典》皆為之列此義項），其例不勝枚舉——李先生的誤解直接反映在其《商榷》文題《「酒席上斜簽著坐的」即指張生》中。這一點上文已經提及。

《再商榷》終於比《商榷》有了進步：開始反駁筆者初文就提出的「閣淚汪汪不敢垂」原本即女子之語這一論據了：但這也成了他「對於富文的觀點依然不敢苟同」之唯一理由（因為《再商榷》只辨此一事，對筆者《再說》中其他論據的闡發與對他的批評意見皆三緘其口）。我們再看李先生這個「不敢苟同」富文的唯一理由是否成立。

李先生承認「閣淚汪汪不敢垂」乃襲用宋無名氏《鷓鴣天・離別》句：「樽前祇恐傷郎意，閣淚汪汪不敢垂」——原本即女子之語。但他說：「但就《西廂記》而言，王實甫巧妙化用前人詩句者不在少數。如『碧雲天，黃花地，西風緊，北雁南飛』與『下西風黃葉紛飛，染寒煙衰草淒迷』等，皆由范仲淹《蘇幕遮》詞『碧雲天，黃葉地，秋色連波，波上寒煙翠。山映斜陽天接水，芳草無情，更在斜陽外』化出。范詞所寫，乃羈旅客愁之男子在悲愴蕭瑟的秋景中對鍾愛女子的萬般相思之摯情，而王實甫則化用為表達鶯鶯與張生離別愁情的淒涼秋景，殆同己出，效果極佳。」

今按，此論亦難以服人：景與人不同，襯托男懷女之秋景固可與襯托女離男之秋景無別，而寫女子態之語豈可移於男子哉？閉月羞花、嫋嫋婷婷，女兒之媚態也；器宇軒昂、鬚髯如戟，男子之雄姿也：何物文壇高手能「巧妙化用」之，寫男偏用女詞、摹女反以男詞？必如此胡來，寫男必成「娘娘腔」，摹女則為「女漢子」，徒使讀者憎惡，亦何益哉！當然李先生可能說鄙人舉例太過於典型化，可是《西廂記》此折中「鬆了金釧、減了玉肌、閣淚汪汪不敢垂、恐怕人知、把頭低、長吁氣、推整素羅衣、清減了小腰圍、淋漓襟袖啼紅淚、哭啼啼獨自歸、閣不住淚眼愁眉」，豈非典型描寫嬌羞哀啼女子之語言乎？「王實甫的化用」再「靈活多變」，能「靈活多變」以致「男女無別」乎？相反，他正用這些典型化的描寫貴族少女的生動語言，把一個活脫脫的羞澀、文弱、哀婉多情的崔鶯鶯展現在讀者面前，而與灑脫曠達的張生形成鮮明的對照。

至於謂鶯鶯唱詞〔耍孩兒〕「『淋漓襟袖啼紅淚，比司馬青衫更濕』，這自然是以白居易擬之於張生」，也嫌武斷：「淋漓襟袖啼紅淚」一句，上承「閣淚汪汪不敢垂」，下接「哭啼啼獨自歸」、「閣不住淚眼愁眉」，全寫鶯鶯悲態。若謂上述諸語全寫張生，則全折戲中，全是旦角（鶯鶯）主唱，而讀者眼前出現的，卻是一個悲悲戚戚、羞羞答答、淚眼愁眉、涕泗滂沱的張生形象，此不合情理。「比司馬青衫更濕」，這才是李先生所謂「靈活化用」：用白居易淚濕之衣代指鶯鶯淚濕之衣——重在衣濕，而非重著衣者為誰何也。《再商榷》謂「〔三煞〕『見據鞍上馬，擱不住淚眼愁眉』，從語法看，『見』字後面之『據鞍上馬，擱不住淚眼愁眉』內容都是『見』動詞謂語的賓語，『淚眼愁眉』者應是張生無疑」。果真「無疑」否？未必。「見」確是動詞謂語，其賓語並非其後全部。「見」句實為兩個語法句：「（我）見（他）據鞍上馬，（我）擱不住淚眼愁眉。」與引起人們誤解的此折關鍵句「我見他｜（我）閣淚汪汪不敢垂」為同一結構、同一情致。古漢語句中主語經常省略，更何況於戲曲句中，此其例也。應予說明，讀者對戲曲的對仗文字與誇張描寫不宜過於拘板，如〔朝天子〕「一個這壁，一個那壁，一遞一聲長吁氣」（當然也是崔鶯鶯唱詞），是重點寫崔鶯鶯愁態，兼及張生，不必泥於對仗文字，推論崔鶯鶯與張生兩人既同樣吁氣，亦必同樣哭哭啼啼。正如崔鶯鶯唱詞〔三煞〕「笑吟吟一處來，哭啼啼獨自歸」，前句如此寫，是為襯托崔鶯鶯獨歸之苦。若刻板讀之，難道張生與鶯鶯真個是「笑吟吟一處來」赴告別宴會不成？

李先生《再商榷》文末批評鄙文《再說》「『此第四本第三折皆述鶯鶯恨別自傷之意，而不寫張生』，這是有違劇情事實的」，鄙人接受並感謝李先生這一中肯批評，鄙人此說確實不妥，實際上王實甫確是通過鶯鶯自白兼寫了或者說提及了張生，「而不寫張生」一句宜改為「而不是主要寫張生」。鄙人初文謂「且此折諸本或作《傷離》，或作《恨別》，或作《哭宴》，皆述鶯鶯恨別自傷之意；下一折（或稱《驚夢》或《入夢》）才重點寫張生別情」，可能更準確地表述了鄙人之本意：「下一折才重點寫張生別情」——而此折重點寫鶯鶯別情，即由鶯鶯主唱，以描寫鶯鶯形象、刻畫鶯鶯心理為主，張生僅為陪襯；兩面絕非平分秋色，更不能喧賓奪主。

總而言之，鄙人以為，「酒席上斜簽著坐的」的不指張生、「閣淚汪汪不敢垂」云云也不指張生；若作相反理解，非但不符合此折語言實際，又勢必導致人物形象喧賓奪主、反客為主，違背王實甫此折劇情實際及全劇通例；其錯誤認識源於對一系列詞語、文句之誤解，始作俑者乃文壇權威，繼踵者又多為學界先賢，則更助長了誤說之煽惑性。

古代小說網，2018 年 1 月

《詩經新釋》自序

近幾十年來，出現了很多新的《詩經》注本或研究著作。應該說，這些著作，在繼承先賢研究成果的基礎上，於詩旨探索、詞義訓詁諸方面都各有自己的發現與成就。卓然出眾者，如高亨《詩經今注》（1980）、于省吾《澤螺居詩經新證》（1982）、袁梅《詩經譯注》（1985）、程俊英、蔣見元《詩經注析》（1991）、向熹《詩經注譯》（1995）、《先秦詩鑒賞辭典．詩經》（1997）、揚之水《詩經名物新證》（2000）、陳子展《詩三百解題》（2001）、周振甫《詩經譯注》（2010）等。其中程、蔣的《詩經注析》尤為詳贍，影響較大。學習諸家之作，受益良多；然靜言思之，又覺頗有不愜於心之處。其大要蓋有歷史偏見、誤析詩旨、不明古制、詞語誤釋、不明句意、通假及古今字失注、斷句或標點未當、出土文獻及古文字研究成果未及採納、泥於「賦比興」之義而求之過深等數端。舉例如下：

一、歷史偏見

如自來多以為《論語．衛靈公》載孔子語「樂則《韶舞》。放鄭聲，遠佞人。鄭聲淫，佞人殆」中之「鄭聲」即《鄭風》，以為孔子貶斥《鄭風》，此大誤解。其實無論時人、孔子，皆未視《鄭風》為「淫詩」（以愛情詩為「淫詩」，是宋儒朱熹之陳腐偏見）。最有力之證據，即《左傳．昭公十六年》載，鄭六卿餞晉卿韓宣子，韓宣子請鄭卿皆賦《詩》，以知鄭志。鄭六卿所賦皆《鄭風》，且除子產所賦《羔裘》外，皆為愛情詩，藉以向韓宣子示好。如時人以《鄭風》為淫，鄭六卿絕無可能在兩國高級官員盛會之外交場合自暴其短；而韓宣子亦欣喜異常，謂鄭六卿所賦，皆不出鄭志。此正鄭人引《鄭風》以為自豪之標誌。鄭聲實指新興之鄭衛之音，與傳統雅樂相對。詳見本書《鄭風》部分。

順帶說明，自宋儒誤以「鄭聲淫」為「《鄭風》淫」後，有人甚至主張，孔子未刪鄭衛之詩，是為「存以為世戒」（宋嚴粲《詩緝》），「聖人存之欲以知其風俗，且以示戒，所謂《詩》可以觀者也，豈以其詩為善哉」（宋朱鑒《詩傳遺說》）。當然，也有以「淫風」（指《鄭風》）今存，為孔子未嘗刪《詩》之證據者（清江永《鄉黨圖考》）。今按，無論孔子刪《詩》與否，《鄭風》皆非淫詩，正如他《風》與《小雅》中之愛情詩非淫詩一樣。論者何獨對他《風》與《小雅》中之愛情詩平心靜氣，而獨對《鄭風》中之愛情詩耿耿於懷哉？足見「《鄭風》淫」說之不通也。豈其誤解孔子「鄭聲淫」之說，而人云亦云，反與孔子本意相違乎？觀《上海博物館藏戰國楚竹書》（一，2001）著錄之《孔子詩論》（以下徑稱《孔子詩論》），其第三簡論《邦風》（即《國風》）：「《邦風》其內物也，溥觀人俗焉。」又謂「其言文，其聲善」。既然孔子認為《邦風》（即《國風》）有「溥觀人俗、其言文，其聲善」之好處，又豈能謂《鄭風》為淫，甚或以其「淫」而留以存戒哉？

其實孔子完全可能並未刪《詩》。何以知之？以《孔子詩論》知之：《孔子詩論》評論順序，為《訟》（《頌》）、《大夏》（《大雅》）、《少夏》（《小雅》）、《邦風》（《國風》）。這說明，一，孔子時代有兩個不同排序之《詩經》本，一是大致與今本排序相同，即《左傳・襄公二十九年》載吳公子季札聘魯觀周樂之本，二是《孔子詩論》所據本。而孔子所據本居然沒有傳世，可見孔子完全可能並未刪《詩》，他僅對《詩》作了評論，用以教學。而其簡練之評論，亦與《毛詩序》之內容、風格迥然不同。故《孔子詩論》整理者謂《毛詩序》之所謂美、刺，「可能相當部分是漢儒的臆測」，固有道理。然而以筆者淺見，《毛詩序》之說，固多有絕不可信者，然亦有不可不信者：以其去古未遠、容有師傳故也。詳見各篇題解。

且《論語・為政》：「子曰：『《詩》三百，一言以蔽之，曰：思無邪。』」歷來偏見，以談情色為邪。其實「食色，性也」，人之天然需要，《詩》吟詠性情，可「溥觀人俗」，情詩何得為「邪」！是孔孟皆不以言情為邪，而自稱為孔孟子弟者偏以為邪，其可怪也與！

二、誤析詩旨

原因複雜，有不明古民俗而誤解者，有泥古而盲從者，有未能精研而疏失者，有溺於時俗而曲解者。

不明古民俗而誤解者，如《周南・螽斯》：

> 螽斯，羽詵詵兮，宜爾子孫，振振兮。
>
> 螽斯，羽薨薨兮，宜爾子孫，繩繩兮。
>
> 螽斯，羽揖揖兮，宜爾子孫，蟄蟄兮。

自馬瑞辰《毛詩傳箋通釋》釋「宜」為「多」，人多謂《螽斯》「宜爾子孫」為「多爾子孫」之意，而不謂《螽斯》即婚禮時祝福新娘多生子之詩也；又未注意宋李樗、黃櫄《毛詩集解》早已創其議於前：

> 詵詵，眾多貌。振振，……杜元凱注《左傳》「均服振振」云：「盛也。」薨薨，群飛之貌；繩繩，不絕之貌。毛氏以繩繩為戒謹，亦費辭也。揖揖、蟄蟄，……要之亦見其聚之貌與子孫眾多之意耳。……如「宜其室家」，皆當以此類推。

因而或雖知此「宜爾子孫」為「祝人多生子女」，而不知「以此類推」，謂《桃夭》之「宜其室家、宜其家室、宜其家人」意同；皆為多生子女。

此非臆測，古訓有之：《小雅・無羊》「旐維旟矣，室家溱溱」毛傳：「溱溱，眾也。旐旟所以聚眾也。」鄭玄箋：「溱溱，子孫眾多也。」此「室家」即彼《桃夭》之「室家」，此「溱溱」即彼《桃夭》之「蓁蓁」，亦即《周南・螽斯》之「振振」，應無疑義。

「宜爾子孫」、「宜其室家」也即古人所謂「宜子」或「宜男」，特指女子富於生殖能力（生男孩）。「宜男」亦用為新婚祝福之辭。《北史・崔㥄傳》：「竇太后為博陵王納㥄妹為妃……婚夕，文宣帝舉酒祝曰：『新婦宜男，孝順富貴。』」可見初民對婚姻的觀念樸質而實際，即為延續種族後代。從古代后妃的「椒房」（以花椒泥為后妃居室抹牆，取多子之意），到近代新婚時人們仍然習慣於祝福「早生貴子」、新婚夫婦吃「子孫餃子」等，無不是這種古老習俗之遺跡。先民樸質而實際的婚姻觀念——多生健壯的子孫後代，決定了古代男子的審美觀點與擇偶標準：女子以高大為美，新娘高大強壯，方能生育力旺盛，子女才健康強壯。故詩名《桃夭》，並以起興；《衛風》有《碩人》，《陳風．澤陂》稱女友「碩大且卷」、「碩大且儼」，《小雅．車舝》稱新娘為「碩女」。而女至夫家，使家庭和睦，乃後人理念，不宜以今律古。

與《桃夭》、《螽斯》相類，《唐風．椒聊》：

椒聊之實，蕃衍盈升。彼其之子，碩大無朋。椒聊且，遠條且！

椒聊之實，蕃衍盈匊。彼其之子，碩大且篤。椒聊且，遠條且！

椒聊即花椒，花椒子多，故曰「蕃衍盈升」、「蕃衍盈匊」。亦用以於婚禮上祝福那「碩大無朋」、「碩大且篤」（篤，壯實）之新娘（彼其之子，等於說「那個姑娘」），也生育眾多健康的子女。謂此詩讚美健壯男子，故不相宜；謂為讚美多子婦女，亦似未達一間。

以上意見，詳見相關諸篇及本書附錄二：《詩經》中祝福新娘多生子的喜歌。

又《周南．葛覃》：

葛之覃兮，施于中谷，維葉萋萋。黃鳥于飛，集于權木，其鳴喈喈。

葛之覃兮，施于中谷，維葉莫莫。是刈是濩，為絺為綌，服之無斁。

言告師氏，言告言歸。薄汙我私，薄澣我衣。害澣害否？歸寧父母。

朱熹集傳：「寧，安也。謂問安也。」朱熹集傳本於《左傳．莊公二十七年》「冬，杞伯姬來，歸寧也」晉杜預注：「寧，問父母安否。凡諸侯之女歸寧曰來。」今說《詩》者多依朱熹，謂為嫁女回娘家探問父母之詩，實誤：因《葛覃》之「歸寧」實非《左傳》之「歸寧」也。

毛序：「后妃在父母家，則志在於女功之事，躬儉節用，服澣濯之衣，尊敬師傅，則可以歸，安父母、化天下以婦道也。」鄭玄箋：「躬儉節用，由於師傅之教；而後言尊敬師傅者，欲見其性，亦自然可以歸，安父母，言嫁而得意，猶不忘孝。」「后妃」云云，姑不論。我們在「歸」後點斷，而沒有採用通行讀法，以為如此方為毛鄭本意。詩中「言告師氏，言告言歸」毛傳「婦人謂嫁曰歸」，與毛序中「歸」是一事，指女子出嫁，出嫁方能安父母、盡婦道。鄭玄箋亦然：「云葛者，婦人之所有事也。此因葛之性以興焉。興者，葛延蔓於谷中，喻女在父母之家，形體浸浸日長大也。葉萋萋然，喻其容色美盛。……黃鳥，搏黍也……喈喈，和聲之遠聞也。葛延蔓之時，則搏黍飛鳴，亦因以興焉。飛集叢木，興女有嫁於君子之道；和聲之遠聞，興女有才美之稱，達於遠方。」

可是詩之末句「歸寧父母」，毛傳卻釋為「父母在，則有時歸寧耳」，將此「歸」當作婦人回娘家。依此毛傳，詩結尾之意與序及上文之意不合，值得懷疑。宋李樗、黃櫄《毛詩集解》卷三即已言其失：

> 然序特言在父母家，而未嘗言既嫁而歸父母家也。(李)迂仲以為后妃歸寧之時，志猶在於女功之事如此。然《詩》「是刈是濩，為絺為綌」皆是實事，豈有后妃歸寧之時，而尚采葛以為絺綌乎？且序言「歸安父母」，而繼之以「化天下以婦道」，若以為既嫁而歸父母之家，則奚遽及此一句也？夫婦人謂嫁曰歸，方后妃在父母家之時，躬女子之職，行節儉之事，敬師傅之禮，故其歸文王也，可以安父母之心，而化天下以夫婦之道——此詩人推本論之也。

李樗、黃櫄之說極有見地：其釋「歸寧父母」為「歸文王也，可以安父母之心」，「歸文王」云云，可以不必；然其讀「歸寧父母」為「歸（出嫁），寧父母」，卻十分高明，因如此則既合毛序、鄭箋與「言告師氏，言告言歸」之毛傳「婦人謂嫁曰歸」，又合詩意：本詩通篇以嫁女之口氣，先以葛之覃喻女子已長成——「葛之覃兮，施于中谷，維葉萋萋」、「維葉莫莫」；繼既述己於母家勤為女工，又喻已至收穫之時，可以為人之婦矣——「是刈是濩，為絺為綌，服之無斁」；又烘托出嫁之氣氛——「黃鳥于飛，集于灌木，其鳴喈喈」；再述出嫁之準備工作——「言告師氏，言告言歸。薄汙我私，薄澣我衣」；末言出嫁之本旨——「歸，（以）寧父母」。

這樣解釋之所以合理，還有一重要證據，《說文・女部》：「妟，安也。從女從日。《詩》曰：『以妟父母。』」段玉裁注以為，此即是《葛覃》「歸寧父母」之異文。寧，安也。他認為，「歸」字這裡作「以」字為善，「謂可用以安父母之心」。他並舉《召南・草蟲》「未見君子，憂心沖沖」（《毛詩》作「忡忡」）鄭玄箋為證：「在塗而憂，憂不當君子，無以寧父母，故心衝衝然。」又引「曷浣曷否」（《毛詩》作「害澣害否」）二句箋云：「言常自潔清以事君子。」說正因為能事君子（丈夫），方能寧父母之心。兩首詩箋意互相補足。馬瑞辰《毛詩傳箋通釋》又申段說，引《草蟲》「我心則降」鄭箋：「始者憂於不當，今君子待己以禮，庶自此可以寧父母，故心下也。」《草蟲》鄭箋兩次說「寧父母」，即本於《葛覃》。

按，段玉裁、馬瑞辰所引《召南·草蟲》，亦嫁女抒情之詩（今人多以為「思婦詩」，本於戴震《詩經補注》所謂「感念君子行役之詩」，亦誤）：

> 喓喓草蟲，趯趯阜螽。未見君子，憂心忡忡。亦既見止，亦既覯止，我心則降。
>
> 陟彼南山，言采其蕨。未見君子，憂心惙惙。亦既見止，亦既覯止，我心則說。
>
> 陟彼南山，言采其薇。未見君子，我心傷悲。亦既見止，亦既覯止，我心則夷。

大意謂，我（嫁女）未見新郎時，心中憂慮不安，畏其鄙己。既已見之，既已同床（鄭玄箋：「既見，謂已同牢而食也。既覯，謂已昏也。」「始者憂於不當，今君子待己以禮，庶自此可以寧父母，故心下也。《易》曰：『男女覯精，萬物化生』」），我方放心而悅懌：可使父母安心矣。李樗、黃櫄釋「未見君子，憂心忡忡」，為「孔氏以謂婦人行嫁在塗，未見君子之時，父母憂之，恐其見棄，己亦恐不當君子，無以寧父母之意，故憂心忡忡然。亦既見君子，與之同牢而食，亦既遇君子，與之臥息於寢」，即此意。因為古時婚前男女多不得見面，全憑媒妁之言，故常有婚禮後新郎發現新娘醜陋而拒絕與其上床之事。新娘往往也在婚前「憂心忡忡」，怕新郎不中意，被打發回家，而讓父母傷心，鄭箋所謂「在塗而憂，憂不當君子，無以寧父母，故心衝衝然」。馬瑞辰謂「后妃出嫁而當於夫家，無遺父母之羞，斯謂之寧父母」。《左傳·莊公二十七年》及《邶風·泉水》序雖有「歸寧」之說，但不得與此詩為比。馬並說段玉裁以為毛傳「父母在，則有時歸寧耳」為後人所加：

> 以《說文》引《詩》「以晏父母」證之，經文原作「以寧父母」；後人因《序》文有「歸安父母」之語，遂改經為「歸寧父母」，又妄增傳文，不知《序》云「歸安父母」，特約舉經文「言告言歸，以寧父母」也。

筆者按，據明馮惟訥《古詩紀·古逸·歸耕操》「竭來歸耕歷山盤兮，以晏父母，我心博兮」（傳為曾子所作），說明「以晏父母」為古之常語，正許慎所引

《詩》之「以晏父母」。此則為《周南．葛覃》「害澣害否？歸寧父母」有可能原為「以晏父母」，或如段玉裁「以寧父母」之說提供了證據。但我們認為，按今毛詩「歸寧父母」，即可通，關鍵是「歸」為「出嫁」，讀為「歸，（以）寧父母」即可。

朱熹因誤信「歸寧父母」後人妄增之傳文「父母在，則有時歸寧耳」，遂誤讀「歸，寧父母」為「歸寧父母」，其《詩經集傳》亦將此句釋為「寧，安也，謂問安也」，遂將一首貴族女子出嫁詩講成貴婦人回娘家探親詩：「何者當浣而何者可以未浣乎？我將服之以歸寧於父母矣！」既誤解詩意，遂誤解毛序。於《詩序》卷上，朱熹批評如是：

> 此詩之序首尾皆是，但其所謂「在父母家」者一句為未安。蓋若謂未嫁之時，即詩中不應遽以「歸寧父母」為言；況未嫁之時，自當服勤女功，不足稱述，以為盛美。若謂歸寧之時，即詩中先言刈葛，而後言歸寧，亦不相合。且不常為之於平居之日，而暫為之於歸寧之時，亦豈所謂「庸行之謹」哉？序之淺拙大率此。

朱熹此說，貽誤後人不淺。其實「歸寧」本非一詞。《尚書．文侯之命》「其歸視爾師，寧爾邦」即其源；後乃連用，如《儀禮．覲禮》「天子辭於侯氏曰：『伯父無事，歸寧乃邦』」，《周南．葛覃》「害澣害否？歸寧父母」亦此類（唯「歸」乃嫁），皆「歸而使寧」之意，漸為一詞。「嫁女回娘家」，乃後來之事

又《芣苢》之詩旨，人以為乃婦女勞動之歌，此固不誤，然多未知其妙也。方玉潤《詩經原始》謂：

> 讀者試平心靜氣，涵詠此詩，恍聽田家婦女，三三五五，於平原繡野、風和日麗中，群歌互答，餘音嫋嫋，若遠若近，忽斷忽續，不知情之何以移，而神之何以曠，則此詩不必細繹而自得其妙焉。……今世南方婦女，登山採茶，結伴謳歌，猶有此遺風云。

方所描述之境界則生動矣，然而比採芣苡於「採茶」、「拾菜」，殊不知採芣苡之「採之、有之、掇之、捋之、袺之、襭之」，有何情趣，有何妙處，而婦女歌之津津有味，不倦如是乎？故清袁枚《隨園詩話》嘲曰：

> 三百篇之「采采芣苢，薄言采之」之類，均非後人所當效法。今人附會聖經，極力讚歎。章艧齋戲仿云：「點點蠟燭，薄言點之；剪剪蠟燭，薄言剪之。」聞者絕倒。

又或曰，點、剪蠟燭，固然乏味而非其所比，勞動則可興高采烈。並謂採芣苡是「鄉野的窮人」採其嫩葉以為食物。今按，勞動固可興高采烈，而如此簡單之勞動，且為「鄉野的窮人」採其嫩葉以糊口，何以興高采烈至此乎？愚謂袁枚之嘲固不可從，而採食之說亦為可疑也。

據毛傳：「芣苢，馬舄；馬舄，車前也，宜懷任焉。」孔穎達疏：「《釋草》文也。郭璞曰：『今車前草，大葉長穗，好生道邊，江東呼為蝦蟆衣。』陸璣疏云：『……今藥中車前子是也……可煮做茹，大滑，其子治婦人難產。』」則疏所謂「可煮做茹」者，乃車前之葉；而下文「薄言捋之」者，則只能是車前之籽。因車前草之葉緊貼地面而生，不可能捋下；車前子則如郭璞所說，「長穗」而可捋取其籽。且車前子成熟時，已為盛夏；其葉此時已老，不堪食用矣。又，「捋之」者，直取其籽，便於盛裝，稍減搬運之勞也；「掇之」者，乃取其穗，故尤須用袋類盛裝，或徑以衣襟兜盛，《詩》言「袺之、襭之」，固無足怪也。筆者四十年前曾於黑龍江省依安縣農村參加過此種勞動，故知其詳。

陸璣所說，治婦人難產，毛傳所謂「宜懷任（妊）焉」者，乃車前草之籽。四十年前北方農村供銷社尚於夏季車前子成熟時大量收購，以製中藥。此亦符合毛序「和平，則婦人樂有子矣」之說。則解此詩，當澄清者二：一則採芣苢者，乃取其籽；二則採之非為食用，乃為婦女助生之藥。如此理解，則少婦三五成群，心照不宣，人或問之，亦笑而不答，有「樂有子」之美好與甜蜜，而無采葛、采菽、采芑等謀生之沉重與無奈；有「宜懷任」之神秘感與期盼，而無「克禋克祀，以弗無子」之惶恐，故能樂此不疲、歌之不絕焉，方與方玉潤所描述之情趣與境界相合。余論至此，恨不能起方玉潤先生於九泉，而以此說質之：若不如此解之，此詩果真能「不必細繹而自得其妙」否？

泥古而盲從者，雖努力掙脫《毛序》之羈絆，然未能全然免俗，而沿毛序舊習，將愛情詩講成政治詩。如《衛風・芄蘭》：

> 芄蘭之支，童子佩觿。雖則佩觿，能不我知。容兮遂兮，垂帶悸兮！
>
> 芄蘭之葉，童子佩韘。雖則佩韘，能不我甲。容兮遂兮，垂帶悸兮！」

毛序以為刺衛惠公，鄭玄箋亦以為「惠公幼童即位，自謂有才能而驕慢於大臣，但習威儀，不知為政以禮」。但何以釋「能不我知、能不我甲（狎）」二句？甲（狎）義既為親近而不莊重，則大臣何為求君狎己？足見舊說之不通也。此明是一首情詩：女子很喜歡一位少年，其衣著佩飾像成年人，卻不懂女子的愛情，也不知與其親近；女子感到遺憾，便歌而戲之，後或即為女子挑逗意中人之詩。今或釋為「諷刺一位貴族青年」，仍似未脫舊說之窠臼耳。

又如《王風・君子陽陽》：

君子陽陽，左執簧，右招我由房，其樂只且！

君子陶陶，左執翿，右招我由敖，其樂只且！

毛序：「閔周也。君子遭亂，相招為祿仕，全身遠害而已。」與詩意全不相涉。釋者或謂「房」為「房中之樂」，「敖」為舞曲《驁夏》，且謂「君子」與「我」乃舞師與樂工歌舞。此皆似求之過深，反致齟齬。今按，「敖」與「房」對文，即「敖倉」之敖，字後作「廒」，穀倉也。《淮南子・說林》：「近敖倉者不為之多飯，臨江河者不為之多飲，期滿腹而已。」此乃妻子詠唱夫妻恩愛之歌：丈夫手持樂器、舞具，招呼妻子從房中、倉廒中出來與其歌舞，其樂陶陶。朱熹集傳：「此詩疑亦前篇婦人所作，蓋其夫既歸，不以行役為勞，而安於貧賤以自樂，其家人又識其意，而深歎美之。」雖然此詩不必即前篇（《君子于役》）婦人所作，但朱熹認為此詩唱夫妻相樂之事，則合乎詩意。今人泥於毛序、毛傳，則反遜於宋人矣。

又如《齊風・還》：

子之還兮，遭我乎峱之間兮。並驅從兩肩兮，揖我謂我儇兮。

子之茂兮，遭我乎峱之道兮。並驅從兩牡兮，揖我謂我好兮。

子之昌兮，遭我乎峱之陽兮。並驅從兩狼兮，揖我謂我臧兮。

鄭玄箋：「子也，我也，皆士大夫也，俱出田獵而相遭也。」今人遂謂此乃獵人相讚美之詩。實則此乃女子所唱情歌：該女子在峱山中見一英俊勇武獵人，正與同伴追逐野獸，匆忙中他向女子示愛問好。這給女子留下親切美好之回憶，便發而為歌。所以云然者，以稱讚「子」之「還」（xuán，敏捷貌）、「茂」（美好）、「昌」（佼好貌）皆讚美男子之辭（《鄭風・丰》：「子之昌兮，俟我乎堂兮」），而「儇」（嬛）、「好」、「臧」為讚美女子之辭。

未能精研而疏失者，如《小雅・隰桑》：

隰桑有阿，其葉有難。既見君子，其樂如何！

隰桑有阿，其葉有沃。既見君子，云何不樂！

隰桑有阿，其葉有幽。既見君子，德音孔膠。

心乎愛矣，遐不謂矣？中心藏之，何日忘之！

或以為此乃婦女思念丈夫之詩，實非：此乃女子愛戀情人之詩。何以知之？以其末章。丈夫與戀人，實有顯別：對丈夫可以公開示愛，對戀人則往往只能將愛情深藏於心，尤其在禮法森嚴之古代。然而此女子卻不堪壓抑愛情之痛苦，而公然質疑、挑戰愛而不敢言之畏葸，正是此詩之奇特動人處。

溺於時俗而曲解者，歷來之所謂階級鬥爭理論，所謂鄙視剝削階級之觀念，影響學者對詩旨之正確判斷。

如《召南・羔羊》有「退食自公」句，鄭玄箋：「退食，謂減膳也。自，從也；從於公，謂正直順於事也。」朱熹集傳：「退食，退朝而食於家也。自公，從公門而出也。」無論如何解釋，皆指官吏節儉奉公。毛序曰：「《羔羊》，……召南之國化文王之政，在位皆節儉正直，德如羔羊也。」而人輒釋「退食自公」為食於公而後退，以為諷刺統治階級官僚。愚以為《詩經》中諷刺官員之詩固不少，然不必謂政治詩必多諷刺官員。

又如《豳風・狼跋》：

狼跋其胡，載疐其尾。公孫碩膚，赤舄几几。

狼疐其尾，載跋其胡。公孫碩膚，德音不瑕。

毛序：「《狼跋》，美周公也。周公攝政，遠則四國流言，近則王不知。周大夫美其不失其聖也。」鄭玄箋無異議：「不失其聖者，聞流言不惑，王不知不怨。終立其志，成周之王功，致大平，復成王之位，又為之大師。終始無愆，聖德著焉。」從內容看，亦為讚美公孫。「碩膚」毛傳：「碩，大；膚，美也。」《大雅・文王》亦有「殷士膚敏」句。而近世及今人多以「狼非佳物」、貪狠成性、跋胡疐尾為窘醜之態云云，而謂為刺詩。胡不思二千年前之毛鄭二公均以為美，而二千年後之近人今人反以為醜，庸非以近人今人之心度古人之腹，而難免齟齬乎？

又如《檜風・隰有萇楚》：

隰有萇楚，猗儺其枝。夭之沃沃，樂子之無知！

隰有萇楚，猗儺其華。夭之沃沃，樂子之無家！

隰有萇楚，猗儺其實。夭之沃沃，樂子之無室！

毛序：「疾恣也。國人疾其君之淫恣，而思無情慾者也。」朱熹集傳：「政煩賦重，人不堪其苦，歎其不如草木之無知而無憂也。」於是後人多從毛序、朱熹，謂為沒落貴族悲觀厭世之詩。清方玉潤《詩經原始》發揮為：「此必檜破民逃，自公族子姓以及小民之有室有家者，莫不扶老攜幼，挈妻抱子，相與號泣路歧，故有家不如無家之好，有知不如無知之安也。而公族子姓之為室家累者則尤甚。」郭沫若《中國古代社會研究》亦謂：「這種極端的厭世思想在當時非貴族不能有，所以這詩也是破落貴族的大作。自己這樣有知識罣慮，倒不如無知的草木！自己這樣有妻兒牽連，倒不如無家無室的草木！作人的羨慕起草木的自由來，這懷疑厭世的程度真有點樣子了。」錢鍾書先生《管錐編·毛詩正義》：「此詩意謂：萇楚無心之物，遂能夭沃茂盛，而人則有身為患，有待為煩，形役神勞，唯憂用老，不能長保朱顏青鬢，故睹草木而生羨也。室家之累，於身最切，舉示以概憂生之嗟耳，豈可以『無知』局於俗語所謂『情竇未開』哉？竊謂元結《系樂府·壽翁興》：『借問多壽翁，何方自修育？唯云順所然，忘情學草木。』即詩意。而姜夔《長亭怨》『樹若有情時，不會得青青如許』，尤為的詁。」錢先生又舉多家詩文，證明此理。

今觀諸家之宏論，真有所謂「人心之不同，如人面焉」之歎！然歎惋之餘，不禁生疑：「是究是圖，亶其然乎？」依鄙見，此明是未婚女子所唱之情歌：她遇到一位風華正茂之少年，如隰中萇楚之繁盛壯美，有心嫁之，慶幸他尚無妻室。鄭玄箋：「知，匹也。疾君之恣，故於人年少沃沃之時，樂其無妃匹之意。」除「疾君之恣」為贅語外，餘皆中肯。上所引諸先賢之說雖高，寧無穿鑿附會之嫌乎？此詩與《周南·桃夭》筆法實頗相類：「隰有萇楚，猗儺其枝（華、實）。夭之沃沃」，即《桃夭》之「桃之夭夭，灼灼其華（有蕡其實、其葉蓁蓁）」也；「樂子之無知（家、室）」，即《桃夭》之「之子于歸，宜其室家（家室、家人）」也。所不同者，《桃夭》為嫁女之詩，婚禮所歌，故直言「之子于歸，宜其室家（家室、家人）」；而《隰有萇楚》為戀女之歌，故出言必柔婉隱晦，而但言「樂子之無知（家、室）」矣。鍾情於某人，而歡幸其人恰無配偶，豈非古今士女之常情乎？唱出古今癡男戀女之常情，此正《隰有萇楚》之高妙可貴，而諸家何求之過深，反棄鄭玄之灼見也？且諸君姑三復其詩，果有一絲半點之悲意乎？

又如《小雅·頍弁》，以其三章有「如彼雨雪，先集維霰。死喪無日，無幾相見。樂酒今夕，君子維宴」諸句，毛序遂謂此「諸公刺幽王也。暴戾無親，不能燕樂同姓、親睦九族，孤危將亡，故作是詩也」。「如彼雨雪，先集維霰」諸句，鄭玄箋：「喻幽王之不親九族，亦有漸，自微至甚，如先霰後大雪。……王政既衰，我無所依怙，死亡無有日數，能復幾何與王相見也？……刺幽王將喪亡，哀之也。」宋嚴粲《詩緝》：「末章言國亡無日，族人縱得見王，其能幾乎？當急與族人飲酒相樂於今夕，蓋王今維宜宴而已。言今夕，謂未保明日之存亡；言維宴，謂天下之事已無可為，惟須飲耳。其辭甚迫矣，所以警告於王者至剴切矣！族人之情迫切如此，豈真望王宴樂之哉？」又郝敬《毛詩原解》：「今夕何夕？死喪近矣。而君子惟怡然宴樂，長夜之飲不輟，來朝之事亦可知矣。如後世敵兵四合而帳中夜飲，亡國之慘，千古一轍。……長歌可以當泣，其《頍弁》之謂乎？」直說得悲戚慘烈，令人毛骨悚然。今人亦以為表現貴族之灰暗心理。然細繹之，則大謬不然：此與其他君王宴請族人之詩，如《小雅．伐木》、《大雅．行葦》等有何同異？「如彼雨雪，先集維霰」句，不過承前之「豈伊異人？兄弟甥舅」而言，以下雪前必先落霰，喻與人親近，請人宴飲，必以兄弟甥舅為先；與「幽王之不親九族，亦有漸」何干？或說霰雪下即消融，以喻周之必亡，則愈為無稽。至如「死喪無日，無幾相見」，亦古今人之常情：不過說人生苦短，聚少離多，及時行樂而已。如曹操《短歌行》所謂「人生幾何？對酒當歌。譬如朝露，去日苦多」，亦猶李白《春夜宴從弟桃花園序》「浮生若夢，為歡幾何」之意。今人朋友親族相聚飲宴，上年紀者尚每曰「見一回少一回」，以示珍視天倫之樂，即「死喪無日，無幾相見」之意。且「及時行樂」，豈必貴族之專利乎？

以上討論，多關涉諸篇詩旨。鄙書於諸篇題解探索之外，對三百五篇略為分類，詳見本書附錄一《詩旨分類》。

三、不明古制

如《邶風．泉水》，釋「孌彼諸姬，聊與之謀」，則謂諸姬為姬姓女子，衛女嫁於諸侯，以同姓之女陪嫁，古稱侄娣；而釋「女子有行，遠父母兄弟。問我諸姑，遂及伯姊」，則謂有告別之意。於理難通：父之姊妹，己之諸姑，早已先己而嫁，何可「告別」？

其實兩事一也：「孌彼諸姬，聊與之謀」是說衛女思歸之當時事：因思歸，故與同從衛國嫁來之諸女子相謀。姚繼恒通論：「諸侯娶妻，嫡長有以侄娣從者，此稱姑則為侄，稱姊則為娣也。是時宮中有為之姑者，有為之姊者，故欲歸寧不得，與之謀而問之也。」而「女子有行，遠父母兄弟。問我諸姑，遂及伯姊」，則是衛女回憶自己初嫁來時情況。古婚姻制度，通行對偶婚，即兩姓家族世代通婚，所謂「秦晉之好」之類。一國女子先後嫁往另一國，先嫁者自然是後嫁者的諸姑與伯姊；又有諸姑與伯姊出嫁時，其侄娣年尚幼，不能從嫁，故權且在本國長到成年再嫁去，叫做「待年」。如《左傳．隱公二年》：「冬十月，伯姬歸於紀。」鄭玄注：「伯姬，魯女。」又：「經七年春，王三月，叔姬歸於紀。」鄭玄注：「叔姬，伯姬之娣也。至是歸者，待年於父母國，不與嫡俱行。」後嫁者至所嫁國，必然向先己而嫁之諸長輩致意，即所謂「問我諸姑，遂及伯姊」也。

又如《豳風．七月》：「三之日于耜，四之日舉趾。」毛傳：「四之日，周四月也。民無不舉足而耕矣。」而釋者謂「舉足下田，開始春耕」。

按，耜初時非為犁，而是鍬類農具。《說文．木部》：「梠，臿也。從木㠯聲。一曰徙土輂，齊人語也。臣鉉等曰：今俗作耜。」故用時須舉趾：用腳踏耜以耕地，實即以鍤翻土起壟。故毛傳曰「舉足而耕」，非舉足下田也。

與此相關，《周頌．噫嘻》「十千維耦」，釋者謂：「耦，兩人並肩用犁耕地。」此難以想像，兩人如何「並肩用犁耕地」，因無可能。實則古耕作制度與今有別：兩人各用一把耒耜（類似鍬）並排掘地，並挖一甽（壟溝），即在其中播種。鄭玄箋：「耜廣五寸，二耜為耦。」《漢書．食貨志上》：「后稷始甽田，以二耜為耦，廣尺深尺曰甽，長終畝。一畮三甽，一夫三百甽，而播種於甽中。」

又《豳風．七月》：「同我婦子，饁彼南畝。」南畝，毛鄭皆不釋，說明是常用詞。而今人多不解。《漢語大辭典．十部》遂釋為「謂農田。南坡向陽，利於農作物生長，古人田土多向南開闢，故稱。」此說本不通：南坡固向陽，然耕地多在平野，平地又有何向陽與否之別？其實畝，本義即「壟」，南畝本指南北壟。凡耕種必先依地勢、水流等因素規劃田壟之走向，而其走向多不外二種，即南北壟與東西壟；南北壟簡稱南畝，東西壟簡稱東畝，舉南、東以概北、西耳。《小雅．信南山》：「我疆我理，南東其畝。」毛傳：「或南或東。」孔穎達疏：「分我天下土宜之理而隨事之便，使南東其畝。」東西曰衡，南北曰縱，故「南東其畝」又說成「衡從（縱）其畝」。《齊風．南山》：「蓺麻如之何？衡從其畝。」《左傳．成公二年》載齊晉鞍之戰，齊大敗，晉人講和條件有二，而其一是「使齊之封內盡東其畝」，即使齊國耕地全改為東西壟，以便晉國兵車入侵。齊使者賓媚人便說：「先王疆理天下，物土之宜而布其利，故《詩》曰：『我疆我理，南東其畝。』今吾子疆理諸侯，而曰『盡東其畝』而已，唯吾子戎車是利，無顧土宜，其無乃非先王之命也乎？」因「南畝」為較普遍，後因泛指田地。

又如《大雅・綿》：「迺疆迺理，迺宣迺畝。」宣，毛傳不釋，鄭玄箋：「時耕曰宣。」《公劉》：「既順迺宣。」

毛傳：「宣，徧也。」鄭玄箋：「使之時耕。」孔穎達乃調和二說：「時耕曰宣。宣，訓為徧也、發也，天時已至，令民徧發土地，故謂之宣。」後人多不從鄭而從毛，釋「宣」為「遍」。其實「宣」即《說文・走部》之「趄」(yuán)，釋為「趄田，易居也」。易，更換。這是古代按休耕需要而施行的一種土地分配制度。古代民受田，上田夫百畝，每歲一耕，無須換易；中田夫二百畝，隔歲一耕；下田夫三百畝，隔兩歲一耕。得中田與下田者，每年皆須易地而耕，田中廬舍亦須改易，故曰「易居」。又作「爰田」、「原田」或「轅田」(《左傳》中多有其事)。畝，起壟。鄭玄箋：「左右而處之，乃疆理其經界，乃時耕其田畝。」

又如《大雅・抑》：「相在爾室，尚不愧于屋漏。無曰『不顯，莫予云覯』。」毛傳：「西北隅謂之屋漏。」鄭玄箋：「屋，小帳也；漏，隱也。」孔穎達疏：「《爾雅》孫炎解『屋漏』云：『當室之白，日光所漏入。』」按，何謂屋漏，自鄭玄此箋始，釋者率不得其解。此為一樁未了公案，筆者有專文探討（見鄙著《訓詁散筆・穴居——囪、窗與中霤、屋漏》，2005），今略述之。

古人穴居，穴頂必有一孔，炊爨、取暖之煙氣從此孔泄出；後建陋室，亦必於屋頂設囪（初為孔穴，即「黑」字上部之囪形，後稱天窗）以冒煙兼透光。下雨時囪（窗）則漏水，故稱其為「屋漏」。古人把屋簷滴水叫霤，而囪（窗）正開在窟室正中屋頂，所以又叫中霤。因古代室中央屋頂上有中霤，人們便把屋室中央也叫中霤、屋漏（即使後來室中央屋頂上之中霤已不復存在）——杜甫《茅屋為秋風所破歌》「床頭屋漏無干處」，即說茅屋中床頭處與室中央遍無干處，略舉兩處以概全室，亦用「屋漏」古義。否則，僅床頭因屋頂漏而無干處，移床即可，何至「長夜沾濕何由徹」乎！而中霤遂成為上古君王、諸侯所祭祀的堂室之神。《爾雅・釋宮》：「西北隅謂之屋漏。」是因古代房屋面南，戶東牖西，室西北角為屋室深處，正相當於穴居時中霤也即屋漏處。《大雅・抑》鄭玄箋：「尚無肅敬之心，不慚愧于屋漏。有神見人之為也。女無謂『是幽昧不明，無見我者』，神見女矣！」即此屋漏之神，也即中霤之神。高亨《詩經今注》謂「屋中之鬼名㠲」，當即此神之正名矣！後有成語「不愧屋漏」，解為不欺暗室之意，其實本義是不愧對屋漏也即中霤之神。謂「屋漏者，當室之白，日光所漏入」者，實不知屋漏在何處，漏者為何物。而鄭玄於《禮記・中庸》引《大雅・抑》「相在爾室，尚不愧于屋漏」，卻正確注為「室西北隅謂之屋漏」。此注是而彼箋非，亦因著箋於前而作注於後乎？

又如《衛風・伯兮》：「焉得諼草，言樹之背。」釋者往往但謂「諼草，又名萱草。古人以為此草可以使人忘憂」，而不言其使何人忘憂、何以使人忘憂、忘記何憂。諼草，本名萱草，又稱鹿蔥、宜男、金針花。古人以為孕婦佩戴此草，可以生男，故稱宜男草、宜男花。《齊民要術・鹿蔥》引晉周處《風土記》：「宜男，草也，高六尺，花如蓮。懷姙人帶佩，必生男。」明王志堅《表異錄・植物一》：「令草，宜男花也。」古代已婚婦女以不能生子為憂患（古人逐婦有「七出」之說，其一便是「無子者」），佩之既可生男，便可以使人忘憂。而「諼」，忘記，與「萱」音同，因亦稱萱草為忘憂草、諼草。已婚女子常栽種於居室之前，故後稱母親為「萱堂」，本此。

又如《魯頌・閟宮》：「秋而載嘗，夏而楅衡。」鄭玄箋：「秋將嘗祭，於夏則養牲，楅衡其牛角，為其觸抵人也。」鄭玄在此前注《周禮・封人》「凡祭，飾其牛牲，設其楅衡，置其絼，共其水槀」時，注為：「飾謂刷治潔清之也。鄭司農云：『楅衡所以楅持牛也。』……杜子春云：『楅衡所以持牛，令不得牴觸人。』……水槀，給殺時洗薦牲也。」鄭司農（鄭眾）並沒有說「楅衡所以楅持牛」的目的，杜子春才點出：「楅衡所以持牛，令不得牴觸人。」看來，鄭玄是受了杜子春注的影響，才在箋《魯頌・閟宮》時也說「楅衡其牛角，為其觸抵人也」。這就是第一種意見：楅衡是置於牛角上之木，以免其觸抵人。第二種意見，《說文・木部》：「楅，以木有所逼束也。……《詩》曰：『夏而楅衡。』」又「衡，牛觸，橫大木其角。從角、從大，行聲。《詩》曰：『設其楅衡。』」段玉裁注：「是闌閑之謂之衡。」即牛欄。

今觀《周禮・封人》文：「飾其牛牲，設其楅衡，置其絼，共其水槀」，是祭祀當時事，或者說諸事皆為祭祀。這樣，則楅衡不可能為闌閑，也不大可能為防觸抵人——因防觸抵人並非祭祀本身之事。故本書取明季本《詩說解頤》「楅衡止觸，恐壞其角也」之說。因平時牛角即易因牴觸而損壞；至於祭祀殺牲之時，牛或掙扎牴觸，尤易損壞其角：此牲則不完整而非牷牲，而不得用於祭祀。《左傳·成公七年》就有「鼷鼠食郊牛角，改卜牛，鼷鼠又食其角，乃免牛」之記載。故「秋而載嘗，夏而楅衡」，明朱善《詩解頤》釋為「言其事之豫也」，即嚴謹者提前預備防止牛角損壞，亦為合理。

四、詞語誤釋

多因沿襲舊注而誤。

介，讀為「丐」，有一對相反的意義：祈求，給予。在《詩經》中，凡說「以介」，「介」皆「祈求」義：

> 《豳風·七月》:「為此春酒，以介眉壽。」
>
> 《小雅·楚茨》:「以妥以侑，以介景福。」
>
> 《甫田》:「以介我稷黍，以穀我士女。」
>
> 《大田》:「以享以祀，以介景福。」
>
> 《大雅·旱麓》:「以享以祀，以介景福。」
>
> 《行葦》:「壽考維祺，以介景福。」
>
> 《周頌·潛》:「以享以祀，以介景福。」
>
> 《載見》:「以孝以享，以介眉壽。」

如同「以祈」一樣：

> 《小雅·甫田》:「以御田祖，以祈甘雨。」
>
> 《賓之初筵》:「發彼有的，以祈爾爵。」
>
> 《大雅·行葦》:「酌以大斗，以祈黃耇。」

而凡說「介以」，「介」皆「給予」義：

> 《周頌·雝》:「綏我眉壽，介以繁祉。」按，庾信《配帝舞》「介以福祉，君子萬年」即模仿《周頌·雝》句，清吳兆宜注:「《詩》:『君子萬年，介爾景福。』」

如同「綏以」(綏通「遺」，贈與)、「報以」一樣：

《周頌・載見》:「綏以多福，俾緝熙于純嘏。」

《小雅・楚茨》:「報以介福，萬壽攸酢。」

凡說「介爾」,「介」亦「給予」義：

《小雅・小明》:「神之聽之，介爾景福。」

《大雅・既醉》:「君子萬年，介爾景福。」「君子萬年，介爾昭明。」

如同「卜爾」、「錫爾」、「釐爾」(釐，通「賚」，賞賜）一樣：

《小雅・天保》:「君曰卜爾，萬壽無疆。」

《小雅・楚茨》:「卜爾百福，如幾如式。」「永錫爾極，時萬時億。」

《小雅・賓之初筵》:「錫爾純嘏，子孫其湛。」

《大雅・既醉》:「孝子不匱，永錫爾類。」「其僕維何？釐爾女士。」

《江漢》:「釐爾圭瓚，秬鬯一卣。」

以上兩類「介」(皆讀如「丐」)，我們分為「以介」類（介，祈求）與「介以」、「介爾」類（介，給予)。而兩類「介」毛傳皆不釋，說明毛傳認為這是當時的常用詞、常見義，不必釋義。而鄭玄箋幾乎全釋為「助」——一例除外，即《周頌・雝》:「綏我眉壽，介以繁祉。」他釋「介以繁祉」為「多與福祿」，釋「介」為「與」，僅此釋與我們的意見相同。這說明，鄭玄箋也意識到兩類「介」有所不同（雖然兩「介爾」，他仍釋為「助」)。而今之注本，或混同兩類，皆訓為「助」；或同一「以介景福」句，不同篇章，「介」或訓為「助佑」，或訓為「祈求」，形成混亂與內部矛盾。

「介」(讀如「丐」) 既有「祈求」義，又有「給予」義，訓詁學稱之為「相反為義」，屬一事兩面現象。他例如：「受」既是接受又是授予，「沽、賈（gǔ)」既是買又是賣，「乞」既是乞討又是給予，「賦」既為收取又為分發，「貢」（贛）既為獻納又為賜予，等等。

但「相反為義」情況雖複雜，而有規律可循，不可濫用。如《衛風・伯兮》:「願言思伯，甘心首疾。」「甘心」按常解講作「甘願、情願」完全可通：思念丈夫，哪怕想到頭疼也心甘情願。而釋者以馬瑞辰通釋「苓為甘草，而《爾雅》名為大苦，則甘者為苦矣」為證，謂「甘」即「苦」，「甘心」講成「苦心」或「痛心」，「甘心首疾」即「痛心疾首」，其實二者並無關涉。至如《爾雅．釋草》「蘦，大苦也」郭璞注「今甘草也」，乃郭璞誤注，宋沈括《夢溪筆談．藥議》已辨：「此乃黃藥也，其味極苦，謂之大苦，非甘草也。」

同一詞語在《詩經》中出現多次，其意義必相同，個別情況例外。

如「是皇」，除《豳風．破斧》「周公東征，四國是皇」毛傳釋為「皇，匡也」外，尚有三例：

《小雅．楚茨》：「祝祭于祊，祀事孔明。先祖是皇，神保是饗。」毛傳：「皇，大。」鄭玄箋：「皇，暀也。……精氣歸暀之。」

《信南山》：「祀事孔明，先祖是皇。」鄭玄箋：「皇之言暀也。先祖之靈歸暀是孝孫。」

《周頌．執敬》：「不顯成康，上帝是皇。」毛傳：「皇，美也。」鄭玄箋：「天以是故美之。」

觀《楚茨》與《信南山》句，因「祀事孔明」，故「先祖是皇」，「皇」仍為「讚美，嘉許」之意。且就祭祀者「孝孫」說，先祖之神宜說「來」，而不宜說「往」（如《商頌．烈祖》：「來假來饗，降福無疆」）。加以《周頌．執敬》句「上帝是皇」，故本書一律依毛傳釋「皇」為「讚美，嘉許」。

又如「是若」，《詩經》中出現四次：

《小雅．大田》：「既庭且碩，曾孫是若。」

《大雅．烝民》：「天子是若，明命使賦。」

《魯頌．閟宮》：「莫敢不諾，魯侯是若。」「孔曼且碩，萬民是若。」

語境基本相似，《大雅．烝民》又有「邦國若否，唯仲山甫明之」，鄭玄箋釋「若否」為「猶臧否，謂善惡也」，故本書兼據《爾雅．釋詁》「若，善也」，「若」一律釋為「善」，「是若」即「愛此，對此稱善」。

《召南．甘棠》：「蔽芾甘棠，勿翦勿伐，召伯所茇。」毛傳：「茇，草舍也。」人多理解為「作草舍休息」，而未細究孔穎達疏：「『茇，草舍者』，《周禮》『仲夏，教茇舍』注云：『舍，草止也。軍有草止之法。』然則茇者草也，草中止舍，故云茇舍。」則毛傳所謂「草舍」，「舍」乃動詞，「草」乃名詞作狀語，所以孔疏釋為「草中止舍」，也即「在草地上露宿」。鄭玄箋：「召伯聽男女之訟，不重煩勞百姓，止舍小棠之下而聽斷焉。」「小棠之下」，非草地而何！若「在甘棠下作草舍休息」，豈不更「重煩勞百姓」？尚不如另覓一現成房舍焉。且「在甘棠下作草舍」，召公離去，則甘棠下必遺留一草舍焉，百姓有何可歌頌者？又何必歌詠甘棠？住房舍曰废，草上行曰跋，草地露宿曰茇，字通作拔。《左傳．僖公十五年》載晉惠公被秦軍俘去，「晉大夫反首拔舍從之」，杜預注：「拔，草舍止。」此一事，未見今人有的當之解。

誤虛為實，亦為大事。僅舉一例，如「思」，《詩》中多用為語助詞或詞頭，無義。如《魯頌．駉》各章結尾：

思無疆，思馬斯臧。

思無期，思馬斯才。

思無斁，思馬斯作。

思無邪，思馬斯徂。

四章凡八「思」字，無一為實字。而自鄭箋釋為「思想」義，解者率多沿循，求之過深，遂使詩旨朦朧不明。孔子評《詩》之「思無邪」，亦不過「引《詩》斷章」，不可為解「思」為「思想」之據。視此八「思」皆為虛字，方知此乃詩人面臨魯國郊野浩瀚之馬群，誇馬多且好，無疆、無期、無斁、無邪（讀為涯），不過皆說馬群無邊際，即《鄘風．定之方中》「騋牝三千」之意，亦可知《魯頌．閟宮》之「公車千乘」，良有以也。

又如《豳風．鴟鴞》，鴟鴞乃善織巢之小鳥鷦鷯，周公以被害者鷦鷯之口氣述意，故有「既取我子，無毀我室」乃至「迨天之未陰雨，徹彼桑土，綢繆牖戶」、「予手拮据，予所捋荼，予所蓄租，予口卒瘏，曰予未有室家」之言。解者多忽略毛傳、鄭箋、陸璣疏而以鴟鴞為貓頭鷹類惡鳥，遂使詩旨不明。

五、不明句意

如《鄘風．相鼠》：

相鼠有皮，人而無儀！人而無儀，不死何為？

相鼠有齒，人而無止！人而無止，不死何俟？

相鼠有體，人而無禮，人而無禮！胡不遄死？

多有解「相鼠」為鼠名者。如馬瑞辰引陳第《相鼠解義》云：「相鼠似鼠，頗大，能人立。見人則立，舉其兩足，若拱揖然，故《詩》以起興。」又明陳耀文《天中記》:「《詩》『相鼠』，陸璣云:『河東有大鼠，人立，交前兩足於頭上，跳舞善鳴。』孫奕《示兒編》:『相，地名。』相州與河東相鄰。則知相州有此鼠，詩人蓋取譬焉。」謂相鼠一名禮鼠，韓昌黎《城南聯句》詩所云「禮鼠拱而立」也。其實謂「相鼠」知禮，並非《詩》義。因此詩僅說鼠「有皮，有齒，有體」，並未說其「有禮」。「相鼠有皮，人而無儀」兩句當為互文，即「相鼠與人皆有皮而無儀」，下二章同。《禮記・禮運》:「《詩》曰:『相鼠有體，人而無禮。人而無禮，胡不遄死。』」鄭玄注:「相，視也。遄，疾也。言鼠之有肢體，如人而無禮者矣。人之無禮，可憎賤如鼠，不如疾死之愈。」意為人而無禮者，亦如鼠之僅有肢體而無禮，故可憎賤，不如疾死之愈也。

又如《小雅・角弓》:「毋教猱升木，如塗塗附。」鄭玄箋:「毋，禁辭。猱之性善登木，若教使其為之必也。附，木桴也。塗之性善著，若以塗附，其著亦必也。以喻人之心皆有仁義，教之則進。」鄭釋「附，木桴也」則是，而釋句意則未愜當；孔疏沿之，遂迄多莫明其義。其實，如，即「或」;「塗塗附」即以泥塗抹木筏，與教猴子爬樹皆為愚蠢之徒勞無益之舉，此當為古諺語。詩人意為治民導民時不要做無益之蠢事：猴子天性善爬樹，木筏自然不怕漏水而能浮，以喻民有向善之本性；統治者若有善道，百姓自然會依隨:「君子有徽猷，小人與屬。」所謂「君子之德風，小人之德草，草上之風必偃」也。

又如《大雅・既醉》末四章為：

> 威儀孔時，君子有孝子。孝子不匱，永錫爾類。
>
> 其類維何？室家之壼。君子萬年，永錫祚胤。
>
> 其胤維何？天被爾祿。君子萬年，景命有僕。
>
> 其僕維何？釐爾女士。釐爾女士，從以孫子。

其中心意思是說君王會有永不匱絕的孝子，因天會賜你族類，子孫會眾多盛大：即「室家之壼」(鄭玄箋:「孝子之行非有竭極之時，長以與女之族類，謂廣之以教道天下也」)。《國語・周語下》:「壼也者，廣裕民人之謂也。」君王「廣裕民人」，當然只能生出無窮匱的皇子皇孫，即下文的「女士」(士女)與「孫子」(子孫)，也即「永錫祚胤」之「胤」，而非其他。而說者輒謂「室家之壼」、「女士」與「孫子」為奴隸及其子孫！是可駭怪者一也。究其原因，則望文生義，謂「景命有僕」之「僕」為僕人，而不顧毛傳鄭箋異口同聲，皆謂「僕」通「附」，《莊子・養生主》「適有蚉寅僕緣」可以為證；鄭玄箋且明謂「成王女既有萬年之壽，天之大命又附著於女，謂使為政教也。」使為政教，即使做天子。與有「僕人」何干之有？是可駭怪者二也。

又，《大雅・大明》「殷商之旅，其會如林」，自毛鄭以來，皆以為指商紂之軍隊。多半受《偽古文尚書・武成》「受率其旅，若林，會於牧野」之影響。其實，《大雅・大明》不必比附《武成》，《偽古文尚書・武成》倒有可能誤解《大雅・大明》而仿其辭（屈萬里《尚書釋義》即謂《武成》此句改易《詩・大雅・大明》之文）。因為若「殷商之旅，其會如林」指紂師，則「矢于牧野，維予侯興」無所承接。「殷商之旅」實指周武王赴商郊伐紂之軍隊。此種說法，如《左傳・成公十三年》「殽之師」、「輔氏之聚」，與《商頌・殷武》「裒荊之旅」不同；當如宋范處義《詩補傳》所謂「故牧野之師，上下無復疑貳，無復虞度」及宋林之奇《尚書全解・牧誓》「武王不可不應天順人，以恭行天之罰於紂，而興此牧野之師也」，「殷商之旅」即「牧野之師」。與下文「矢于牧野，維予侯興」及「牧野洋洋，檀車煌煌，駟騵彭彭」，皆從己方言之。即使在多數人以為「殷商之旅」指紂師的情況下，仍有人認為指武王之師，且證據確鑿，如清李光地《榕村語錄》：「如《大武》之舞，始而北出一人，總干而山立，人莫知為誰也。歌者則歌『殷商之旅，其會如林，矢于牧野，維予侯興。上帝臨汝，無貳爾心』人知為武王矣。再成而滅商，一人發揚蹈厲，人莫知為誰也。歌者則歌『牧野洋洋，檀車煌煌。維師尚父，時維鷹揚。涼彼武王，變伐大商。會朝清明。』人知為太公矣。」「總干而山立」，即表現武王「殷商之旅，其會如林」之狀，接續下文，故「人知為武王矣」。《史記・周本紀》「十一年十二月戊午，師畢渡盟津，諸侯咸會。……諸侯兵會者車四千乘，陳師牧野」，此即「其會如林」。季旭昇《詩經古義新證》載戰國中山國器《胤嗣□蛮壺銘》，記中山國軍打敗燕軍之事，其文有「維朕先王，茅搜田獵，於彼新土，其會如林，馭右合同，四牡汸汸，以取鮮槁」，《宋書・武三王傳》「陛下忠孝自天，赫然電發，投袂泣血，四海順軌，是以諸侯云赴，數均八百；義奮之旅，其會如林」，《通志・孫楚列傳》「爾乃王輿整駕，六戎徐征，羽校燭日，旌旗星流，龍游耀路，歌吹盈耳。士卒奔邁，其會如林」，元貢師泰《玩齋集・江浙等處行中書省平章政事慶通公功德之碑》「是則王師大舉，其會如林」，「其會如林」皆從己方言之。此千古疑案，當予澄清。

六、通假、古今字失注或誤注

通假字應指出本字，古字亦應列其今字，而諸本略有不足，本書則勉力為之。

通假字，如《周頌・維天之命》：「於乎不顯，文王之德之純！」毛傳：「純，大。」純，諸本或注為「純粹」，或注為「純正」。本書則依俞樾說注為：通「奄」（chún），大。《說文・大部》：「奄，大也。」

又如《小雅・斯干》：「秩秩斯干。」毛傳：「秩秩，流行也。」「干，澗也。」諸本皆不注音。本書明確注為：秩秩，讀為「泆泆」（yìyì），水流蕩貌。《說文・水部》「泆，水所蕩泆也。」干（jiàn），通「澗」。陸德明音義：「澗音諫。」

又《大雅・抑》：「匪面命之，言提其耳。」鄭玄箋：「我非但對面語之，親提撕其耳。」後遂有成語「耳提面命」，並依鄭解之。然臣提撕王之耳，顯然不合情理。提耳，當讀作「抵耳」，謂附耳告訴也。

古今字，如《魏風・伐檀》：「坎坎伐檀兮，寘之河之干兮。」毛傳：「干，厓也。」干，諸本皆不注音。本書則明確注為：干（àn），與「厈」皆為「岸」之古字。

又如《小雅・信南山》：「報以介福。」孔穎達疏：「報以大大之福。」諸本皆注「介福」為「大福」。本書則依俞樾說明確注為：介，「夰」（gài）的古字。《說文・大部》：「夰，大也。從大介聲，讀若蓋。古拜切。」《方言》卷一：「夰，大也。……東齊海岱之間曰夰。」

又如皆注《魏風・葛屨》「糾糾葛屨，可以履霜」之「可」當讀為「何」，而不注《魏風・衡門》首章之兩「可」亦讀為「何」：

> 衡門之下，可以棲遲？泌之洋洋，可以樂飢？
>
> 豈其食魚，必河之魴？豈其取妻，必齊之姜？
>
> 豈其食魚，必河之鯉？豈其取妻，必宋之子？

這本是人與隱者對答之歌。第一章是人問隱者：「這麼簡陋的屋子，怎麼能住？泉水洋洋，怎麼充飢？」第二、三章是隱者答：「難道吃魚非得黃河裏的魴、鯉？難道娶妻非得大國貴族之女？」回答巧妙而得體，表現了隱者的曠達、樂觀與自信。若首章之兩「可」不讀為「何」，則非但「泌之洋洋，可以樂飢」句不通，一章與二三章無法連接，且全詩頓宕之靈氣亦失矣。

又如《小雅・苕之華》，諸本皆如此標點：

> 苕之華，芸其黃矣。心之憂矣，維其傷矣！

苕之華，其葉青青。知我如此，不如無生！

牂羊墳首，三星在罶。人可以食，鮮可以飽。

其三章兩「可」亦必當讀為「何」，讀為：「人何以食？鮮何以飽？」否則語不可通，且與一二章之悲憤語氣不合。「可」之此類用法上古極為普遍，如承培元《廣說文答問疏證》引《石鼓文》：「其魚隹可？隹鱮隹鯉。可以橐之？隹楊及柳。」甚乃唐詩中猶有孑遺，如李商隱之《錦瑟》「此情可待成追憶」句，若「可」不讀為「何」，亦不得要領矣。

七、斷句或標點未當

如《小雅．正月》七章，歷來如此標點：

瞻彼阪田，有菀其特。天之抓我，如不我克。彼求我則，如不我得。執我仇仇，亦不我力。

舊讀「彼求我則，如不我得」。則，宋朱熹《詩集傳》始以「法則」釋之。但鄭玄箋釋「彼求我則」句為「王之始徵求我」，又不釋「則」字，於是清馬瑞辰通釋謂「則」字為句末語助詞。皆誤。此「則」當為表對舉關係之連詞，用以關聯王之「求我」與「執我」兩種情況下的不同態度：欲用我時唯恐不得，而用我時卻不重用。此種「則」字當然不便譯出，故鄭玄箋但釋句意：「王之始徵求我，如恐不得我。」《禮記．緇衣》引此詩，鄭玄注為：「言君始求我，如恐不得我；既得我，持我仇仇然不堅固，亦不力用我，是不親信我也。《君陳》曰：『未見聖，若已弗克見；既見聖，亦不克由聖。」類似之例，如《小雅．何人斯》：「為鬼為蜮，則不可得；有靦面目，視人罔極。」此事，拙著《訓詁學說略》(2003)第五章《餘論》已及之，後知俞樾平議已謂當以「彼求我」三字為句。

又如《周頌．小毖》「予其懲而毖後患」，鄭玄箋：「懲，艾也。……我其創艾於往時矣，畏慎後復有禍難。」是把「懲」解為「鑒戒」，詩意則為「成王懲戒往日之事，自此欲戒慎幾微之事」(宋李樗黃櫄集解)。而段玉裁《毛詩故訓傳定本》說：「疏於『而』字絕句，各本皆云《小毖》一章八句。」讀為「予其懲而，毖後患」，懲，懲罰。而，你們，指叛亂者武庚與管叔、蔡叔。這樣，此詩就是周公於平定武庚與管蔡叛亂之前，警告叛亂者之詩。他表明將嚴懲叛亂者，是為使人勿蹈覆轍。斷句一變，詞義、詩旨皆變，是可注意者。詳該詩條下。

《豳風・東山》首章：「制彼裳衣，勿士行枚。」（按，當作「勿士銜枚」）鄭玄謂「勿猶無也。女制彼裳衣而來，初無行陳銜枚之事，言前定也。《春秋傳》曰：『善用兵者不陳。』」孔穎達疏：「汝雖制彼兵服裳衣而來，得無事而歸；久勞在軍，無事於行陳銜枚。言敵皆前定，未嘗銜枚與戰也。」意為軍帥指揮得當，成竹在胸，未嘗行軍作戰。但此與事實不符：既未作戰，何以三年「慆慆不歸」？且另一首東征詩《破斧》，即說戰事慘烈：「既破我斧，又缺我斨。」生還者皆慶幸保命而歸：感歎「哀我人斯，亦孔之將」。又有釋「制」為雨衣者，亦難以說明何以「勿士行枚」。馬瑞辰通釋謂制其歸途所服之衣，非謂兵服；勿士行枚，喜今之不事戰陣。此亦不合情理：未有旋軍前即制便服者；且首章全述征戰辛苦，尚未言及回家之事，下文即說戰地野宿：「蜎蜎者蠋，烝在桑野。敦彼獨宿，亦在車下。」反覆思之，此句實當讀為問句，方為允愜：我既已制彼軍服矣，能無從事銜枚征戰乎？言情勢所拘、身不由己也。事實上，《詩》中某些帶否定詞之句本當讀為問句，如《小雅・小弁》「不屬于毛，不罹於裏」（鄭玄箋：「今我獨不得父皮膚之氣乎？獨不處母之胞胎乎？」）《大雅・板》「民之方殿屎，則莫我敢葵」，義方允愜。

八、出土文獻及古文字研究成果未及採納

由於許多《詩經》研究著作早出，未及利用最新出土文獻，因此頗多誤解。本書則盡力採納最新出土文獻及新的研究成果，因此對沿襲多年之誤解多有諟正。在第一條「歷史偏見」中，我們用《上海博物館藏戰國楚竹書》（一，2001）著錄之《孔子詩論》證明，「孔子刪《詩》」說之不可靠。又《王風・揚之水》「彼其之子，不與我戍申」等句，「彼其之子」朱熹集傳以為指戍人室家，而今人或有以為指「統治階級」。《孔子詩論》第十七簡：「《湯之水》，其愛婦悡。」可證朱熹說是。

《召南・殷其靁》，「雷」歷來讀如字。《阜陽漢簡詩經研究》（胡平生）謂簡文作：「印其離，在南山之下。」印其離，當即「殷其離」，也即此「殷其靁」。則《殷其靁》乃哀痛別離之詩，與「雷聲」無關。

運用古文字研究成果考證《詩經》，成就較大者當屬季旭昇《詩經古義新證》，其書考證精詳，創獲頗多，如《豳風・七月》「九月授衣」，歷來釋為「將製衣之事交付婦女」，而季旭昇引《睡虎地秦墓竹簡・秦律十八種・金布律》，

謂是國家向役徒、府隸之毋妻者及城旦舂發售冬衣：「受衣者，夏衣以四月盡六月稟之，冬衣以九月盡十一月稟之，過時者勿稟。」周平王東遷後，秦受故周岐西之地，故可能秉承周之故俗。又，《金布》規定：「稟衣者，隸臣、府隸之毋妻者及城旦，冬人百一十錢，夏五十五錢；其小者冬七十七錢，夏卌四錢。舂冬人五十五錢，夏卌四錢；其小者冬卌四錢，夏三十三錢。」按，《周禮·天官冢宰·小宰》亦有向宮中官屬「以時頒其衣裘」（鄭玄注：「夏時班衣，冬時班裘」）之職，平民卻不在「受衣」之列，須自備寒衣。蓋農民知政府有此規定，見天方寒，隸臣、府隸之無妻者及城旦舂皆已售授冬衣矣，而己則「無衣無褐」，故有「何以卒歲」之歎。

又：「以介眉壽」，歷來多依毛傳解「眉壽」為「眉壽，豪眉也」，孔穎達疏：「人年老者必有豪眉秀出者。」季引魯實先說，「眉、麋」皆通「瓕」，為「滿、終」之義。古多作「麋壽」，即長壽。《魯頌·閟宮》「三壽作朋」，歷來多解「三壽」為上中下三壽。季引《者減鍾銘》「若召公壽，若參壽」，謂「三」即「參」，指參星。參星永恆，則「三壽」（參壽）為萬壽無疆。其說多新穎可喜，本書多所採納。

九、泥於「賦比興」之義而求之過深

賦比興為《詩》之重要表現手法，人所公認。然自毛鄭以來，偏好以賦為比興，則未免求之過深，反生枝蔓。如《大雅·卷阿》「有卷者阿，飄風自南」，亦只是賦，直陳其事而已；非必如毛鄭解為興，而釋卷者喻何人、飄風關何事。又興者，固多以義相關之韻句引起所詠之事者，如《周南·關雎》以「關關雎鳩，在河之洲」引起「窈窕淑女，君子好逑」，以「參差荇菜，左右流之」引起「窈窕淑女，寤寐求之」；又多有純以韻句引起所詠之事者，其義則了不相關，非必盡如鍾嶸《詩品序》所謂「文已盡而意有餘」也。如《召南·草蟲》二章「陟彼南山，言采其蕨」、三章「陟彼南山，言采其薇」，亦不過以以韻句引起「未見君子，憂心惙惙」與「未見君子，我心傷悲」句，非必謂嫁女臨行尚登南山而採其蕨薇或嫁女如采蕨薇也。又如《小雅·北山》首章「陟彼北山，言采其杞」，亦不過以韻句引起「偕偕士子，朝夕從事」句，而不必以為採杞與士子辛勞有何關涉也。且縱使義有關涉，亦不必拘於字面而斤斤計較。如《唐風·有杕之杜》：「有杕之杜，生于道左。」毛傳：「興也。道左之陽，人所宜休息也。」鄭玄箋：「道左，道東也。日之熱恒在日中之後，道東之杜，人所宜休息也。今人不休息者，以其特生，陰寡也。」唐牟光庭《兼明書》又謂：「日中之後，樹陰過東；杜生道左，陰更過東：人不可得休息也。」今按，三說皆迂：道右不必不宜休，特生不必陰寡，陰過東亦不必不可得休：此不過說道邊之杜，行人宜往依之休息，以興己歡迎君子之適我；何關乎道東道西、日中之後與日中之前乎？用「左」不過為以韻字引出「噬肯適我」之句；若必泥「左」字為訓，則下章「生于道周」又將作何解？凡此之類，本書略予點明，不詳分析，讀者心知其意可也。

此條寫出，方見南宋學者項安世《項氏家說》「詩中藉詞引起」條意見與予大同：「作詩者多用舊題而自述己意，如樂府家《飲馬長城窟》、《日出東南隅》之類，非真有取於馬與日也，特取其章句音節而為詩耳……《王國風》以『揚之水，不流束薪』賦戍申之勞，《鄭國風》以『揚之水，不流束薪』賦兄弟之鮮，作者本用此二句以為逐章之引；而說詩者乃欲即二句之文以釋戍役之情、見兄弟之義，不亦陋乎？」可謂一語中的。

本書贊同王力先生「詞頭詞尾」（王力《古代漢語》）之說，有感於《詩經》中詞頭詞尾之豐富而為覼縷之。見本書附錄三：《詩經》中的詞頭、詞尾。

本書重在釋義。若夫《毛詩》與三家之別，《毛詩》版本之異，苟非關文句訛舛、語義是非，則不予深究，免生枝蔓。

本書原無譯文，遵出版社編輯之命而加之，俾便讀者。譯文重信、達而不求華美，以今詩之華美與《詩經》原文之美本非一事，且懼增字解經而以辭害義，故直譯而已。

本書審稿期間，又得閱駱賓基《詩經新解與古史新論》與劉毓慶《詩義稽考》等書，於其見解多有吸納。

本書力求折衷眾說，揚長避短，實事求是，以為讀者提供一較為確當可靠之《詩經》注本。雖勉力而為，爬羅剔抉，摭拾諸家精華，兼以竹頭木屑之積、千慮一得之見，然限於學識才力，不敢謂其必是，且容有他誤。爰付梨棗，庶幾有益於學術，兼就正於學者方家。

《詩經新釋》，2017 年。本文刊於《古籍整理研究學刊》，2021 年 7 月，名為《四十年來〈詩經〉諸種譯注評議》

評任學禮的漢字謬說

當前，在漢字研究領域，有兩種荒謬理論甚囂塵上，危害甚大。一是蕭啟宏的「語《易》相通，字《易》相通」說，二是任學禮的「漢字生殖論」。

蕭啟宏之謬說，筆者已於《訓詁散筆》撰文批評之。筆者謂：究蕭啟宏謬誤之由，一曰語文基礎差，又未讀過文字學專門著作（包括《說文》系列的書）與其他重要的古代典籍（實際上他也無法讀懂這類著作），不具備從事科研工作的起碼修養；二曰缺乏科學精神，迷信神怪宗教及其他荒誕不經之說；三曰因無知而狂妄，不知文字學研究的歷史與成果，因而以個人淺陋之見為秘妙，蔑視傳統文字學理論與古今專家。而其系列劣書得以出版並受到一些人的推崇，乃因社會的教育及全民知識水平下降，而某些業外名人，不知就裏，為其大言所欺，輕為題字推薦，亦足以迷惑常人。似此種鄙俚劣書，在香港或臺灣，是絕不可能作為學術著作出版的。而其在大陸卻可招搖過市，今其人竟然在北大開設「漢字研究所」，以售其奸，則足以使大陸學界於海外貽笑大方，而深為大陸學界有識者之恥。

然北京蕭啟宏妄說漢字之妖氛方興而未艾，西京又有任學禮胡說文字之醜聞。

任學禮，陝西蒲城人，曾在陝西省委黨校任教。據說，其《漢字——中華民族生命繁衍的文化符號》書稿將創立漢字乃生命符號的新學派。據他說，任何文字都傳達一定的宇宙能量——精神能量或者物質能量，這是倉頡所造文字的秘密。他就是一個試圖讀懂倉頡所造文字的宇宙能量秘密的學者。他說：

漢字的原創性奧秘，至今未能破譯；依據恩格斯「兩個生產」，尤其人自身之生產（即「種的繁衍」）的理論，及《說文》「近取諸身，遠取諸物」之造字取象法，以生命、生殖崇拜為主旨：

1.《說文》謂「而」為頰毛（鬍鬚），不確。「而」之本義，乃女陰及陰毛。從「而」之字，需，上面的「雨」即腎、男陽；下面的「而」即女陰。也就是說，「需」即女子之性需求。

2. 然，上之「月犬」，左「勻」肉也，喻女；右「犬」喻男；下「灬」即火，乃人之腎火，慾火。故「然」之本義，乃男女交合的生命之火。

3. 了，乃男性生殖器下垂之形，乃人之外腎，亦兼指內腎；而腎為生命之本，亦為聰明之本。

4. 昜，當從日（太陽）、從丂（男陽）、從彡（示陰毛，即男子性成熟後所生之第二性徵）。

5. 肙，從口，女陰也；從肉（月），胎兒也。合起來就是胎兒從陰門中產生，即俗話說的「兒是娘身上掉下來的一塊肉」。

6. 美，羊大則美，其說不確。羊、陽音同而義通，羊即陽，羊大為美，當為陽大則美，陽大則身健，陰陽交合則快美。

7. 突，從「穴」，喻女陰；從犬，喻男子。會意為男女交合時，男陽的猝然勃起。「突」之為「滑」，乃陰陽交合之滑潤，此所以「突」有「滑」義。

8. 誇，神話「夸父追日」，何以名夸父？誇，從「大」下之「虧」，「大」為人，「虧」為男陽及陽氣之發洩，故「誇」謂陽大也。「父」者，成年已婚男子。故夸父，即陽大、精力強盛之大力士。

9.「小」之取象於腎精之微。

10. 貝，又喻女陰，古今皆未揭示。貝之音，《廣韻》為博蓋切，正是關中蒲城謂女陰之音義。今之民俗亦以「貝」為女陰的象徵，當淵源有自，由來已久。

11. 貴，從貝，即喻女陰。《說文》謂「貴，物不賤也」，任學禮認為不確。他說：貴，上面的「中」喻交合，中間的「一」喻男陽，下面的「貝」喻女陰，所以「貴」的本義當為男女交合而孕育生命，乃生命之貴，種貴。

不少漢字乃生殖崇拜之符號。

男陽符號：了、丂、丁、虧、且、奇、乍、巴、父、具、劵、艮、易（亦為太陽）、焦（三焦命門之火），等等；

女陰符號：厶、口、也、匕、玄，等等；

交合符號：知、叜、矣、可、音、者、旨、閆、吉、商、切、加、則、是、風、甚、甘、勾、中、工、咸、巫、日、四、合、喜、唐、色、此、同、貴、局、款、周、凡、號、食，等等；

生育符號：化、壬、臺、任、字、身、育、後、毓、包、孕，等等。

這還不夠！任先生「除研究 100 個字根及孳乳之字族外，在有生之年，還將完成 1000 個漢字字根、《說文》540 個部首，以及 3500 個常用漢字的說解」，就是說，他還要再「以生命崇拜及譬喻法而重新審視」4500 個字根與漢字！那麼，等到任學禮活到耄耋之年，幾乎全部漢字都將參與性與生育活動了！

任學禮判定字根與漢字為性符號，態度十分蠻橫而武斷，他一般不說理由，全憑自己的感覺與意願。

宣傳任學禮謬說的，是湖北省荊州市政協劉作忠（筆者按，又一個與文字學無關之人）的文章《向〈說文解字〉挑戰》。他將此文寄給了南師大中文教授余清逸；余先生為《漢語大詞典》主要編纂人之一（筆者按，《漢語大詞典》在「編輯委員會」主要負責人 172 人外，又列出主要編纂人員 322 人，余清逸名在其中）。他回信對任學禮大加讚揚，還說：「他（余清逸）曾在醫院向高壽 94 歲的徐復老先生簡介了任先生大作，他（徐復）很感興趣，可以寫序。」請注意其措辭：「可以寫序」！是徐先生手書？還是徐先生口授、余清逸記錄？亦或徐先生首肯、余清逸捉刀代筆？都沒有明白交待——反正任學禮居然通過余清逸拿到了徐復先生高度讚揚其書的序！

此有可疑者四焉：

徐老先生作為學者，於學術一生謹慎，如果他頭腦清醒，僅聽人「簡介」，就能輕易答應為不相識者的「著作」作序嗎？此可疑者一也。

據知情者為余云，當時徐復先生年事已高，頭腦亦不甚清醒（徐先生即於當年——2006 年——在醫院中去世）。九十四歲、臨終住院之人，可能寫出洋洋上千字的序嗎？此可疑者二也。

他（余清逸）是如何向徐復老先生「簡介任先生大作」的？「他（徐復）很感興趣」的，是任學禮的哪些觀點？就在四年前（2002 年），徐復先生還與弟子宋文民合著了《說文五百四十部首正解》（江蘇古籍出版社），以金文、甲骨文等古文字形科學闡釋傳統《說文》理論，有可能對與自己學術思想背道而馳的荒誕無稽之說「很感興趣」並寫序讚美其書嗎？此可疑者三也。

更不可思議的是，就在劉作忠所作任學禮訪問記《向〈說文解字〉挑戰》一文中，還引用了任學禮批評徐老先生的話：

> 最近，年過九秩之文字訓詁專家徐復先生出版了一本《說文五百四十部首正解》，嘉惠士林，但其觀點仍然陳舊，未能以生命崇拜及譬喻法而重新審視漢字，基本遵從《說文》。

人們不禁要問：此話說於向徐復先生求序之前還是之後？如其在前，任學禮竟敢向他公然批評「觀點仍然陳舊」的徐復先生求序，不怕人家鄙棄、否定自己嗎？如其在後，任學禮本無名小輩，其「文字理論」又鄙陋不堪，全憑騙取徐復先生之序方能蒙過懵懂無學之掌權者，他至於無恥到如此地步，甫得其肯定其書之序，便忘恩負義，反咬一口，謂其「觀點仍然陳舊」嗎？此可疑者四也。

結論只有一個：徐復先生「高度讚揚」其書之序真偽絕有可疑，而任學禮假手於余清逸炮製徐復先生之序則大有可能也。

任的「大著」既成、名人之序到手之後，據說陝西省政府視為珍寶，欲大力宣揚，並支持出版，而陝西學者則以為奇恥大辱。陝西師範大學文學院郭芹納、李紅霞撰文《「漢字生命符號」與漢字研究中的思維誤區》（刊於《社會科學評論》2007 年第 4 期）。筆者也寫了自己對任學禮的批評意見，西南大學文學院楊懷源博士將其登載於「東方語言學」網，今揭櫫於此：

> 陝西師範大學文學院郭芹納、李紅霞已撰文《漢字研究中的思維誤區——評任學禮「漢字生命符號」新說論集》，嚴厲批評任學禮之謬說，哈爾濱師範大學富金壁贊同郭芹納教授等批評任學禮之文章，又提出如下意見：

1. 徐復先生語言文字學著述甚豐，又與當代學者宋文民合作《說文五百四十部首正解》，闡發傳統語言文字理論，展示最新文字研究成果，與任學禮之荒誕謬說有如水火冰炭，毫不相容。如其真作序讚揚任學禮之荒誕謬說，則置平生所學於何地？是以知徐老作序之事必有可疑，而任某欺騙耄耋之行尤為下流可惡也。

至於稱讚任學禮的所謂「著名作家、詩人、學者、編審、記者」，皆非漢字研究專家。對漢字理論，他們是外行。按理說，應該沒有什麼發言權。如果他們對其不熟悉的漢字研究發了些什麼「宏論」，嚴肅的漢字研究者即使不對他們強不知以為知的不良學風及不負責任的言論加以批評，也一般不予理會。而任某人之流卻恰恰利用了這些不知輕重的人的頭銜與聲譽，來欺騙不懂文字理論的人。如果任某人無此居心，這樣「獨創性、首創性、開拓性的『全新』之作，前越古人而後啟來者」的文字理論，何不請北大、北師大、復旦中文系或者中國社科院古文字研究所文字學專家審定，而偏要找些與文字學不相干的什麼詩人、作家來吹捧作序呢？當然這是所有具投機心理之人的共同點、狡猾之處：他們心裏清楚，只有這些不知文字學的人才肯於為其作序。當然這也體現了他們的愚蠢：與文字學不相干的人替一本「文字學著作」作序，雖然易騙過一般的人，而業內人士是不屑一顧的。

2. 以顛覆《說文解字》體系為目的與口號，常常是某些偽科學「漢字理論」的特點，如北京的蕭啟宏《漢字通易經》等三本書即如此，而實為信口胡說。今任某人亦如此說，其狂妄無知則與蕭啟宏如出一轍。蕭啟宏把現代簡化漢字當做倉頡造的字來說義；無獨有偶，任某人亦據楷書說字義，且別出心裁，如「泉，乃白水二字組成，取意於精液色白而純也」、「需，上面的『雨』即腎、男陽；下面的『而』即女陰。也就是說，『需』即女子之性需求」之類。蕭啟宏參軍之後方學文化，自詡「善學毛著」；任某人學問比蕭啟宏也好不了多少：在他「知天命的時節」，他還不知《說文解字》對「公」字的解釋（當然我們並不主張照搬許書，但起碼應瞭解要點），課堂上，對學生提出的：公家的「公」是什麼意思這個問題，要靠「靈機一閃」，便答：「公字就是人的鼻子和眼睛的符號勾勒。」這種水平，卻敢於給學生上古漢語課！當然又都敢於顛覆《說文解字》了——「無知者無畏」，信哉斯言！

3. 依任某人之邏輯，「刀，乃喻男陽之挺直而銳也」，漢字中有「刀」之字不啻數百，皆「喻男陽之挺直而銳」乎？又說「登」為「陽上於陰（登者上也）」，漢字中與「登」義近者亦復不少，如上、乘、騎、攀、附、援、升、爬、臨等，皆為「陽上於陰」乎？「前」為「不動而前」（按，此為任某人胡謅，《說文》云：「不行而進謂之前」），與「陽入於陰」又有何相干？又說丨為陽物，「聿」為「手執陽」，漢字中有丨之字亦復不少，「聿」又憑什麼是「手執陽」？「手執陽」又為何妙義？又說「口示其陰器之部位」，漢字中有「口」者恐不啻數千，「口」是否皆「示其陰器之部位」呢？「品」有三口，「器」、「嚚」字中各有四「口」，任某人又作何解釋？「突之從穴，喻女陰；從犬，喻男子。會意為男女交合時，男陽的猝然勃起」、「美，羊即陽，羊大為美，當為陽大則美，陽大則身健，陰陽交合則快美」……他還「發現」了什麼「男陽、女陰、交合符號」——漢字幾乎無所不「性」，無所不「交」。任某人這些近乎偏執的胡思亂想，不僅稱不上什麼「漢字理論」，且有悖於一般人的正常思維，簡直有理由使人懷疑，他是否患了某種特殊形式的「性妄想症」。

4.「破譯漢字構形之原創性奧秘，開創漢字研究的新生面、新學派，以期『究天人之際，通古今之變，成一家之言』」，此類大話，我們在蕭啟宏《漢字通易經》等書中已領教過了：無司馬子長之才，而有司馬子長之志，是此類妄人之共同特點。眼高手低，志大才疏，而敢為大言，必無關乎「天人之際，古今之變」，而成滿紙荒唐污穢之言矣。任某人謂「性既為生命現象，而漢字乃生命之符號，就說明中國漢字的創造離不開性」，這種推理能成立嗎？「食色，性也」，食為更重要之生命現象，依任先生之邏輯，「中國漢字的創造」首先當離不開食呀！且如任先生之謬誤推理，以偏概全，謂凡漢字必與性有關，頗似魯迅先生筆下阿Q關於男女關係之思維：凡女人出門，必為勾引野男人；凡男女在一起說話走路，便必有勾當；凡尼姑必與和尚私通。又說明任某人必不知魯迅先生說過：一位英雄，他戰鬥，也性交，但不能據此就稱他為「性交專家」。任某人不知此理，妄以生殖崇拜為漢字研究的基本理論，今為激其猛醒，不妨斷喝一聲：如有人愚昧偏執，以任先生有兒女妻室，便堅稱任先生為「性交專家」，則任先生許之乎？任某人必定不會同意。而他自己卻在其「漢字研究的基本理論」中執此類荒唐之思辨方式，是亦「不知類」也已。

5. 任某人將其「漢字性理論」發揮到了極致：他竟以自己偏執放肆的性妄想，強加於中華民族的先人、廣大的參與造字的民眾頭上，真是典型的「強姦民意」！任某人之思維庸俗偏執，不自知陋，反將自己頭腦中的污泥濁水潑到我們的國粹——漢字身上，玷污其純潔之本質，則任某人乃不過一齷齪小丑，中華民族文化之罪人，可恨可惡可鄙之極也！我們當然不能違背事理邏輯與魯迅先生的教誨，堅稱任某人為「性交專家」，但任某人既然熱衷於在其「漢字研究的基本理論」中以「性交說」一以貫之，樂此不疲，則贈他一個「漢字研究中的性交理論專家」雅號，也就庶幾不冤枉任某人了。可以不客氣地說——既然任某人糟蹋起中華民族傳統文化來肆無忌憚、無所不用其極，作為中華民族傳統文化的敬仰者、熱愛者，我們對他這個文化敗類當然毫無客氣可言——以任某人之低級、庸俗、偏執到了病態之思維方式，不獨「研究」漢字理論會走上歧途，即使去「研究」他感興趣並比較「擅長」（相對於漢字理論「研究」來說）的性生理、性心理、性文化，我們也敢斷言，他一定也會走上歧途——因為從他的漢字「研究」中可以發現，他不但不具備基本的科學態度，甚至不具備合理、正常的思維方式。因此，我甚至於連用「研究」這個字眼來敘述任某人之作為都覺得可惜，直用「胡說」與「胡鬧」，也就對得起他了。

6. 謂任某人「有一種『不到黃河心不死』、『不信東風喚不回』的氣魄鼓動著他的心力」，而堅持如此荒誕有害之漢字「研究」，愚謂此乃病態，偏執狂也。虔誠的邪教徒比虛偽的傳教士更有害。唯其「虔誠」，則更頑固不化，更具欺騙性。任某如執迷不悟，必害人害己，終將遺臭萬年——「爾曹身與名俱滅，不廢江河萬古流」也！最後，我們願以與人為善之態度，向任某進一逆耳忠言：先生此書既未正式出版，何不考慮就此打住，懸崖勒馬，及時「抽身退步」呢？如此書不出，其禍小，不致太丟人現眼，任先生甚至可得從善如流、迷途知返之美名；如堅持出書，其禍大，任先生名則著矣，然必使國粹蒙垢，國人蒙羞，任先生僇侮中華文化之罪則不容誅矣。任先生說字義必譬以性，動輒說某漢字「喻男女之性器及其交合」，受其影響，我們也不妨效顰，打個與生殖有關的比方：比如一位高年孕婦，經 CT 檢查，腹中是個畸形怪胎，是打下來好還是生出來好？如此孕婦有中等以上智力，且頭腦清醒，周圍又有好人相勸，她的英明決斷，當然是流產，打下來好。但假如此孕婦智力低下，兼善妄想，周圍又多不知是何居心之人慫恿，說你高年初產，種種瑞兆，腹中奇胎必為聖人，「自周公卒後五百歲而有孔子，孔子卒後至於今五百歲」而有司馬遷，今聖人又累世不見矣，此胎兒必為周公、孔子、司馬遷一類人物，千載難逢，母以子貴，生出來則汝為聖母，打下去則時不再來，可惜可歎！致令此孕婦頭腦愈加膨脹亢奮，則生育畸形怪胎之悲劇必不可免矣！今以實揆之，任先生目前之心理狀態及處境，極類似於智力低下、兼善妄想、又受閒人慫恿而頭腦膨脹、自負不淺之第二種孕婦。故語言學者之好言相勸必難奏效，此正許多類似愚蠢悲劇發生之原因：利欲誘惑，名人光環，原本清醒者尚欲罷不能，況心理畸形、偏執自負如任某人者乎？然此亦無可奈何，正如仙家明知妖魔將出寶瓶，奈勢不可止何？只能待其出乃徐圖剿滅之耳。

事過三年，筆者不幸而言中了：《漢字字族生命符號新說》據云已出版！其謬說若流而傳之，則中國之後學何以知漢字？世界之欲習漢字者何以視我華？孟子曰：「賊仁者謂之賊，賊義者謂之殘，殘賊之人謂之一夫。」今任學禮正殘賊中華民族文化瑰寶之一夫，我文字學者正須振臂一呼，口誅筆伐，殲此醜類耳！

《哈爾濱師範大學社會科學學報》，2014 年 10 月，收入本書時略有修改

後記

我對任學禮的批評，登載於網上不久，一個操陝西口音的男子打通了我的電話，他鄭重宣布：「我是任學禮！」繼而質問：「你怎麼那麼無恥？」我答：「是你無恥還是我無恥？你把漢字糟蹋成那個樣子，全是性妄想，豈非無恥？你可以把你罵我的話，發在網上，讓大家評理，到底誰無恥。」他說：「我不會網！」我說：「你不會網，可以請那些恭維你的人幫你，他們會。」他只是破口大罵，我無奈在他一片「王八蛋」的叫罵聲中掛斷了電話。靜然思之，此人知識淺陋，生性偏執，「不會網」，而胡說起漢字的「性」，卻想像力豐富，不知羞恥、毫不拘謹，亦怪矣哉！

今在網上搜尋，竟得如下信息：

1. 任學禮《漢字生命符號新說論集》，陝西師範大學教育出版集團，2006 年 3 月。定價 45 元。
2. 任學禮《漢字生命符號》全八冊，廣西師大出版社，2016 年 10 月。定價 980 元。

嗚呼！此乃陝西師大、廣西師大、陝西學人乃至所有中國學人之奇恥大辱也！沉滓泛起，小丑得志，任學禮必遺臭萬年，此固不足道；而名牌大學出版社為如此淺陋無恥之輩捧臺，助紂為虐：學術之墮落，竟至於斯，則尤可悲可歎也！

我不免欲窺測任學禮其人之知識結構，便查看「中國知網」，不料大開眼界：任學禮獨著及與人合著之署名文章共 61 篇，而就其內容大致可分八類：

一、汽車技術類，12 篇（如《一種汽車用水溫傳感器》，中國專刊）；

二、政工消息、論文類，10 篇（如《李殿君帶隊赴四川推介北大荒》，北大荒日報）；

三、農業機械消息、報導類，9 篇（如《農機人員培訓》，周村年鑒）；

四、其他新聞報導類，8 篇（如《面向群眾，貼近生活》，新聞愛好者）；

五、其他工業技術類，7 篇（如《卡特 980 後橋修理裝置固定架》，中國專刊）；

六、紀檢消息類，6 篇（如《舉辦主題實踐活動》，北京教育年鑒）；

七、企業管理類，5 篇（如《淺議企業研究開發費用的會計處理》，商業經濟）；

八、文化、語言文字類，4 篇（詳列）：

1.《公、頌、谷、容四字本義新探》，玉溪師專學報，1987-10-28

2.《保衛漢字維護母語弘揚中華傳統文化》，理論導刊，2006-11-10

3.《弘揚中華源頭文化建設民族精神家園——略論陝西是中華文化之源》，理論導刊，2009-07-10

4.《漢字生命符號與中醫藥》，第十五屆中韓中醫藥學術研討會論文集

如果排除同姓名之可能，從任學禮所發表文章來看，其「研究」涉獵範圍極廣，與語言文字無關者：

工、農、政工、企管、會計、醫，幾無所不包（其科研水平如何，筆者淺陋，不敢置評，亦無必要），唯見其語言文字知識，相對來說最為薄弱，而竟然敢於、能夠以其充斥污言穢語之煌煌八冊巨著《漢字生命符號「向《說文解字》挑戰」！豈非咄咄怪事！殷浩書空，良有以也！余哀其無知，怒其無恥，懼其禍烈，故為斯文，非緣私怨，乃激於公義也。區區之心，君子察之。

古代小說網，2018 年 7 月 8 日

說李彌遜詩《春日即事》

2008 年夏，筆者最後一次參加黑龍江省語文高考評卷，任哈師大語文高考評卷點顧問兼作文題長。審察試卷，發現詩歌鑒賞題評卷標準答案有誤，遂提請負責此題的題長注意，並馬上查書研究，制定正確的參考答案。當時之所以沒有立即請示中央評卷領導機構，是因為擔心，若彙報上去，他們必然要召集專家研究，又可能會意見分歧，即使同意按我們的正確意見行事，也必延擱時日；而評卷工作已經正式開始，工作量大，刻不容緩。再說，事關全國數十省市，中央評卷領導機構能輕易地臨時否定成議，重新發令，讓幾十個省市改按我們的意見評卷嗎？那幾乎是不可能的。於是我力主「將在外，君命有所不受」，採取傳統的「便宜行事」的做法：按中央下發的評卷標準答案答卷的，給分；按我們認為正確的參考答案答卷的，也給分。這就保證了我省考生的公平待遇，且使數千名不按錯誤的標準答案答題的優秀考生沒有冤枉地丟分。評卷工作結束後，作文題副題長代表哈師大語文高考評卷點赴京參加評卷工作總結會，我吩咐他向中央高考出題組主管領導說明我們對此題的意見與做法，中央高考出題組主管領導承認，此詩歌鑒賞題評卷標準答案有誤，肯定了我們的意見與做法。於是筆者寫了《說李彌遜詩〈春日即事〉》一文，投給《語文建設》，未獲編輯青睞。而近查網上，2008 年語文高考 II 卷此題之所謂「標準答案」，仍赫然在目，無人說三道四。也就是說，仍在謬種流傳，誤人子弟。故筆者以為有必要舊事重提，以正視聽。

《春日即事》李彌遜

小雨絲絲欲網春，落花狼籍近黄昏。車塵不到張羅地，宿鳥聲中自掩門。

此為 2008 年語文高考II卷題，要求考生說出此詩表現了作者什麼樣的情緒。參考答案說，這首詩表現了作者一種政治上失意後寂寞的情緒以及對世態炎涼的感歎。實際上這是很膚淺的認識，是錯誤的看法。此詩正表現了詩人那坦然傲岸、與自然融而為一的閒適之情以及對官場生活與權勢的蔑視。

據《宋史・李彌遜列傳》，他做起居郎時，就曾因直言極諫而遭貶斥，出任外官。曾以私財組織武裝抗金，親臨戰陣，戰功卓著，兀朮為之戒懼。後重召為衛尉、少卿，曾諭樞密院編修官胡銓上疏求斬秦檜，於廷辯時力駁秦檜投降之議，早已將個人身家性命置之度外。對秦檜的利誘，亦表示寧可去職，絕不見利忘義。他怎能於落職後「失意」、「寂寞」？這是不可能的。《宋史》本傳說他歸隱連江西山後，「十餘年間不通時相書，不請磨勘（筆者注：等於說複審），不乞任子，不序封爵，以終其身。常憂國，無怨懟意。二十三年卒」。

「常憂國，無怨懟意」，而怡情山水，正是他免官隱居直至去世期間心態的真實寫照。即就本詩來說，「小雨絲絲欲網春」，一個「網」字就把詩人眷戀春光的心情描繪得淋漓盡致，詩人熱愛生活，欣賞春景，借雨絲「欲網春」，表達自己留住春天的情思，這是何等愉悅積極的心態！落花狼藉，亦非不美：狼藉，紛亂之意，即繽紛也。陶淵明《桃花源記》不正有「芳草鮮美，落英繽紛」之句嗎？「近黄昏」，也不必認為頹唐。每日皆有黄昏，唯看詩人心境如何了。「車塵不到張羅地」，正是詩人對世態炎涼的反諷，謂己已辭官，勢利之徒遠跡，這並非壞事：塵世之喧囂不至，正可清心怡志。劉禹錫《陋室銘》所謂「無絲竹之亂耳，無案牘之勞形」也。「宿鳥聲中自掩門」，正表現了詩人那坦然傲岸、與自然融而為一的閒適之情。而作者此時期之詩作，多體現他傲視當局、坦蕩磊落、山水自娛而又時時心繫國事的情懷。茲錄數首，以見詩人心境：

東崗晚步

飯飽東崗晚杖藜，石樑横渡綠秧畦。深行徑險從牛後，小立臺高出鳥棲。問舍誰人村遠近，喚船别浦水東西。自憐頭白江山裏，回首中原正鼓鼙。

和學士秋懷一十五首（之二、之八）

雨滋時物各欣榮，小立方塘看水生。無數遊魚隨去住，不容濠上有餘清。

身世浮雲任去留，老來於此更悠悠。卻因削跡風波地，耳底風雲得暫休。

春晚舟行三首（之三）

融融春日覺身閒，急水浮舟下石灣。此去知心唯杜宇，與君結伴老家山。

題大儒僚小閣

青鞋踏盡劍鋩山，借枕僧房落照間。高屋憑虛聽泉語，嶺雲應似我身閒。

石門寺前溪上有亭，余榜以「通幽」。陳丞有詩，次韻三首（之一）

欲將老眼飽煙雲，深處更有藤蘿捫。故人聲跡應自絕，不寄一行山巨源。

次韻王才元少師雜花五首之一（梅）

春風著物本無殊，姑射偏成玉雪膚。獨笑浮花媚凡目，水邊疏影不勝孤。

病中初見梅花馳送季申樞密並以二絕

老幹踈枝不耐冬，喜聞芳信擾青紅。應緣技癢爭春力，不待鉛華破曉風。

病眼逢花不忍窺，飛奴走送已嫌遲。定知著意憐纖瘦，不放春心落別枝。

題福州與春亭

使君同樂在新亭，吏退心田水樣清。恰似春風吹百卉，白紅無數不知名。

清人鄭方坤《全閩詩話》引《宋詩紀事》也說：

李彌遜……以爭和議，忤秦檜，乞歸田，隱連江西山。有《筠溪集》，樓大防序云：「公以力辟和議，歸隱西山，凡十六年，不復有仕宦意。詠詩自娛，筆力愈偉。」

「不復有仕宦意，詠詩自娛」的生活態度，從《春日即事》詩中即充分體現：那鄙視勢利、樂觀豁達、恬淡坦然的高尚情趣，盈溢於字裏行間。

講國學者三戒

摘　要

本文批評了近年來講國學者的三個有代表性的不良傾向：隨意發揮、以偏概全、輕狂妄言，指出了于丹講《論語》、李零評孔子、李敖講《詩經》的重要疏誤，並初步分析了他們犯錯誤的不同原因：或國學修養不足、不求甚解而敢於發揮，或雖有國學修養而故作驚人之語而失當，或國學修養不足、不求甚解而譁眾取寵——皆可為講國學者戒。

一戒隨意發揮——評于丹講《論語》「侍坐」章

于丹講《論語》，據說很受到聽眾的歡迎，又據說受到十個博士的嚴厲批評，說是要「解讀（毒）于丹」。她的講座我沒有聽，她的書和博士們的批評文章也沒有看，卻看到了 2007 年 4 月 4 日《中國青年報》上署名「冰點」的替于丹抱不平的文章——《誰動了我們的孔子》。其中載了于丹對《論語・先進》一段（俗稱「侍坐」章）的譯文，說是從沒見講得這麼好：這一段是孔子讓弟子子路、曾皙、冉有、公西華各言其志，子路、冉有都說要做小國的君長，公西華說要做贊禮的小相，孔子基本上未置可否。曾皙的話「莫春者，春服既成，冠者五六人，童子六七人，浴乎沂，風乎舞雩，詠而歸」，于丹講成：「『我只是想，當春天來了，天氣回暖，在農閒時節，穿上游泳衣，和五六個大人，六七個兒童，到沂水裏游泳，在高臺子上的樹陰下乘涼，然後吼幾嗓子：我家住在黃土高坡……手舞足蹈地回家。』孔子聽了，長歎一聲：『我就想和你一樣呵。』」

讀到這裡，我著實嚇了一跳：短短的一段，講錯了不少：一，「春服」即通常所謂春裝，春天的衣服，與「游泳衣」何干？不能看到下文有「浴乎沂」，就說「春服」是「游泳衣」，因為「浴」根本不是游泳。再說，「游泳衣」在中國的歷史才多少年？二，「在農閒時節」，原文中本無此意。春天也並不是「農閒時節」。三，曾皙為曾參之父，《史記・仲尼弟子列傳》：「曾參，南武城人。」司馬貞索隱：「武城屬魯。」即今山東兗州。孔子辦學的地方是曲阜，距兗州不遠，那裏基本是平原。「黃土高坡」今指陝西、山西。曾皙領著山東兗州、曲阜一代的「冠者」、「童子」，怎能唱「我家住在黃土高坡」？而且，「舞雩」是古代求雨的祭壇，也並不是普通的「高臺子」。

更主要的是，于丹沒有理解曾皙語的真正含義——他要做一名教師。「冠者五六人，童子六七人」，指他的學生，有弱冠——二十來歲的年輕人，也有童子。古代的民間學校即私塾，因為「比年入學」，學生年齡往往參差不齊，相當於現在偏遠地區的「複式班」。暮春時節，「浴乎沂，風乎舞雩，詠而歸」，是說春天率學生去水邊洗浴，以祓除不祥，藉以遊春。即後來人們於三月上巳日在流水邊洗浴宴飲之風俗，王羲之《蘭亭集序》所謂「修禊事也」。梁宗懍《荊楚歲時記》說：「孔子『暮春，浴乎沂』，則水濱禊祓，由來遠矣。」由於于丹不瞭解古代這一習俗，又不知「冠者五六人」即是青年學子，而誤以為是壯丁閒漢，怕與情理不合，所以平空加上了「在農閒時節」一句，殊不知這正不合情理。因曾皙的話正觸著孔子的心事：他本有意從政，周遊列國，遍干諸侯，卻無人重用，到頭來只好搞文化教育，以此終老。因為文化教育事業成了他的人生歸宿，他只有在弟子群中才真正如魚得水，也是因為他的政治抱負終未得以實現，所以他聽了子路、冉有、公西華要當官（禮官也是官）的話之後，又聽曾皙說要當老師，且曾皙把教學生活講得那樣生動而有情趣，所以他不由得「喟然歎曰：『吾與點也（我贊同曾點啊）！』」從孔老夫子的「喟然歎」裏，我們分明可以聽出他老人家與曾皙的心理共鳴和不得志的感慨與無奈。

這並非我提出的新觀點。三國魏何晏注「詠而歸」引包咸曰：「歌詠先王之道，而歸夫子之門。」「歌詠先王之道」，我看多半是歌詠《詩》，因《詩》是當時最流行的歌詠；而「歸夫子之門」則一語道破，他們是一群景仰孔子的師生。

如果按于丹的講法，那曾皙憧憬的純粹是遊遊逛逛的閒適生活，「發憤忘食，樂以忘憂，不知老之將至」、「學而不厭，誨人不倦」的孔老夫子怎能贊同他？如果說，曾皙是說「在農閒時節」才去閒遊，那就說明曾皙是要當農民；而當農民是孔子所鄙棄的（學生樊遲要向孔子學種莊稼、蔬菜，孔子拒絕；樊遲出去了，孔子說他是小人），就更不會贊同他了。

如果于丹所講，多如此類，當然應該批評，以正視聽。學者給大眾講經典，首先要忠實於原文，使大眾瞭解經典本義，從而得出合理的結論。說者以今律古，隨意發揮，是對經典與大眾的不尊重。

我僅就此一例說話，似乎有「攻其一點，不及其餘」之嫌。但我並沒有否定于丹整個講座及書，當然我也沒有理由贊許她：因為前面我講過，我沒有聽過其講座，也未嘗讀其書。但我對其書及讚美她的意見，卻隱約有一絲擔憂與懷疑。因為上面所舉的這一段，在《論語》中並不算深奧，可于丹既未講清楚其中心思想，又有不少古漢語詞義方面的錯誤，其他部分講得如何，恐不容樂觀。而就是這講得很糟糕的一段，竟然被「冰點」作為于丹講《論語》的精彩範例而加以讚美，則讚美者之見地又令人不敢恭維。冰點評論說：

> 對這個故事作最好注腳的，我以為並不是宋代大儒朱熹，也不是當代南子（懷瑾），而是被10個博士討伐的小女子于丹：「大家別以為，孔夫子的《論語》高不可及，現在我們必須得仰望它。這個世界上的真理，永遠都是樸素的，就好像太陽每天從東邊升起一樣；就好像春天要播種，秋天要收穫一樣。《論語》告訴大家的東西，永遠是最簡單的。《論語》的真諦，就是告訴大家，怎麼樣才能過上我們心靈所需要的那種快樂的生活。說白了，《論語》就是教給我們如何在現代生活中獲取心靈快樂，適應日常秩序，找到個人座標。雖然子路、冉有、公西華的人生目標都很遠大，但孔子並不認為他們既能勝任又能從中找到快樂，既然如此，還不如像曾點那樣，安享盛世，按照自己心意去過簡單而快樂的生活。」

很遺憾，因為于丹把「這個故事」的中心思想理解錯了，她那些「注腳」也當然不太可信了。世界上的真理，無論是社會科學還是自然科學的，固然都有樸素的性質，因為它們是客觀事實或客觀規律的反映；但樸素的絕不意味著就是簡單的。否則，要認識、掌握真理，為什麼需要人們努力鑽研、終生探索，甚至要幾代、幾十代人奮鬥，才能糾正謬解、偏見，學者、科學家有時還要以犧牲生命為代價呢？同樣，「《論語》告訴大家的東西」，也並不那麼簡單；「《論語》的真諦」，也並非「告訴大家，怎麼樣才能過上我們心靈所需要的那種快樂的生活………教給我們如何在現代生活中獲取心靈快樂，適應日常秩序，找到個人座標」。道理很明白：因為《論語》不是現代人寫的，更不能說它是為現代人寫的；「古為今用」是有條件的。《論語》記的是孔子及其弟子的言行，反映了孔子及其弟子的世界觀、人生觀、政治主張、道德倫理觀念、教育思想、教學方法，以及他們的社會活動、教學活動等等，內容豐富而複雜，基本反映了儒家的政治思想道德的理論體系，值得我們認真研究，怎能說「《論語》告訴大家的東西，永遠是最簡單的」？《論語》中的某些思想精華，比如說「仁」（中心是「愛人」）、「恕」（己所不欲，勿施於人）的道德觀念，對現代人仍然是有益的、重要的，孔子及其弟子的許多思想、觀點，也還對現代人有啟發激勵作用，催人上進。但兩千多年前產生的《論語》，決不能成為現代人思想、生活的規範和準繩。說《論語》「告訴大家，怎麼樣才能過上我們心靈所需要的那種快樂的生活。………教給我們如何在現代生活中獲取心靈快樂，適應日常秩序，找到個人座標」，毋乃太過。又，「安享盛世」一句，恐亦不妥，因孔子對當時社會並不滿意，而頗多微辭；他理想的盛世，乃是西周。且《孟子．離婁下》即說「顏子當亂世」，即可證「安享盛世」云云為無根之遊談。僅此一例，可見講經典不易，不可輕慢，更不能隨意發揮。

二戒以偏概全——評李零稱孔子為「喪家狗」

李零把他講《論語》的書命名為《喪家狗——我讀〈論語〉》，並在序中解釋說：

> 什麼叫「喪家狗」？「喪家狗」是無家可歸的狗，現在叫流浪狗。無家可歸的，不只是狗，也有人，英文叫 homeless……
>
> 孔子不是聖，只是人，一個出身卑賤，「學而不厭、誨人不倦」的人；一個傳遞古代文化，教人閱讀經典的人；一個有道德學問卻無權無勢，敢於批評當世權貴的人；一個四處游說，替統治者操心，與虎謀皮，拼命勸他們改邪歸正的人；一個空懷周公之夢，夢想恢復西周盛世，安定天下百姓的人。

他很執著，唇焦口燥，顛沛流離，像個無家可歸的流浪狗。這才是真相。

當年，公元前492年，60歲的孔子，顛顛簸簸，坐著馬車，來到鄭國的東門，有個擅長相面的專家，叫姑布子卿，給他相面。他說，孔子的上半身像堯、舜、禹，倒有點聖人氣象，但下半身像喪家狗，垂頭喪氣。孔子不以為忤，反而說，形象並不重要，不過，要說喪家狗麼，「然哉然哉」。

他只承認自己是喪家狗。

孔子失望於自己的祖國，徒興浮海居夷之歎，可是遍干諸侯，還是一無所獲，最後老死於魯國。在他身上，我看到了很多知識分子的宿命。

任何懷抱理想，在現實世界找不到精神家園的人，都是喪家狗。

我寧願尊重孔子本人的想法。

如果光看書名，你會覺得，李零是在罵孔子。可看了序，又似乎覺得李零並非否定孔子，他明明是在讚頌孔子嘛！況且你會懷疑，自己錯怪了李零：孔子自己承認是喪家狗，還怪李零如此說嗎？李零只不過「尊重孔子本人的想法」！

其實，李零是有意無意地玩了一個偷換概念的遊戲。

據《史記・孔子世家》：「孔子適鄭，與弟子相失，孔子獨立郭東門。鄭人或謂子貢曰：『東門有人，其顙似堯，其項類皋陶，其肩類子產，然自要以下不及禹三寸，累累若喪家之狗。』子貢以實告孔子，孔子欣然笑曰：『形狀，末也。而謂似喪家之狗，然哉，然哉！』」

《韓詩外傳》卷九所載與此大致相同（有人以為不同，那是對「獨辭喪家之狗」一句產生了誤解。「辭」乃「說解」之義，非「拒絕」之義）。我的理解是：鄭人說孔子的形貌像堯、皋陶、子產、禹等，然而卻瘦瘦的像個喪家之狗；子貢把這些話如實轉告孔子，孔子欣然笑著說：「說我的形貌像聖賢，不對；可說我像個喪家之狗，是這樣啊，是這樣啊！」據集解引魏王肅說：「喪家之狗，主人哀荒，不見飲食，故累然而不得意。孔子生於亂世，道不得行，故累然不得志之貌也。」原來，「喪家之狗」是指死了人的家養的狗，因主人悲哀，又忙於喪事，無心餵養它，故飢餓狼狽而不得意。鄭人以此譏諷孔子無人賞識，狼狽不堪。「喪家之狗」的「喪」要讀 sāng，是喪事之義。「喪（sāng）

家之狗」只諷刺其狼狽，並無太深的貶意。這也是因為我國古代對狗並不很歧視。如《史記‧蕭相國世家》載，漢定天下後，論功行賞，群臣爭功。高祖以蕭何功最盛，封為酇侯，所食邑多。功臣都不服氣，說，我們披堅執銳，身經百戰，攻城略地，蕭何沒有汗馬之勞，只靠文墨議論，為何反居我們之上？高祖說，譬如打獵，追殺獸的是狗，而發現蹤跡，指示獸處的是人。你們只能獲得走獸，是狗的功勞；而蕭何是發現蹤跡、指示獸處的，是人的功勞。群臣都服氣，無人因高祖把自己比作狗而不滿。「狡兔死，走狗烹」，喻天下定而功臣亡，也無貶當事者之意。所以孔子聽人說自己像個喪（sāng）家之狗，覺得比喻很形象，故欣然而笑，承認自己現狀確實很狼狽，倒表現了他的豁達大度與幽默感。

可這個成語用來用去，就變成了「喪（sàng）家之狗」，喪（sàng）是喪失之義，其狼狽狀更甚——喪（sāng）家之狗畢竟還有家，只是家人居喪，無心關照它而已，過些日子便會恢復原狀；喪（sàng）家之狗可是連家都沒了，變成野狗了，其比喻義之譏諷、鄙薄意味豈不更甚？李零先生是研究古代典籍的學者，普通人不知道此處當讀為「喪（sāng）家之狗」，情有可原；李零先生為什麼也混同一談？如真的不知，固當別論；如明知而故為，那又為什麼？況且加上時代推移，狗在國人心目中的地位日益陵夷，「行同狗彘」、「狗男女」、「豬狗不如」的罵人話不絕於耳，凡帶「狗」字的成語幾乎沒有不帶有強烈貶義的了，「喪（sàng）家之狗」又何能幸免！這是每個懂漢語的人的共識。尤有甚者，「喪（sàng）家之狗」經魯迅先生大手筆，化為一篇妙文之題目——《喪家的資本家的乏走狗》，以痛罵其論敵梁實秋。有初中以上文化程度者，誰人不知？經此番點染，「喪（sàng）家之狗」的名聲在現代中國簡直是無可救藥了。而當代學者李零先生卻用此語喻孔子，恰當嗎？觀其序言，稱孔子是「一個出身卑賤，學而不厭、誨人不倦的人；一個傳遞古代文化，教人閱讀經典的人；一個有道德學問卻無權無勢，敢於批評當世權貴的人；一個四處游說，替統治者操心，與虎謀皮，拼命勸他們改邪歸正的人；一個空懷周公之夢，夢想恢復西周盛世，安定天下百姓的人」。這樣的人，是一個真誠而帶迂腐氣的學者，具有正義感的哲人。李零先生卻用帶有強烈貶義的「喪（sàng）家之狗」來比喻他，這起碼違背了使用成語的常識。「他只承認自己是喪家狗。」「我寧願尊重孔子本人的想法。」愚以為，這是李零先生有意無意地歪曲「孔子本人的想法」，並為自己的謬說尋找藉口。

不是這樣嗎？我們看到的事實是：

首先，孔子「承認自己是喪（sāng）家狗」，是有具體語言環境的：他不承認鄭人說他的形貌像聖賢的那些話，而只承認鄭人說他像「喪（sāng）家之狗」的話。

其次，他只有一次，在聽到鄭人說他的形貌像「喪（sāng）家之狗」時才承認自己像「喪（sāng）家之狗」，而在其他場合從未再說過自己像「喪（sāng）家之狗」。

再次，他只承認過一次自己像「喪（sāng）家之狗」，而從未說過自己像「喪（sàng）家之狗」。

由此言之，李零先生稱孔子是「喪（sàng）家之狗」，「尊重孔子本人的想法」了嗎？非也！

李零先生又說：「任何懷抱理想，在現實世界找不到精神家園的人，都是喪家狗。」這個觀點也太武斷。「君自故鄉來，應知故鄉事」，李零先生是中國人，不會不知道，狗在中國，除了上古，地位極低，聲譽極差；不比西方，狗被人視為忠實朋友、家庭成員；那些「懷抱理想在現實世界找不到精神家園的人」，怎麼就得屈尊，「都是喪家狗」呢？古今中外，「懷抱理想，在現實世界找不到精神家園的人」可謂多矣，孔子不論，中國古代的隱士，道家、佛家，嚮往桃花源的陶淵明等人，外國有烏托邦主義者、空想社會主義者；現代宗教人士，很多人在修來生。佛家把身體視為「臭皮囊」，連物質家園都不承認，更何況「精神家園」。你說他們「都是喪家狗」，外國人倒不太在乎；而中國人是絕不會同意的，因為「喪（sàng）家狗」這個詞的貶義太強烈了。

再說，雖說孔子恢復西周制度的政治理想與某些倫理觀念，是落後的，甚至是反動的，可他某些進步的政治主張和思想觀念，卻在統治階層部分人和知識分子中產生了積極影響。他的政治理想未得實現，就把文化教育事業作為自己生命的歸宿：他潛心整理了大量古代典籍，為中國的（也是世界的）文化事業作出了貢獻；他致力於教育事業，培養了大量的政治、文化人才，推動了社會的進步。他在弟子群中如魚得水，有重多的信仰者與擁護者，他也從文化教育事業中得到營養與快樂，精神境界不斷昇華。「發憤忘食，樂以忘憂，不知老之將至」、「吾十有五而志於學，三十而立，四十而不惑，五十而知天命，六十而耳順，七十而從心，所欲不踰矩」，不正是他充實、愉悅的精神生活的寫照嗎？怎麼能說他「在現實世界找不到精神家園」呢？

魯迅先生有詩《無題》:「一枝清采妥湘靈，九畹貞風慰獨醒。無奈終輸蕭艾密，卻成遷客播芳馨。」孔子這一生確實做了些錯事，說了些錯話，歷代統治者利用他的名望與某些觀點，做了不少麻醉、禁錮人們思想的壞事。可孔子為中國的文化教育事業作了多大的貢獻啊，他播下的「芳馨」不是比任何一個歷史人物都多，他在中國和世界的文化影響不是比任何一個歷史人物都大嗎？用「喪（sàng）家狗」這個貶義詞一言以蔽之，理智一點的中國人能同意嗎？

觀其序即可知，李零先生書意不在詆毀孔子，而在公正評價，且對孔子肯定較多。但題目是書的內容的高度昇華，「掛羊頭賣狗肉」不可以，「掛狗頭賣羊肉」獨可乎？故作驚世駭俗之語，聳人聽聞，致以偏概全，恐事與願違，得不償失矣！

三戒輕狂妄言——評李敖講《詩經》「且」字

《詩經·鄭風·褰裳》:「子惠思我，褰裳涉溱。子不我思，豈無他人？狂童之狂也且！子惠思我，褰裳涉洧。子不我思，豈無他士？狂童之狂也且！」這是以女子口吻寫的打情罵俏的詩。學術界早有定論。

而李敖在《中國性研究·狂童之狂也，雞巴》一文中說：

> 今天早餐前後，寫了《且且且且且》，說「且」字就是指男性生殖器的古字。意猶未盡，想到《詩經》中一首被曲解的詩——《褰裳》，正好可用來說明……「也且：句未助字。」都是根據古注引申的，其實他們全沒弄清楚，不但他們沒弄清楚，有史以來，中國人就從來沒弄清楚過。其實這句詩的標點該是「狂童之狂也，且！」它根本是女孩子小太妹打情罵俏的粗話，意思是你有什麼了不起，你不想本姑娘，本姑娘不愁沒別人想，「你神氣什麼，你這小子，××啦！」(臺語發音:「卵叫啦！」)我這種解釋，在《詩經》《山有扶蘇》中也可依理類推。《山有扶蘇》詩中有「不見子都，乃見狂且。……不見子充，乃見狡童」的句子，李一之譯為「不見俊俏的子都，卻是醜陋的狂夫。」當然也是錯的。其實乃是「沒看見漂亮的小表哥，卻看見一個傻屌」之意，「且」字一定要譯為「××」、

譯為「×」字，才不失原意。（香港友誼出版公司，2005.1）

在《中華讀書報》上重申這種觀點時，李敖還把這「且」字譯為「狗卵子」。接著就有人叫好（中華讀書報，2004年9月6日，雷抒雁：《思有邪》）。

李敖說「且」字指男性生殖器，這只是一家之說，並未得到學界的普遍認同。再說，同許多漢字一樣，「且」字的音、義很多，即使有時可指男性生殖器，又憑什麼一口咬定，《詩經．鄭風．褰裳》與《山有扶蘇》中的「且」「一定要譯為『××』、譯為『×』字，才不失原意」呢？正如宋元口語「鳥」有時讀為「屌」，可是不能一看到「鳥」字就讀「×」呀！

《詩經》中還有幾篇，其中的「且」與《褰裳》與《山有扶蘇》中的「且」位置、用法完全相同：

《邶風．北風》

北風其涼，雨雪其雱。惠而好我，攜手同行。其虛其邪，既亟只且！

北風其喈，雨雪其霏。惠而好我，攜手同歸。其虛其邪，既亟只且！

莫赤匪狐，莫黑匪烏。惠而好我，攜手同車。其虛其邪，既亟只且！

《王風．君子陽陽》

君子陽陽，左執簧，右招我由房。其樂只且！

君子陶陶，左執翿，右招我由敖。其樂只且！

《唐風．椒聊》

椒聊之實，蕃衍盈升。彼其之子，碩大無朋。椒聊且，遠條且！

椒聊之實，蕃衍盈匊。彼其之子，碩大且篤。椒聊且，遠條且！

《小雅．巧言》

悠悠昊天，曰父母且！無罪無辜，亂如此幠……

《北風》是呼人同行逃難的，《君子陽陽》是唱夫妻相樂的，《椒聊》是賀新娘多子的，《巧言》是呼天訴哀的。這些詩中句末的「且」字，舊注多以「辭也」釋之，即語氣詞。不知李敖先生是否也認為，「其實他們全沒弄清楚」，這些「且」字，「也可依理類推」，「譯為『××』、譯為『×』字，才不失原意」呢？

如果以上這些「且」字，不能按李敖先生的意見「依理類推」，那麼，與其用法相同的《褰裳》、《山有扶蘇》中的「且」當然也就不可能作如是解了。

釋這類「且」為「辭也」(語氣詞)，是距《詩經》創作時間較近、《詩經》最早的權威研究者兼注釋者毛亨、鄭玄等人的意見，是歷代訓詁學家皓首窮經、覃思研精所達成的共識，有大量文獻語料作證。而「××」云云，是連整本《詩經》都沒有讀完的當代學者李敖先生，頭腦一熱想出來的，理據不足。在這裡，我們當然寧可相信學力深厚、有理有據的古代訓詁家，而不能輕信學力較為淺薄、又不太謹慎、連所舉孤證都不可靠的李敖先生。況且「且」還可以表示「多」，《詩經》也用在句末，如《周頌・有客》:「有客有客，亦白其馬。有萋有且，敦琢其旅。」《韓奕》:「籩豆有且，侯氏燕胥。」〔箋云:「且，多貌。」〕

我斗膽斷定李敖先生沒讀完整本《詩經》，是有根據的：如果他讀了《鄭風・褰裳》、《山有扶蘇》以後，又讀了本文所舉的上述諸篇（或者哪怕只讀過其中的一篇），那麼，他一見不能「依理類推」，就肯定會加小心，從而放棄那種謬論。這再次印證了一個道理——窮巷多怪，曲學多辯。

這樣，李敖先生就因無知（僅就《詩經》來說）與狂傲，在國學研究中犯了個不大不小的錯誤：把他自己臆想出來的下流話強加給純潔的古代少女詩人，使她們無端蒙羞；玷污了「思無邪」的《詩經》，煞了國學研究的風景。

套用《論語・顏淵》裏的幾句話吧：惜乎，李敖先生之說「且」也，「駟不及舌」！以李敖先生的才學與聰明，如果多一點認真謹慎，少一點輕浮狂傲，把古籍閱讀面再擴大一點，學習態度再踏實一點，他本不會犯這種低級錯誤的。

古代小說網，2015 年 2 月 27 日，2018 年 3 月 19 日，2018 年 4 月 17 日

黃生《義府》質疑

《義府》，清朝黃生所撰考證札記之書。《四庫全書總目提要》謂「生於古音古訓，皆考究淹通，引據精確，不為無稽臆度之談。……根柢訓典，鑿鑿可憑。……雖篇帙無多，而可取者要不在方以智《通雅》下也」，評價甚高。細讀之，覺實際亦確實如此。然竊以為間或亦有百密一疏而可商者。今略舉數端，以就正於學者方家（《義府》原文以黑體標出）。

一、少艾

古外與艾同音，故謂美男為少艾。《孟子》「慕少艾」，趙注但以為「美好」，朱注云：「《楚辭》、《戰國策》『幼艾』義與此同。」亦例引之耳，其義故未晰也。按《國策》，趙牟謂趙王：「王不以予臣（金壁按，當作工），乃與幼艾。」蓋謂其幸臣建信君。《國語》云「國君好艾，則大夫殆，好內，則適子殆。」以艾與內對舉，可證艾即外矣。又《曲禮》：「五十曰艾。」《方言》：「東齊魯衛之間，凡尊老謂之傛，或謂之艾。」則艾本老稱，今反訓美好，思之似誤。

按，黃生謂「艾」與「外」同音，故謂美男為少艾；又謂「艾」本老稱，訓為美好是錯誤的：此為誤解。「艾」或訓「美好」，或訓「蒼老」。因艾少則綠，像人之髮青，故可喻少美；老則蒼白，像人之髮白，故亦可喻蒼老。「少艾」既可指少年美女，又可指少年美男：依具體語境而定。

如《孟子・萬章上》：「人少，則慕父母；知好色，則慕少艾。」趙岐注：

「少，年少也；艾，美好也。」少艾，指年輕美麗的女子。《戰國策・齊策三》「齊王夫人死，有七孺子皆近」高誘注：「孺子，幼艾美女也。」《戰國策・趙策》：「而王不以予工，乃與幼艾。」高誘於此「幼艾」無注，說明他認為此「幼艾」無疑義，也即妙齡美女。趙王重用嬖臣建信君，趙牟欲諫之。見趙王有帛，專等工匠製帽，便巧用譬喻，說治國也必靠能臣，如同製帽。帛若不交給能工巧匠，卻交給少年美姬，便會毀了珍貴的帛：以影射王重用嬖臣建信君。至於黃生所引《國語・晉語一》「國君好艾，大夫殆；好內，適子殆，社稷危」，是信了吳韋昭注：「艾當為外，聲相似誤也。好外，多嬖臣也。嬖臣害正，故大夫殆。殆，危也。好內，多嬖妾也。嬖專寵，故適子殆，國家亂，則社稷危。周幽王是也」，徐元誥謂《韓非子・內儲說下》引此作「好外」，為韋昭所本。而清焦循正義謂「韋昭注以『艾』為嬖臣，乃指男色之美好者」。這說明焦循仍以此「艾」為少美。而愚以為《韓非子》作「好外」，是指「好外寵」，即臣色之美好者，與「好內」相對，可不改字；《國語》作「好艾」，也即好臣色之美好者，亦不必改字也。

至於以「艾」為蒼老，《禮記・曲禮上》：「五十曰艾。」鄭玄注：「艾，老也。」孔穎達疏：「髮蒼白色如艾也。」

《楚辭・九歌・少司命》「竦長劍兮擁幼艾」，此「幼艾」則兼指「少長」，王逸注：「幼，少也；艾，長也。」唐白居易《畫西方幀記》：「無賢愚，無貴賤，無幼艾。」

愚以為，有「綠髮」一詞，狀人髮美。東坡《戚氏詞》：「稺顏皓齒，綠髮方瞳圓。」《佩文韻府・廣群芳譜・一萼紅》：「喚瓊姬皎皎，綠髮蕭蕭。」又杜牧《阿房宮賦》：「綠雲擾擾，梳曉鬟也。」綠狀美好，與艾訓美好相同。

二、蒲盧

《中庸》：「地道敏樹。夫政也者，蒲盧也。」陸佃以為瓠之細腰者，得之。以為蒲葦者，固非；以為土蜂者，尤謬。吾鄉至今作此音（《埤雅》、《解頤新語》因《爾雅》「螺蠃，蒲盧」之文，遂以蒲盧為細腰土蜂）。蓋蜂以細腰故，亦有蒲盧之名。此處則指地之所植者言耳。蒲葦雖易生，弟不須種植；瓠是種植所生之物，始與上文樹字相應。故沈括說亦似是而非。

按，宋陸佃《埤雅・果蠃》：「果蠃一名蠮螉，一名蒲盧。《中庸》曰：『政也者，蒲盧也。《化書》曰：『嬰兒似乳母。』斯不遠矣。」是謂蠮螉（即細腰蜂）為蒲盧。又《蒲盧》：「細要曰蒲，一曰蒲盧。細要土蜂謂之蒲盧，義取諸此。《中庸》曰：『夫政也者，蒲盧也。』亦或謂之果臝。今蒲，其根著在土而浮蔓常緣於木，故亦或謂之果臝也。」這一條說細腰的「蒲」也叫蒲盧，也叫果臝，是一種植物（其實即栝樓，亦作「栝蔞」、「栝樓」）。而細要土蜂謂之蒲盧，即因土蜂亦細腰，形似植物蒲盧；《禮記・中庸》所謂「夫政也者，蒲盧也」，即指此土蜂。後又說植物蒲盧亦名果臝。

《埤雅・蒲盧》重提細腰土蜂，謂之蒲盧，並《禮記・中庸》文，是為說明土蜂亦謂之蒲盧之緣由，與其「果臝」條謂果臝一名蠮螉、一名蒲盧相映照。不料黃生誤以此處之《禮記・中庸》所謂「夫政也者，蒲盧也」，是說植物蒲盧，故曰「陸佃以為瓠之細腰者」，實乃誤讀《埤雅・蒲盧》文，可謂遺憾。

黃生以為「似是而非」之沈括說，見於《夢溪筆談・辯證》：「蒲蘆，說者以為蜾蠃，疑不然，蒲蘆即蒲葦耳。故曰：『人道敏政，地道敏藝。』夫政猶蒲蘆也，人之為政，猶地之藝蒲葦，遂之而已，亦行其所無事也。」沈括謂蒲蘆即蒲葦，固如黃生所譏，並非合理：蒲葦野生，非人所樹藝，故不能與「人道敏政，地道敏藝」（樹字改為「藝」，蓋為避諱）相合。

黃生、沈括皆以蒲盧非蜾蠃，則不然。古人以為政者為蒲盧，即蜾蠃，謂土蜂也，是成說，且有《詩經》為證。《禮記・中庸》：「人道敏政，地道敏樹。夫政也者，蒲盧也。」鄭玄注：「敏猶勉也，樹謂殖草木也。人之無政，若地無草木矣。蒲盧，蜾蠃，謂土蜂也。《詩》曰：『螟蛉有子，蜾蠃負之。』螟蛉，桑蟲也。蒲盧取桑蟲之子，去而變化之，以成為己子。政之於百姓，若蒲盧之於桑蟲然。」

按，鄭玄所舉《詩》，為《小雅・小宛》：「螟蛉有子，蜾蠃負之。教訓爾子，式穀似之。」毛傳：「螟蛉，桑蟲也；蜾蠃，蒲盧也；負，持也。」鄭玄箋：「蒲盧取螟蛉之子負持而去，煦嫗養之以成己子。喻有萬民不能治，則能治者將得之。」鄭玄語「去而變化之」，「去」為「弆」的古字，收藏。蜾蠃常捕螟蛉幼蟲而藏之，在其體中產卵，用其體液哺育己子。幼蟲發育成熟，破螟蛉之體而出，螟蛉則嗚呼斃命。而古人誤認為蜾蠃養螟蛉為己子。古代政治家以為，為政者養育教化百姓如己之子，故將為政者比作蜾蠃。《爾雅・釋蟲》也說：「果臝，蒲盧，即細腰蜂也。俗呼為蠮螉。螟蛉，桑蟲，俗謂之桑螋，亦曰戎女。」邢昺疏：「《方言》云：『蜂，燕趙之間謂之蠓螉，其小者謂之蠮螉，鄭注《中庸》，以蒲盧為土蜂。《說文》云：『細要土蜂也。天地之性，細要純雄無子。』螟蛉，一名桑蟲，一名桑螋，一名戎女。陸機云：『螟蛉者，桑上小青蟲也。似步屈，其色青而細小，或在草萊上。蜾蠃，土蜂也，似蜂而小腰。取桑蟲負之於木空中，七日而化為子。』《法言》云：『螟蛉之子殪而逢蜾蠃，祝之曰：類我類我！久則肖之』是也。」也是一樣的意思。其意思還是好的，謂執政者當黽勉養民、化民，化小民為君子。但不知細腰蜂捕捉青蟲，為育己子，而用其比喻化民，則是古人觀察不細之弊。

且黃生以《禮記．中庸》「夫政猶蒲蘆也」之「蒲蘆」為植物之細腰瓠，義無可取：細腰之瓠有何深刻寓意，而可與「人道敏政，地道敏樹」之政為比？人之所黽勉種植者，豈必細腰之葫蘆乎？

故沈括說固似是而非，而黃生誤讀陸佃《埤雅》，兼未明《禮記．中庸》用譬之理，其說亦誤也。

三、臧

《左．文十八》：「毀則為賊，掩賊為藏，竊賄為盜，盜器為姦。主藏之名，賴姦之用，為大凶德，有常無赦。」又云：「盜賊藏姦為凶德。」藏字，杜不注，疏：主為藏匿罪人之名。按，藏乃臧之誤也。古藏、贓字皆作臧，後人傳寫誤加草耳。考《國語》正作臧，掩賊為臧，言得賊之物而隱庇其人，猶今窩主之謂，故曰：「主臧之名，賴姦之用，盜賊臧姦，俱為凶德。」取本文讀之，其意自顯：作臧則藏、贓二義皆具，作藏則義不備而意不明矣。又，此數句《左氏》皆以意釋字：賊從則從戈，戈有殘毀之意，故曰：「毀則為賊。」臧從戕從臣，臣即賊也，而在中掩之義也，故曰：「掩賊為臧。」竊財賄，盜之小者，故於文，次皿為盜（次，古涎字，貪欲之意）。盜國家之重器，則非小盜可比，故加以大奸之名。臧字之義，《左氏》已自為注腳，何煩加草乎？

按，以形聲為會意，或以意說文字而不顧古字形，乃古人陋習，雖《左氏》亦未能免俗；即如許慎引孔子所謂「一貫三為王」、「黍可為酒，禾入水也」，亦此類。賊，本從戈，則聲（今京戲演員猶讀賊為「則」音），而黃生謂「毀則為賊」，以為會意字。臧，雖許慎《說文．臣部》釋為「臧，善也，從臣，戕聲」，而楊樹達《積微居小學述林．釋臧》：「蓋臧本從臣從戈會意，後乃加爿聲……甲文臧字皆象以戈刺臣之形，據形求義，初蓋不得為善。以愚考之，臧當以臧獲為本義也。」按此說是，楊雄《方言》:「臧、甬、侮、獲，奴婢賤稱也。荊淮海岱雜齊之間，罵奴曰臧，罵婢曰獲。齊之北鄙、燕之北郊，凡民男而壻婢謂之臧，女而婦奴謂之獲；亡奴謂之臧，亡婢謂之獲：皆異方罵奴婢之醜稱也。」司馬遷《報任安書》:「且夫臧獲婢妾，猶能引絕。」釋「臧」為奴，與字形相合。「臧」字中之「臣」字即指奴，而黃生謂「臣即賊也，而在中掩之義也」，毫無根據:「臣」向無「賊」義。《左氏》「掩賊為藏」本無此意，不過釋何為「藏」罷了。「臧」本義為奴，無「掩藏」義，借為「善」義之「臧」、及「贓物」之「臧」與「躲藏」之「臧」，後來加「貝」、「艸」而成贓、藏字。是《左氏》誤釋「賊」字，黃生沿其誤；《左傳》「藏」字未必誤，而黃生以未必誤之「藏」字為誤，又誤釋「臧」字也。

四、面縛

《史記・宋世家》載，微子肉袒面縛，解者以為反縛向後，僅見其面，此說陋甚。凡縛者必反接，所以防他變。若微子則是自為出降之禮，但縛手而不反接，故以面字著之，此見古人用字之妙。從來為陋解所晦，可恨也。又《項羽紀》:「顧見漢騎司馬呂馬童，曰:『若非吾故人乎？』呂馬童面之，指王翳曰:『此項王也。』解者訓面為背，亦誤。詳上下文語意，項王此時雖在圍中，然去馬童尚遠，故曰「顧見」云云。時項王一行尚有二十餘騎，先尚未辨孰為項王，因其呼而諦視之，然後指示王翳云云。面之，即諦視之謂。……若面之訓背，乃偭字耳。且此時漢視羽如几肉矣，尚何所諱而背之言乎？

按，面縛，解以為「反縛向後，僅見其面」，其說固陋。然解作反接，則是。面，背，相背對。古代僅作面，後作「偭」，其例甚多。《史記・項羽本紀》「馬童面之」裴駰集解引張晏曰:「以故人故，難視斫之；故背之。」《漢書・張歐傳》:「上具獄事，有可卻，卻之；不可者，不得已，為涕泣，面而封之。」顏師古注:「面謂偝之也，言不忍視之，與呂馬童面之同義。」《後漢書・光武帝紀上》:「赤眉望見震怖，遣使乞降。丙午，赤眉君臣面縛。」李賢注:「面，偝也，謂反偝而縛之。」可見兩漢以前「背向」義即作面。

又，據《項羽紀》「顧見」之文，難以斷定項王去馬童尚遠。當時項王一行雖尚有二十餘騎，然追者必無時無刻不眈眈虎視而辨之。又既云項王「顧見」，而「曰」，則馬童當時必與項王四目相對；且項王已直呼馬童為故人，馬童又何待「因其呼而諦視之，然後指示王翳」？只因先為故人，素已懾於其威；今項王生死關頭，又以故人之情責之，略有人心者，孰能坦然？且己方將士，亦必審知己與項王原來之關係：凡此種種，必使其難以直面項王，而只能背對，指而示之王翳。萬戶侯之巨大誘惑，故人絕命前之切責，利欲與道德良心之矛盾——剎那間交匯周回於其心，又迅即隱忍抉擇——一「面之」之文，蘊含多少機杼：呂馬童難以直面故主之畏葸慚恧，項羽臨終之從容風神，宛然皆在眼前。謂此時漢視羽已如几肉，呂馬童便應無所諱者，豈足以察呂馬童其人彼時複雜之心態，而太史公文筆下之波瀾乎？

五、物故

《漢書．霍去病傳》「士馬物故」，又，《霍光傳》「卒有物故」，師古云：「物，無也；故，事也，人死無所復能為事也。」《釋名》云：「人死諸物皆朽故也。」按，二解皆非。物猶事也。不正言死，但諱云「事故」，猶孟子所謂「大故」耳。

物（mò）故，「物」通「歾」，死亡。《荀子．君道》：「人主不能不有遊觀安燕之時，則不能不有疾病物故之變焉。」《漢書．蘇武傳》：「前以降及物故，凡隨武還者九人。」王先謙補注引宋祁曰：「物，當從南本作歾，音沒。」即後來之「歿」，死，去世。《國語．晉語四》：「管仲歿矣，多讒在側。」《史記．屈原賈生列傳》：「伯樂既歿兮，驥將焉程兮？」《周書．鄭孝穆傳》：「父叔四人並早歿。」《紅樓夢》第六三回：「（賈敬）係道教中吞金服砂，燒脹而歿。」故，亦死亡，言已為故舊。亦說「歿故」。《舊唐書．德宗本紀上》：「皆隴右牧守，至德已來，陷吐蕃而歿故，至是西蕃通和，方得歸葬也。」宋陳次升《讜論集》：「雖足顯親，而思慕之心無極，若其歿故之日，未嘗聞知，不曾行服。」

六、窶數

東方朔云：「著樹為寄生，盆下為窶數。」師古注：「窶數，戴器也。以盆物戴於頭者，以窶數薦之。」或疑窶數與寄生截然二物，何以朔語如此？蓋窶數常在盆下，今寄生亦覆盆下，故朔先謬言窶數，以紿郭舍人；舍人遂謂朔射不中，朔乃云云。非真謂寄生為窶數也。

按，《漢書．東方朔傳》原文為：

> 時有幸倡郭舍人，滑稽不窮，常侍左右。曰：「朔狂，幸中耳，非至數也。臣願令朔復射。朔中之，臣榜百；朔不能中，臣賜帛。」乃覆樹上寄生，令朔射之。朔曰：「是窶數也。」舍人曰：「果知朔不能中也。」朔曰：「生肉為膾，乾肉為脯；著樹為寄生，盆下為窶數。」

黃生未讀懂原文，兼未深思，而疑窶數與寄生截然二物。朔本謂寄生、窶數者一物而二名：著樹為寄生，盆下為窶數；如同「生肉為膾，乾肉為脯」一樣；本皆是肉，然生肉與乾肉名又不同，一名膾，一名脯。寄生為樹病而生之癭瘤，取下後鋸之，則成圓形木片；掏空之，則成木環（樹之癭瘤亦多中空，遇此者，則鋸之即近為木環），頂戴盆物於頭上時，以之薦於盆物下，取穩固而不易傾覆，是為窶數。人亦常編草為圈而用之，雖較為方便，固不如以樹之寄生加工之取於天然而牢固耐用也。郭舍人但知樹生之癭瘤為寄生，而不知窶數即略為加工之寄生，故以東方朔答語「是窶數也」為誤。而東方朔則以「生肉為膾，乾肉為脯」為喻，說明寄生、窶數亦一物而二名：著樹為寄生，盆下為窶數（此盆下，指薦於盆物下，以頂戴盆物，非打賭時覆於盆下也，而東方朔一語雙關）——是真謂寄生為窶數也。故漢武帝一聽即明郭舍人之「完敗」，而「令倡監榜舍人」。

顏師古注曰：「窶數，戴器也。以盆盛物，戴於頭者，則以窶數薦之，今賣白團餅人所用者是也。寄生者，芝菌之類。淋潦之日，著樹而生，形有周圜，象窶數者，今關中俗亦呼為寄生。」其釋「窶數」則是，而謂「寄生者，……形有周圜，象窶數者」則非：豈其「象窶數者」即可謂之「窶數」乎？乃可以用之為窶數也。如寄生與窶數非為一物，則「生肉為膾，乾肉為脯」句豈非贅語？故知黃生之說，本之師古注，而師古注固非也。

明鄭真《讀東方朔傳》即說「窶數分明是寄生，狋吽空復口相爭。」而明楊慎《廣性情說》：「性則根柢，情其旁榮側秀；性其枝幹，情其窶數寄生也。」旁榮、側秀為一物，則窶數、寄生亦為一物。

楊慎之論，蓋出《莊子．駢拇》：「駢拇枝指，出乎性哉，而侈於德；附贅縣疣，出乎形哉，而侈於性。」故知人有附贅縣疣，樹有窶數寄生。附贅縣疣，為人之癭瘤；窶數寄生者，亦樹之癭瘤，而非芝菌之類也。

七、涏

《漢書‧趙后傳》:「燕,燕,尾涏涏(堂練切)。」今誤本作「涎」,非。涏從廷乃得聲。《韻會》「涏」字引《漢書》此語,則知當時本固不誤也。水滴謂之涏,此形容小鳥張尾之狀極肖。字書訓光澤貌,亦屬臆說。

按,《漢書‧外戚列傳》:「有童謠曰:『燕,燕,尾涎涎。張公子,時相見。』」顏師古注:「涎涎,光澤之貌也。音徒見反。」知「涎」字不誤,作「涏」字乃誤耳。《韻會》「涏」字引《漢書》此語,乃因襲《集韻‧霰韻》、《廣韻‧霰韻》「涏」字而誤。其實入《霰韻》的當是「涎」字(《集韻》釋「光澤貌」,《廣韻》釋「美好貌」,其義一也),堂練切,音 diàn。《玉臺新詠》於是據音引作「尾殿殿」,《四庫全書總目提要》說:「漢成帝時童謠『燕燕尾涎涎』句,有舊本《漢書》可證,宋刻誤為『尾殿殿』。」且漢荀悅《前漢紀》作「尾涎涎」,宋羅願《爾雅翼》:「燕尾尤為光澤,故《漢書》曰『燕燕,尾涎涎』,美好之貌也。」

> 韋應物詩《燕銜泥》:「銜泥燕,聲嘍嘍,尾涎涎。秋去何所歸?春還復相見。」
>
> 陸游《長歌行》:「燕燕尾涎涎,橫穿乞巧樓,低入吹笙院。」
>
> 元馬祖常《問燕》:「紫燕尾涎涎,巢成引雛去,秋風巢泥落。」

皆可證作「尾涎涎」是。

八、督亢

《史‧荊軻傳》「獻燕督亢之地圖」,注以為地名,非也。地圖當盡全燕,豈得僅獻一處?蓋此時秦已有天下大半,非僅前時割地以講之比,故若為舉版圖以內附者。督亢,猶言首尾。人身督脈在尾閭穴,亢為咽喉,故首尾謂之督亢。言盡燕地之所至為圖也。注謂督亢坡在范陽縣東南,又按《水經注》有督亢溝、督亢澤,《涿志》有督亢亭、督亢陌。予謂此皆後人因二字以名其處耳。《路史‧舜紀》云:「歷陽之耕侵畔,乃往耕焉。田父推畔,爭以督亢授。」此督亢乃疆界之意,益證史之非地名矣。

按,黃生謂人身督脈在尾閭穴,亢為咽喉,是。然以「督亢」為首尾,後又以督亢為疆界,謂「督亢」非地名,則非。蓋「督亢」本非地名,乃人身體之要害,因以喻重要部分,膏腴之地。《史記‧燕召公世家》「使荊軻獻督亢地圖於秦」索隱引徐廣云：「督亢之田在燕東，甚良沃，欲獻秦，故畫其圖而獻焉。」看來燕時已稱其東部良沃之田為督亢，故「督亢」當時容為地名。未見他國膏腴之地稱為「督亢」者，蓋即因燕原已有其名也。至如《路史》，宋人羅泌作，乃晚出之書，其「歷陽之耕侵畔，乃往耕焉。田父推畔，爭以督亢授」，「督亢」與「畔」相對，以喻重要部分無疑。

《漢語大詞典》「督亢」條以「古地名。戰國燕的膏腴之地。今河北省涿州市東南有督亢陂，其附近定興、新城、固安諸縣一帶平衍之區，皆燕之督亢地」為第一義項，以「泛指膏腴之地」為第二義項，尚屬合理

此事與「牧野」事頗相類。《尚書．泰誓下》：「王朝至於商郊牧野，乃誓。」孔傳：「紂近郊三十里地，名牧。」是孔傳以「牧」為地名，「牧野」為「牧之野」。《逸周書．武寤解》：「王赫奮烈，八方咸發。高城若地，商庶若化。約期於牧，案用師旅。」《詩．魯頌．閟宮》：「致天之屆，于牧之野。」與孔傳合。而《史記．殷本紀》「周武王於是遂率諸侯伐紂，紂亦發兵距之牧野。」集解引鄭玄曰：「牧野，紂南郊地名也。」是鄭玄已誤以「牧野」為地名矣。

實際「牧」原來也可能非地名。《爾雅．釋地》：「邑外謂之郊，郊外謂之牧，牧外謂之野，野外謂之林，林外謂之坰。」本皆指近郊遠郊之地，任何都邑郊外地區皆可稱之。武王本於商都之牧、野與紂決戰，後人誤會，遂以「牧野」為專名。

九、所

《倉公傳》：「不為愛公所。」所之為言許也，俗謂不多曰幾許。緣倉公更欲受方，公孫光曰：「我方盡矣，不為愛公所。」言於公更不吝惜纖毫也。又《周亞夫傳》「帝曰：『此非不足公所乎？』時賜食不置箸，亞夫心不平，顧尚席取箸。帝視而笑」云云。不足猶不重也，意謂此主者偶忘置箸耳，不然不至輕慢如許也。又《佞倖傳》：「上有酒所，從容謂賢」云云此所字亦不多之意，猶俗云微有酒意也。

按，所，意。謂流露的情態。《漢書．董賢傳》「上有酒所」王先謙補注：「酒所，猶酒意。」《漢書．周亞夫傳》：「此非不足君所乎？」楊樹達《古書疑義舉例續補》卷二：「所者，意也；不足君所者，於君意有不足者也。」王、楊說皆優於黃。

十、不自喜

《史・外戚世家》「壹何不自喜」，《酈生傳》「足下何不自喜」，《魏其武安侯列傳》「君侯何不自喜」，按諸云「不自喜」即今俗云「好不思量」之意，必當時方言如此。《世家》《酈傳》並不注，惟《魏其傳》蘇林注：「何不自解釋為喜樂。」索隱引師古云：「何不自謙遜為可喜之事。」二解俱牽強，且於《世家》《酈傳》所言不可通。

按，日人瀧川資言《史記會注考證》引張照「不自喜猶言不自愛，下文所謂『無大體』是也。」謂「自喜猶言自好，謂自愛重也」。按，自喜即自好自愛自重，為自珍重而謹言慎行。非「好不思量」之意。

十一、雕悍少慮

《史・貨殖列傳》：「民雕悍少慮。」雕與彫通，樸之反也。今俗用刁，字同。

按，司馬貞索隱：「人雕悍，言如雕性之捷捍也。」此注是，「雕」不必為「彫琢」之「彫」，而作雕鳥之雕，言其兇悍。若作彫，樸之反，則為巧飾，與文義不合：豈有兇悍剽疾之人而反巧飾乎？

十二、生平毀程不識

《史・魏其武安列傳》：「夫無所發怒，乃罵臨汝侯曰：『生平毀程不識不值一錢，今日長者為壽，乃效女兒呫囁耳語！』言我目中素無程不識，今爾值我為壽，乃與程耳語而不顧我，是知有程，不知有我矣。口中雖罵賢，意中兼罵程不識。」

按，黃生之意，「生平毀程不識不值一錢」者，非臨汝侯灌賢，乃灌夫自謂，此與文義不合：關鍵在一「毀」字。「毀」者，譭謗，詆毀，詈罵，為貶義詞。《論語・子張》：「叔孫武叔毀仲尼。子貢曰：『無以為也！仲尼不可毀也。』」《史記・孟嘗君列傳》：「齊王惑於秦楚之毀，以為孟嘗君名高其主而擅齊國之權，遂廢孟嘗君。」《袁盎晁錯列傳》：「已而絳侯望袁盎曰：『吾與而兄善，今兒廷毀我！』」灌夫縱使「目中素無程不識」，又豈能自謂己毀人乎？觀文義，灌夫無所發怒，之所以罵灌賢者，灌賢是潁陰侯灌嬰之孫，而灌夫父張孟嘗為灌嬰舍人，得以富貴，故蒙灌氏姓為灌孟。吳楚反時，潁陰侯灌嬰子灌何為將軍，請灌夫父灌孟為校尉，時灌孟年老，灌夫時與父俱，年齡當與灌何不相上下。而臨汝侯灌賢為灌何之子，輩分年齡地位都比灌夫小，故灌夫只能罵臨汝侯灌賢以洩氣，非罵程不識也。而田蚡謂「程李俱東西宮衛尉，今眾辱程將軍，仲孺獨不為李將軍地乎」云云，是既挑程不識之怒，又兼挑李廣之怒，又拉扯東西二宮，意尤陰險。